谨以此书向改革开放40周年献礼

改革开放以来，一大批优秀企业家在市场竞争中迅速成长，一大批具有核心竞争力的企业不断涌现，为积累社会财富、创造就业岗位、促进经济社会发展、增强综合国力作出了重要贡献。营造企业家健康成长环境，弘扬优秀企业家精神，更好发挥企业家作用，对深化供给侧结构性改革、激发市场活力、实现经济社会持续健康发展具有重要意义。

——《中共中央 国务院关于营造企业家健康成长环境
弘扬优秀企业家精神 更好发挥企业家作用的意见》

当代赣商

张华荣

江西省民营经济研究会　组撰

熊波　著

江西人民出版社
Jiangxi People's Publishing House
全国百佳出版社

华坚全景图

总序

以党的十一届三中全会召开为重大标志，中国改革开放的大幕徐徐拉开，一个波澜壮阔的伟大时代奔涌向前。

时代宏音犹在耳际，改革开放的伟大进程已经走过了整整四十个年轮。

四十年来，民营经济从无到有、由弱而强，写就了我国经济社会发展中令人瞩目的辉煌篇章。改革开放的历史，在某种意义上就是一部民营经济发展壮大的历史。

企业是市场的重要主体，企业和市场的发展都有赖于创新实干的企业家精神。这种精神是企业成长的原动力，也是发展社会主义市场经济最为宝贵的稀缺资源和强大竞争力。习近平总书记指出："全面深化改革，就要激发市场蕴藏的活力。市场活力来自于人，特别是来自于企业家，来自于企业家精神。"

改革开放以来，党中央、国务院和社会各界一直高度重视对企业家的培育和鼓励。进入新时代，培育好企业家队伍，弘扬好企业家精神，已经成为坚持和发展中国特色社会主义的重大选择。2017 年，在中央全面深化改革领导小组第三十四次会议上，习近平总书记又指出："企业家是经济活动的重要主体，要深度挖掘优秀企业家精神特质和典型案例，弘扬企业家精神，发挥企业家示范作用，造就优秀企业家队伍。"2017 年 9 月，中共中央、国务院发布《关于营造企业家健康成长环境　弘扬优秀企业家

精神 更好发挥企业家作用的意见》，这是中华人民共和国成立以来中央首次以专门文件明确企业家精神的地位和价值。

伟大时代对企业家地位和企业家精神的充分肯定，不仅促使中国民营经济在发展的过程中涌现出一大批优秀企业家，为企业发展开辟了广阔天地，更赋予了企业家奋力开创事业的强大力量。

伟大的时代也使江西民营经济如沐春风。在历届江西省委、省政府的领导下，江西民营经济迅猛发展，如今已占据全省经济的"半壁江山"。民营经济现已成为江西市场经济中最有活力、最具潜力、最富创造力的主体，成为推动江西省加速崛起的主力军、改革开放的主动力、增收富民的主渠道。伴随着江西民营经济的发展，在江西这片红土地上，一批创业先行者以敢为人先的勇气汇入了时代洪流。他们顺应时代发展，勇于拼搏进取，艰苦创业，锐意奋进，在伟大时代的进程中成就了人生事业的精彩。同时，在企业不断发展的进程中，他们积极履行社会责任，把企业的发展和社会责任的履行自觉统一起来，展现出企业家良好的时代精神风貌。

抚今追昔，我们在被当代赣商精神感染的时候，不由想起了以敢为人先、艰苦创业、义利兼顾等商业精神与商道品格著称的江右商帮，并深切地感受到赣商精神的传承和发扬光大。江右商帮曾纵横中华商界九百年，明清时期达到鼎盛，以人数之众、操业之广和讲究贾德著称于世，与晋商、徽商等并列为中国古代十大商帮。

历史深处有未来。

任何一个国家的崛起，都是政治、经济、文化、科技等领域的整体崛起。对社会发展和人类文明进步作出杰出贡献的代表者，历史总是以铭记的方式表达着敬意，其卓越贡献与思想精神的不断衍续，也成为永远闪耀于历史长空的精神启迪之星。

然而纵观历史，人们不难发现这样一个事实：青史留名的历史卓越贡献者多为思想家、文学家与科学家；而对社会物质文明进步作出了巨大贡献的企业家，在浩瀚的历史著述中却寥寥无几。

商道长河谁著史。

正是基于这一视野高度，江西省工商联（总商会）在雷元江主席领导下，于 2014 年研究重塑赣商大品牌、引领赣商新崛起的工作部署，把发掘、传承、弘扬江右商帮精神和树立新时代赣商文化自信紧密结合。具体而言，就是把历史上誉满华夏的江右商帮和改革开放进程中稳健崛起的新时代赣商群体整体纳入历史与现实的宏大视野，把传承与弘扬赣商精神作为立意高远方向，把激励赣商群体在改革开放新阶段更加奋发有为作为新起点，着力开创赣商在改革开放新阶段、新时代的大发展格局。

在此过程中，雷元江同志又进一步提出，激励赣商群体在改革开放新阶段更加奋发有为，不但要体现了财富创造上，而且要体现于精神风貌上。他强调在打造同心谷·赣商之家（商联中心）物质载体大厦的同时，还要打造一座赣商精神载体大厦，把改革开放以来赣商与时代脉搏同跃动、共奋进的壮怀激烈创业历程与精神风采真实完整再现出来，汇聚成一部宏大的赣商创业奋进史。由此，形成了组织撰写《当代赣商》大型报告文学丛书的整体创作构想。

在雷元江主席的直接领导和悉心指导下，这部体制宏大的报告文学系列丛书作品，选取一批在改革开放进程中敢为人先、勇于探索、成就大业且具有深厚家国情怀的优秀企业家作为赣商杰出代表，每位企业家自成一卷，以报告文学的形式再现他们的创业历程，展现他们的商业智慧、商道品格和人生情怀。其全部的归旨，就在于忠实呈现改革开放四十多年来的宏大赣商人物志与奋进史。

从 2014 年至 2017 年，《当代赣商》大型报告文学系列丛书的组织撰写工作展开样本创作。在形成蓝本的基础上，于 2018 年正式全面展开。

《当代赣商》大型报告文学系列丛书的组撰工作，既为改革开放进程中崛起的赣商群体著录了宏大创业史，同时也与江西省工商联（总商会）

部署实施的《赣商志》《赣商会馆志》《江右人家》《历史的铭记》等编撰创作，共同构建起一部完整而宏大的赣商发展传承史，矗立起一座赣商文化精神大厦。

为改革开放进程中的赣商群体著录宏大创业史，本就是一项具有开创性的工作。更为重要的是，在新时代大力弘扬优秀企业家精神的主旋律中，构建赣商文化精神大厦这一深远立意，又赋予了《当代赣商》大型报告文学丛书深刻的历史与现实意义。

赣商尤其是以江西知名民营企业家为代表的优秀赣商，他们以与江右商帮一脉相承的艰苦创业、义利兼顾精神，在开拓奋进、勇于担当中积淀了宝贵经验和深厚感召力，厚德实干、义利天下是当代赣商最明显的特征。因此，本丛书的出版，必将汇聚成激励和引导广大江西非公经济人士健康成长的强大正能量。

在改革开放的新时期，江西省工商联（总商会）在引领赣商奋发有为、再创新辉煌的整体谋划部署中，通过赣商精神大厦的打造，也必将为全体赣商在新的奋进征程中注入强大动力。

《当代赣商》大型报告文学丛书在江西省工商联（总商会）的领导部署下，由江西省民营经济研究会承担组织撰写和出版工作。其间，得到了各级领导的大力支持和热情指导，作者们付出了大量心血，在此一并表达诚挚感谢！

江西省民营经济研究会

2018 年 5 月 28 日

4

目录

概述

一

时光回望，1982 年冬春之交的那个乍暖还寒时节。

其时，一位年轻的军人正从部队退伍转业返乡，重又回到了自己的家乡务农。这位年轻退伍军人的家乡，位于江西省南昌县麻丘镇一个名叫"厚溪"的村庄。

尽管相距江西省会城市南昌不是很远，但这里的村民们似乎早已在潜意识里那样认定——一个偌大的瑶湖（南昌地区面积最大的天然湖泊），已将他们甚至后辈们的现实和未来生活归属，与湖对岸那边城市里的人们区分得迥然有别。

在年复一年、冬去春来的岁月往复中，厚溪村的村民们延续着一成不变的"日出而作日落而息"的生活方式。在辛劳与清贫中，他们寂静地守望着自己的家园和田地。而瑶湖对岸那边南昌市白天的热闹与夜景里的繁华，对他们来说，一切都显得是那样的遥远而又陌生，仿佛那是与他们的生活毫不相干的一切，也是遥不可及的一切。

但事实上，在每一位村民的内心之中，都深藏着一种苦涩的情结。

那种苦涩的情结，是对城市尤其是城里人的生活方式，充满了无限的羡慕与向往。而这种羡慕与向往，只不过是被他们自己心底的无奈和自卑压抑着，而且压抑得由来已久。

在返乡务农的很长一段时间里，除了整天在自家田地里挥汗如雨地劳作，那位年轻的退伍军人，在平日里一直显得沉默少语。

看得出来，在这位年轻退伍军人的内心深处，似乎有着一种难以向人言说的沉重，仿佛唯有自我责罚式的沉默劳作，方能挥泄出蓄积在他心底的沉闷。

然而，在挥汗劳作和沉闷行进的时光里，这位年轻退伍军人的心底，却从未曾甘心试图让自己去接受一辈子就这样生活下去的现实。其实，从年少时期开始，他心底一直以来的梦想，就是要决心改变父辈们"脸朝黄土背朝天"的生存方式，他不甘心自己就这样重复父辈们的生活轨迹和"一眼就望得到头"的命运。

正是因为如此，在退伍返乡之后的沉闷劳作时光里，他从未曾停止对如何去改变自己现实处境的思考。

在深思的过程中，一个想法开始在他脑海里慢慢酝酿萌发，且日渐变得越来越强烈。

终于，在某一天深夜里，这位年轻退伍军人下定决心，做出了他人生中的一个重大决定——自己绝不能再这样继续以种田为生，一定要寻得新的生活路径与方式！

其时，这位年轻退伍军人的决定和想法，很简单也很淳朴：在农闲之外，自己去做些手艺活计，或者做点买进贩出的小本生意，如此，自己将来的生活，也就不至于过得像完全要靠几亩田地为生的同村村民那样艰辛和窘困了。

与此同时，对于这位年轻退伍军人而言，心底里还有更为深切的期盼。

那深切的期盼便是，自己所想要去实现的这种谋生方式，在多少能改变父辈们一辈子"脸朝黄土背朝天"的沉重艰辛和窘困生存状况之外，兴许还能让自己闯出一条走出农村的谋生之路来。

"只要能走出农村谋得生活，只要是不种田，那将来干什么都行！"这就是年轻退伍军人从年少时就在心里萌发的坚定信念！

这位年轻的退伍返乡军人，就是张华荣。

"他为人十分忠厚，又特别勤快肯吃苦，但就是从来对当农民种田心有不甘。"时隔数十年，如今厚溪村里上了年纪的村民们，依然对当年二十岁刚出头的张华荣有着深刻的印象。村里的年长者说，当年张华荣的那点所谓"不安分"，其实无非就是"不想作（种）田"而已。

让自己或是让子女摆脱一辈子种田种地的命运，这又何尝不是那时每一个农村人，尤其是农村年轻人内心深处的热切向往。

年轻时的张华荣，身上承继了父辈典型的农民特质。然而，在他的骨子里，却从年少时起就悄然渗进了对一辈子依附土地生存的强烈"叛逆"性格。到青年时期，他无论如何都不再想重复父辈们"脸朝黄土背朝天"的生存方式了。

为此，在从年少而至青年的岁月里，张华荣始终都在朝着"不种田当农民"这个方向执着遥望与奋力前行。

在一个人的情感里，对于某种处境有近乎叛逆的强烈逃避，一定来自于其内心深处曾亲历的刻骨铭心的某种痛楚。

张华荣如此渴望摆脱一生以种田为生的命运，正是源于他年少时所真切体验到的稼穑艰辛和农村生活艰苦。

1958 年，张华荣出生于江西省南昌县麻丘镇厚溪村的一个贫苦农家。

出生于生活异常艰难的年月里，张华荣自幼就饱尝着生活的苦楚。在连饭都吃不饱的日子里，母亲没有奶水，只得用米汤、碎米羹等来喂养襁褓中的张华荣。等他稍大了一些，和家人一起每天嚼咽的，也大多是野菜掺些谷糠或者少得可怜的大米做成的野菜糊糊。

童年生活对于张华荣而言，满是苦涩饥寒的记忆。

因为家贫且兄弟姊妹又多，从生产队分得的口粮总是不够吃。尽管家里一年中有近半年的时间每天只吃两餐饭，可每到青黄不接的时候，还是有不少时日揭不开锅。一年到头，全家人也难得吃到几回荤腥。从几岁时开始，张华荣就开始放牛、砍柴、打猪草，帮着父母干各种体力农活。

那些烈日炙烤下的煎熬，那些隆冬日子里的瑟缩，那些重压在稚嫩肩头上的沉重负荷，让张华荣在从童年到少年的整个岁月里，深切地体验到了家境贫穷的苦涩，内心深处更是镌刻下了沉重的劳动负荷所带给自己身体的苦痛。

唯有那上学的情景，是他心中珍藏着的年少美好回忆片段。

"农村和农活，意味着沉重而艰辛的生活，在某种程度上也意味着生命中的不堪承受之重。"由此，走出农村便成为张华荣年少时内心深处的强烈愿望。而城市和城市人的生存方式，也随着年龄的增长，愈发带给他无限的向往。到稍稍懂事的年纪，张华荣就暗自在心里告诉自己，自己将来一定要努力走出农村去。

由此，"走出农村去"的强烈向往，赋予了张华荣强大的精神动力。

然而，严格的城乡二元结构体制，形成了那个年代里城市与乡村之间的森严壁垒。一个农村人要想走出乡村，进入城市去谋生立足，又谈何容易！

起初，张华荣也曾希望依靠发奋读书来"跳出农门"，但因"文化大革命"的不期而至，再加上家境贫困，初中没读几天，就辍学回家务农了。

艰苦而漫长的乡村时光，磨砺着成长中的张华荣，期间也的确消退了他个性和理想中的许多炽热渴求。然而，唯有他那深藏于心底的"将来一定要走出乡村去"的向往，不但未曾被消磨，反而随着年龄的增长逐渐变得越来越强烈了。

通过读书来摆脱种田命运的梦想之门关闭了，但此后，参军又为张华荣打开了一扇有可能走出农村的向往之窗。

1978 年，二十岁的张华荣报名去参军，他渴望通过参军这条途径去实现自己走出农村、摆脱种田命运的愿望。

报名参军后，张华荣如愿走进了军营。

然而，几年部队时光过后，张华荣最终还是没能实现自己的愿望。他从部队退伍转业，重又回到了家乡南昌县麻丘镇厚溪村务农。

就是在 1982 年那个冬春时节里，张华荣的人生脚步重又回到了农村这个原点，时光又在日出而作、日落而息的交替往复中悄然向前。

真正不甘心于被命运安排的人，即使是以沉默与无奈来面对和接受现实，但深埋在其内心深处的那种坚定信念，却是长久难以磨灭的，退伍回乡务农后终日沉默躬耕于田间地头的张华荣正是如此。

性格中天生的倔强和军营里磨砺出的坚强性格，计退伍返乡务农的张华荣，在内心深处最终还是迸发出了绝不任凭命运安排未来人生的力量——他决定在农闲时兼做些手艺活或做些小买卖，这样既可改善一下家境，同时，也是对终日"脸朝黄土背朝天"生存方式的一种改变。

这就是退伍返乡务农后的张华荣，决心再一次为摆脱艰苦而沉重的农村生存方式努力拼搏。

沉重中渗透进新气息的另一种生活方式便这样开始了。

起初，张华荣跟着做木匠手艺的父亲走村串户学做木匠。之后，他又转而学做起了泥瓦匠。再后来，他又挑着行头游走于十里八乡，挨家挨户上门去补锅、收油菜籽、收破铜烂铁……

张华荣总是在不断地寻找，在不停地辗转奔波。其时，他也并不知道，究竟哪一种才是最适合自己的谋生方式。

直到 1983 年，在游走于城市与乡村之间，从一次收购油菜籽所获得"颇丰"的过程中得以启示，张华荣受一位做布鞋生意的舅舅的影响，做起了贩卖布鞋的小本生意后，他才逐渐意识到，这贩卖布鞋不但是自己喜欢的谋生之道，而且，那是付出与所得常让自己感到意外惊喜的一种谋生方式。

不知不觉中，张华荣渐渐在这条路上越走越远。

只是，张华荣怎么也不曾想到，自己在为挣脱从田地里刨食谋生的生存方式过程中，悄然走进了他人生的一个崭新开端。

让张华荣更不曾料想到的是，此时的他，正与全国各地那些强烈希望改变自己现实境况与命运的人们一起，悄然走进了一个崭新的时代。

二

20世纪70年代末、80年代初，那是一个伟大时代的起点，也是许许多多普通人命运的重大转折点。

在工商业领域，一个向个体小商小贩们敞开广阔天地的壮阔时代，潮涌而起。那些不甘于命运、渴望改变自己现实窘境、大多数来自"草根"的人们，在国家改革开放波澜壮阔大幕徐徐开启之后，开始成为中国广大城乡应运而生的第一批个体户。

当时，社会上将这个群体称作个体小商贩。

那时，人们对个体小商贩还存在几分偏见甚至是不屑。这源于在改革开放之前很长的一段时间里，个体经商曾被视为是投机倒把的活动，是要被当作"资本主义尾巴"来割除的行为。

因此，在改革开放之初的一段时间里，买卖仍是社会惯性意识中的"禁区"。那些从事个体贩卖活动的私人经营者，在世人眼里，自然也是多少有些"投机取巧"和"不务正业"思想的那类人。

也正因为如此，在那时，像张华荣这样的个体小商贩们，在开始他们艰辛不易的个体经营生计的同时，不仅需要有不拘泥于世俗偏见的勇气，还要有敢为人先的胆量气魄。

在家乡南昌县麻丘镇厚溪村一带的十里八乡贩卖油菜籽，在麻丘小镇上摆地摊的过程中，张华荣已渐渐地意识到，外面的世界有更加热闹开阔的生意天地。

于是，他果敢地走出了家乡那方狭小的空间，尝试着去往浙江等地见世面、找机会。

张华荣果真见到了世面，找到了机会，也结下了今生与鞋业的不解之缘！

80年代初，浙江义乌等地自发形成的小商品市场开始蓬勃兴起。在这里，张华荣发现一款北京布鞋很流行，他试着贩运到江西南昌、九江等地来摆摊设点进行销售，居然十分畅销。

从此，张华荣就做起了贩鞋的生意。

在这一过程中，张华荣一点点积累，赚到了他人生中的第一桶"金"。

在走出乡村，往返于浙赣两省贩卖布鞋的过程里，呈现于眼前广阔且欣荣蓬勃的城乡商品市场，让张华荣兴奋地发现，自己身边的一切越来越不同了。而且，他还渐渐发现，曾被人们认为是"不入流"的贩进卖出的行当，加入其中的人越来越多了，在社会的主流意识里，人们甚至开始认为，这是有能耐的人所做的事。

张华荣逐渐深刻地意识到，时代真的变了，在改革开放的时代巨变之中，一定潜藏有属于自己人生的机会。而这一机会，也一定是能够让自己实现摆脱依赖土地为生强烈愿望的一条途径。

后来的现实，证明了张华荣的判断和努力方向极为正确。

当全国城镇各地随处可见个体鞋帽经营户的时候，张华荣已小有积蓄了。这时，他也渐渐发现，短短两三年时间里，一些曾经与自己情况类似的个体户中，有人在小有积蓄后，开始着手把生意做大。

张华荣也萌生出了一个念头——把自己经营鞋子的生意做大起来！

"现在市面上北京布鞋很畅销，自己何不开一家生产北京布鞋的制鞋厂呢？"此时，走南闯北做鞋生意不到两年时间的张华荣，眼光和胆量已今非昔比，他既看到了省内外正蓬勃而起的商品市场，又看到了国家政策鼓励私人经商办厂。

想好了看准了，张华荣说干就干。

1984年10月，张华荣靠着自己的积蓄和借来的共4000多元钱，在家乡厚溪村自己的家里办起了"南昌县麻丘厚溪青春鞋帽厂"。这个家庭作坊式的小鞋厂，包括张华荣和请来的工人共10个人，3台缝纫机，主要生产当时市面上颇为流行畅销的北京布鞋。

从这个家庭作坊式小鞋厂开始，张华荣迈出了艰苦创业的步伐。

由个体小商贩到私人小鞋厂的老板，在这人生角色的悄然转变过程中，张华荣随后也真切体验到了无数的艰辛。除此之外，还有对小鞋厂将来发展前景的未知。

然而，在张华荣的内心深处，却充满着激情和无限憧憬，他把改变一辈子种田当农民命运的希望，全部寄予在了自己那家庭作坊式的小鞋厂上。

功夫不负有心人。在张华荣诚信倾力经营之下，他那偏居于家乡厚溪村的作坊式小鞋厂，开始一点点有了起色，逐渐在南昌市一带小有名气，所生产的北京布鞋常常供不应求。

"鞋厂要想发展，必须要走出闭塞的家乡"——1986年，张华荣把南昌县麻丘厚溪青春鞋帽厂搬迁到了南昌市湖坊乡顺外村，并更名为"南昌市湖坊鞋厂"，以期在行业信息灵通、市场氛围浓厚的环境中，让鞋厂获得更快的发展。

接下来的事实又证明，张华荣的这一决定，是让鞋厂迈向大发展十分重要的关键一步！

果不其然，在搬迁到湖坊乡顺外村之后，鞋厂的快速发展大大超出预期。

从1986年到1991年，鞋厂的发展几乎一年一个台阶，产销量连年翻番，员工人数也增至近200人，一跃而成为一家拥有多套制鞋机械设备和年生产几十万双布鞋的中型规模制鞋厂，并荣获南昌市先进私营企业称号。

从一个家庭作坊式小鞋厂到一家初具规模的中型鞋厂，张华荣前后用了整整 8 年的时间，在南昌市制鞋行业创造了一个让人惊叹的奇迹。

意气风发、信心倍增的张华荣，此时又有了更大想法，他迫切希望把南昌市华荣鞋厂做成行业里的佼佼者，快速发展成为一家大型现代化制鞋厂。

就在这时，一位台商慕名上门找到张华荣，提出双方一起合作，共同创办一家大型现代化制鞋厂。

1992 年，基于对这位台商的信任和自己想把鞋厂做大的迫切愿望，张华荣欣然应允，倾其所有，与台商合资成立了"江西华坚鞋业有限公司"。

为此，张华荣单方面为租建厂房、购买设备等，共投入了数百万元巨额资金。这些投入的资金，一部分是 8 年来张华荣办厂所赚的全部积蓄，而另一部分则是借款。

然而，当一切业已就绪，只待同心开创"江西华坚"美好未来之际，迎接张华荣的却是当头一记重棒——原来，那位台商此前信誓旦旦表示与自己"真诚合作"创办鞋业公司，纯属子虚乌有，其真实的意图是以合作为幌子骗取张华荣花钱购买他的制鞋机械设备。

张华荣在毫无察觉的过程中，走进了那位台商精心设置的陷阱之中！

厂区已租建、机器设备已购买且员工也已招聘，这样的现实让张华荣陷入了没有退路的境地。

处于进退维谷中的张华荣，紧咬牙关，苦苦谋求着江西华坚鞋业有限公司得以存活下去的各种路径。因缺乏资金周转、承揽业务艰难，"江西华坚"一步步走向越来越难维持的境况，张华荣为让"江西华坚"不倒而不惜四处举债，一边苦撑危局，一边另寻转机。

可是，在苦力支撑一年多时间后，风雨飘摇中的"江西华坚"，还是面临即将关门闭厂的残酷现实。

就在此时，一个令人无比惊喜的机遇却倏然眷顾了始终坚守不退的张华荣——因为抱着寻找商机的想法而参加广交会，却意外得到江西省轻工业局的高度重视，"江西华坚"因此获得了鞋类外贸加工生产的订单。

这一商机，让"江西华坚"起死回生！

在之后的两年多时间里，承接外贸订单业务，不但让深陷生存危机的"江西华坚"成功走出了生存困境，并由此成功转向外贸加工业务领域，赚得了沉甸甸的"一桶金"。

1996年初，由于欧盟突然对中国鞋类出口发难、举起反倾销大棒，对进口中国鞋类产品施以严格的管控。在这样的背景之下，中国鞋类产品出口订单迅速锐减，导致全国外贸鞋业产销市场很快陷入一派冷清的处境。

"江西华坚"再次面临生存困境。

这一次，摆在张华荣面前的，有两条稳当的路径：一是彻底放弃继续办企业，捏紧手里尚存的钱财从此过上平静惬意舒适的生活；另一条就是转行做别的行业，避开因继续办鞋厂而遭遇到的艰难。而且，20世纪90年代末，全国民营经济发展正呈现繁花竞放之势，商机处处皆是。

然而，此时的张华荣发现，在自己的内心深处，对制鞋已有了无法割舍的情感。

"真正让自己告别依靠土地刨食，并对人生未来满怀信心的，是贩鞋和制鞋。创立'华坚'虽令自己陷入倾家荡产、负债累累之境，然而，让自己又再度点燃未来希望的，还是鞋业。"张华荣执拗地认定，或许今生自己全部的人生荣辱和事业的亮色，注定了就是与鞋结缘的。

张华荣最终做出了抉择——依然朝着制鞋的方向往前走，一定要让"江西华坚"东山再起！

张华荣清醒地知道，要实现这一目标，就必须寻求"华坚鞋业"新的生存领地，重新去制定"华坚鞋业"新的发展方向。

新的契机也由此而来——经多番考察和慎思之后，张华荣把目光投向了中国鞋业代加工的聚集地广东东莞市。

自20世纪80年代初开始，以"三来一补"方式大力引进外资的广东东莞，到 90 年代中后期已发展崛起成为制造加工业的"世界工厂"。这里云集的鞋业代加工企业，每年所生产的鞋类数量，占据了超过世界鞋类总量的一半。

将"华坚鞋业"搬迁至东莞，全面转向制鞋代加工——张华荣认定，这既是"华坚鞋业"走出发展困境最为现实的路径，也是意图日后在东莞做大做强的明智选择。

1996 年 10 月，张华荣怀揣着 30 万元资金，带领江西华坚有限公司 80 名技术及业务骨干，一路风尘来到了广东东莞并租下厂房。在东莞厚街镇白濠工业区一家当时已倒闭的台资鞋厂大门外，张华荣和他的伙伴们挂起了"东莞华坚鞋业有限公司"的厂牌。

人生与事业的又一次从头再来，张华荣将这视为自己又一次"非同寻常的开端"。

在机声隆隆、一派忙碌的东莞厚街镇白濠工业区，人们是无暇去关注这样一家小小新公司的诞生挂牌的。因为，像这样一块公司的牌子刚摘下、随后另一块新公司的牌子旋即又挂上的事情，在这里是再也平常不过了。

只是，谁也不曾料到，有朝一日，这块牌子上写着的"东莞华坚鞋业有限公司"，不但成为东莞乃至世界鞋业制造的巨头企业，而且还强势引领全球女鞋制造的浪潮。

更没有人会料到，后来被誉为"中国女鞋教父"的行业领军人物，竟会诞生于这里。

与无人料到"华坚"有朝一日在东莞神奇崛起一样，张华荣同样没有料到，满怀憧憬的开端之后，等待他的竟是一场无法想象的艰难严酷。

简朴热烈的开业仪式过后，公司却日渐陷入了沉寂——在东莞偌大的制鞋市场，各类鞋的代加工订单数量惊人，而"华坚"竟接不到哪怕是一张数量极少的代加工生产订单。

这样的情形长久持续，无疑是致命的打击。更为冒险的是，为凸显公司实力以接到订单，张华荣不得不继续举债新增先进设备，为稳定员工不离厂而去，他甚至自己给自己下"订单"，以表明希望由此开始……

艰难的坚守之中，东莞华坚步履维艰，在巨额债务的泥沼中越陷越深。最终，东莞华坚走到了举债无望、贷款无门的地步，加之债主纷纷上门追债，数月没有领到工资的员工也心生去意。

此时的张华荣焦头烂额，心力交瘁。

再小的加工订单，也轮不到东莞华坚鞋业有限公司，几乎所有的原料供应商全部停供原料，公司已走到了山穷水尽的境地。

放弃，所有的一切都将付之东流。

坚持，未知的前路那样深不可测。

张华荣第一次真切体验到，什么是人生进退维艰的境地。

白手起家，艰苦创业，奋力打拼十多年，历经艰辛无数，最终却走到了山穷水尽的地步，无论是从情感上还是从现实处境中，都让人无法接受。

面对这样残酷的现实，张华荣一度心灰意冷，到最难以坚持的时候，他甚至做出了只身偷偷逃往俄罗斯的计划。

"我一直相信方向对了，就不怕路远。"陷于进退维谷处境中的张华荣，最终作出了咬紧牙关继续坚守的决定，他决心背水一战。

永不放弃、永不言败的信念，再次成为华坚人在困境中的强大精神支柱。

而这一次坚守，不但让华坚鞋业赢得了生死攸关的转折机遇，更成为华坚鞋业稳健快速崛起于东莞鞋业制造企业之林的重大开端。

世界著名的鞋业贸易商派诺蒙看中了华坚鞋业，第一张订单就给了东莞华坚鞋业 30 多万双女鞋的品牌代加工生产订单。

其实，在生死攸关时期，来自派诺蒙的关键订单并没有在经济上解决"华坚鞋业"的困境，但它使东莞华坚鞋业的形象问题得到了解决。华坚鞋业充分地把贸易公司的信赖转化为一种资源，让供应商相信"华坚"有未来，可以最大限度地争取他们的支持。

与派诺蒙的成功合作，成为"华坚"发展历程中的重大分水岭。

正是这一转折机遇，让华坚稳健地向着整个东莞市群雄逐鹿般的鞋业制造竞技场走去。

此后短短几年，华坚鞋业崛起为东莞制鞋行业中的领军企业！

"我是江西人，赣州是革命老区，能为家乡和老区的发展尽一分心，出一点力，是我最大的心愿。这就是我义无反顾选择赣州的原因。"

2002 年，张华荣在江西赣州投资 5 亿元，兴建赣州华坚国际鞋城。

这也是张华荣部署华坚集团将生产基地向内地分散转移的一个重要举措。

在外部环境最好和企业快速成长的时候，华坚集团未雨绸缪。张华荣以极富前瞻性的战略眼光，让华坚鞋业在东莞鞋业制造企业中，率先完成了产业的梯度转移。后来让人惊叹不已的，还有几乎与"华坚"区域布局、产业梯度转移同时进行的产业链结构转型。

一般认为，在制造业领域，产业分工越细、越专业，其生产效率就越高。然而，在张华荣对华坚集团未来发展的整体规划与战略思考中，却反其道而行之——逐步实现华坚鞋业由单纯的成品鞋制造，向制鞋产业相对完整的产业链转型。

1999 年，华坚二厂投产，此后陆续开设的三厂、四厂，把企业的产业链从鞋材延伸到模具、制楦等环节。此后，华坚集团又先后在广东江门、河南项城等地投资设厂，又将产业链延伸到制鞋皮革原料的生产。

"华坚"已把从原料、配件、模具、鞋机生产到鞋成品、包材印刷及贸易为一体完整产业链，牢牢掌握在自己手中。从此，"华坚"鞋业走上了发展的快车道。

2004 年，面对日益复杂的产业形势，公司又果断调整市场战略，由单一的国际品牌代工转为品牌代工与自主品牌相结合，由单一依赖国际市场转为国际国内市场并重，拉开了公司优化市场结构、优化产品结构、全面实行产业升级的序幕。

从 2005 年开始，华坚集团先后成立了 7 个研发团队，研发人员多达 2800 余人，其中一部分技术研发人员，尤其是高级设计师，直接从意大利、西班牙等传统制鞋强国聘请设计师。在研发投入上，张华荣舍得巨资投入，华坚集团每年用于技术和产品的研发高达数千万元。

面对波诡云谲的鞋业市场，企业只有在技术、产品上革新才能立足，才能谋求长远的生存与发展。

在与国际鞋业品牌业务深度合作的过程中，张华荣从国际品牌的成长之道中，逐渐悟出了华坚集团鞋业制造欲登临业界巅峰的必由之路。以技术和产品的不断革新为引领，打造在中国乃至世界鞋业制造领域的核心竞争力。

为了站稳脚跟，回避正面竞争，他们选择了代工模式。这是一个正确的决定，但发展目光绝不仅仅在于代工。没有品牌，就永远是给别人打工，自主品牌是基业长青的关键。"代而优则牌"早已经有了格兰仕、奔腾等成功先例，"好像每天一觉醒来，你都能在商场里看到新品牌冒出来"。

张华荣决策的着力点，转向了更深处——华坚集团从幕后走到前台，力推自主品牌。

华坚集团先后引进成龙、阿兰德隆、卡佛儿品牌，自创"COLCO"品牌，开始了自己的品牌创新之路，并于 2006 年初成立了东莞欧登堡实业有限公司，实现企业自主品牌的研发与销售，力争用三年至五年的时间，自主品牌的销售额达到公司为国际品牌加工的总额，实现国内外市场均衡发展。

企业做强的目的，是为了做大。

通过完整产业链的延伸打造与产业梯度转移，逐步实现企业的体量扩张，这是华坚集团发展布局整体战略规划中的两大核心内容。

在 2008 年至 2009 年全球金融危机风暴的席卷之下，广东等沿海地区众多外向型企业纷纷出现极度困难的境况，不少中小制鞋企业先后倒闭。

然而，就是在这样的市场形势与背景下，华坚集团不但没有为生产订单发过愁，而且稳步发展壮大，甚至一笔订单的数量，就高达 30 万双鞋。

华坚集团逆势而上，在危机中表现更加坚强、更有信心迎接挑战，始终傲立国内国际制鞋行业潮头。

回望新千年第一个十年，纵观华坚集团铿锵有力的发展步伐，清晰地呈现出"发展、转型、升级"的崛起路径。华坚集团的发展崛起，身姿矫健、步履稳健，在行业知名企业阵营中，堪称独树一帜！

业界纷纷发出这样的赞叹：华坚集团"发展、转型、升级"的路径，可谓未雨绸缪、务实稳健而又居高望远。

这 发展路径，是华坚集团在激烈的国内外市场化危机为转机的六字真言，也正是所有外向型加工贸易企业摆脱困境的法宝。

历经这一轮屡涉险关、艰苦卓绝而又辉煌绚丽的十年发展，在中国乃至世界鞋业制造领域，华坚集团完成了自身发展的华美转身。

走过苦难童年、风雨兼程的青年时期，行进于奋进的中年，如今"华坚"正强势崛起于世界鞋业制造领域，张华荣真切感受到，自己内心深处正生发出前所未有的只争朝夕的紧迫感。

面对当前不景气的经济环境，几乎鲜有行业能避开金融海啸带来的冲击，鞋类行业也面临着战略调整和产业升级等诸多方面的困难。

国际鞋业的制造中心，20 世纪 50 年代从美国开始转移，先是向日本转移，70—80 年代栖身中国台湾和韩国，90 年代后登陆中国大陆，同时也诞生了越南、印度等新兴制造基地。

产业转移的过程，实际上是一个追逐成本优势的过程。

在全球制鞋业中，中国制鞋业可谓异军突起。20 世纪七八十年代，我国广东、福建、浙江等东南沿海地区积极承接来自于海外的产业转移，获得了中国鞋业起步阶段的原始积累，使中国鞋业得到了长足发展，形成了十分完善的产业链和产业发展平台，并且已基本占据了全球中低端的鞋产品市场。

在世界 50 多个高档女式皮鞋品牌中，有超过半数的品牌都在华坚集团代工，华坚集团已稳稳地占据了全球鞋业代加工制造行业的制高点。

立足东莞的十年过程中，华坚集团稳健崛起为中国最大的女鞋制造企业！

张华荣本人也被行业界誉为"中国女鞋教父"。

从国际到国内，整个鞋业产业的重新洗牌加速。这也意味着，谁能抓住行业重新洗牌的机遇，在这一过程中实现企业稳健而灵活的调整布局，谁就能在新一轮的行业发展中赢得崛起的机遇。

对于厚街鞋企来说，2008 年是非常艰难的一年，国际金融海啸风起云涌，全球经济消费疲软，鞋业订单减少，成本递增，利润逼窄，出口受阻，企业遭逢了几十年一遇的发展困境，产业转型升级势在必行、刻不容缓。

东莞厚街，这个世界制鞋行业水平最高、最为集中的区域，迫切需要一个平台引领和带动产业的整合与提升。

此时，整个行业的目光聚焦于华坚集团。

而张华荣，被整个行业赋予了厚重的期待！

整合国际鞋业龙头的行业技术背景和国际产业财团资金实力，联袂一流的专业商贸地产策划机构和数家富有国际专业水准的建筑规划设计机构，强力打造扛鼎全球鞋业高端产业平台——基于全球鞋业制造发展的宏大背景，立足东莞乃至全国鞋业制造的转型升级大战略，在张华荣的运筹帷幄之中，世界鞋业（亚洲）总部基地项目应运而生。

世界鞋业（亚洲）总部基地，旨在引领东莞厚街成为全球最具鞋业高端产业价值的先锋城市。

这一大平台集研发、采购、贸易、资讯、制造、物流于一体，实现国内外市场的信息整合、互动，成为国内鞋业企业实现品牌孵化、升级转型的最优发展平台，为中国鞋业企业走向世界提供全新的发展空间和广阔视野。

同时，引入世界鞋业品牌研发中心、采购和营销中心和区域总部等机构，促使鞋业逐渐形成全新的发展格局。

2008年11月28日，世界鞋业（亚洲）总部基地项目隆重启动。

"这不仅仅是华坚集团发展历程中的里程碑，更是以鞋业制造为代表的'中国制造'走向全球高端舞台的又一个标志性事件。"对于中国承接全球鞋业新一轮高端产业转移的这一重要节点和基建项目，业界内外盛赞，世界鞋业（亚洲）总部基地的诞生，必将成为中国鞋业跨越辉煌的重要桥梁，创造持续领跑世界的崭新蓝图！

融合现代建筑理念，将现代商业产业与现代服务业相融合的世界鞋业总部基地首期，一经推出后，即震撼全城，轰动世界。

金融海啸之下，东莞厚街鞋企酝酿集体突围，也许转型路上困境重重，但依托这一鞋业高端综合性服务平台，自身强大的综合服务能力形成区域辐射，带动鞋业全产业链的发展，真正发挥鞋业产业硅谷优势，阵痛过后，厚街鞋业更有活力的发展未来。

世界鞋业（亚洲）总部基地就是一个服务鞋业产业的综合性公共服务平台，其中有一个功能就是世界鞋业进入中国的升级承接平台，通过这一平台，让世界上先进的鞋业科技进入中国，同时，中国鞋业也通过这个平台学习世界先进技术，切实转型升级、提升中国鞋业、东莞鞋业的创新能力和综合竞争力，促进东莞鞋业健康发展。

世界鞋业（亚洲）总部基地在提升整个东莞鞋业档次，引导东莞鞋业转型方面发挥了重要的作用。此外，每年一届的世界鞋业发展论坛，邀请世界鞋业巨头聚首交流，让东莞鞋业在世界发出了声音，谋求属于东莞制造的话语权。

在某种意义上，华坚集团已跃居为中国鞋业制造中的引领者，代表着中国民族制造业的品牌形象和卓越实力！

创业者从来都是以坚定跋涉的脚步，丈量着现实到梦想的距离。

从家庭作坊式小鞋厂起步，一步步成长为国内制鞋企业界的领军者、全国女鞋生产的翘楚企业。在 30 多年的时光里，张华荣锲而不舍，执着于制鞋行业，始终专注于他的制鞋事业。

正是在这一过程中，张华荣找到了自己人生事业的归属所在，更坚定了自己人生追求不断迈向高处的目标。

当每一次立于人生事业的更高处，张华荣总是会敏锐发现并果敢抓住那些成就心中更壮阔目标的重大机遇。

2011 年，始于引领东莞鞋业制造产业转型，开始迈出投资海外生产基地建设的张华荣，又与重大机遇不期而遇。这一重大机遇，就是国家大力推进实施的"一带一路"倡议。

在世纪之交确立的远景发展目标中，国际化发展是华坚集团未来的明确方向。而在新世纪的第一个十年里，随着国内鞋业生产制造基地一端向海外转移已成为客观趋势，也使得华坚集团的海外发展水到渠成。国家推进实施的"一带一路"倡议，从国家战略高度到地方政策层面为企业走出国门提供的明晰政策支撑，其背后蕴藏的巨大市场和商机，更让华坚集团走向鞋业制造国际大舞台逢遇着千载难逢的重大机遇。

视势而行，顺势而为。

2012 年 1 月，华坚集团在埃塞俄比亚投资建立的华坚国际鞋城正式投入生产，由此迈出了海外发展的第一步。

在此后的短短几年中，华坚集团逐步形成了海外投资发展的有自身特色的经营理念，这种理念既有中国特色，也有非洲元素。华坚集团快速崛起成为中国鞋业企业在埃塞俄比亚投资的"排头兵"。

2015 年，华坚集团再次投资"埃塞俄比亚 – 中国东莞国际轻工业园"，为更多的轻工制造提供发展平台，促进中国优势产业进入非洲，发挥华坚在埃塞已取得的投资经验。该产业园是埃塞俄比亚制造业本地化里程碑项目，不仅将带动中国对埃塞俄比亚的投资，同时也将造福当地的经济社会发展。

从家乡的那间制鞋小作坊出发，由江西南昌到赣州、广东东莞，再到今天走向海外广阔的发展天地，张华荣在30多年砥砺奋进的历程中，书写了一部精彩而厚重的创业史。

长歌当行潮逐浪！

做基业长青的百年企业，朝着这一目标坚定前行。张华荣把阔大的人生梦想和事业目标装在心中，又把一句质朴的人生格言始终刻印在心底——既要心怀凌云壮志，更需脚踏实地的开拓进取。

三

30多年来，张华荣始终怀着一颗感恩的心，深情地把改革开放视为成就自己人生事业的源头。

"为社会而生存，为行业而努力。"这是张华荣写给自己的座右铭。在这12个字当中，既有张华荣立志行业、心系社会的真实写照，也是他执着追求人生奋斗目标的巨大动力。

一个企业存在于社会，在获取社会资源、赚取企业利润的同时，更应注重自身对于社会的回报与贡献，这也就是社会责任。社会责任与担当，彰显出一位企业家的人生境界与情怀，也深刻反映了企业的价值取向。

纵览张华荣开厂办企业的30多年，既是一路风雨兼程的创业历程，同时又是他心怀感恩，真情回报社会的心路历程。

从2005年向兴国县龙口文院村小学捐助300套课桌开始，到2013年，8年中，华坚集团在江西光彩项目总捐款2182万元。其中，在赣州市13个县（市、区）新建的华坚光彩小学达24所之多。

成立自强班，吸收 400 多名社会残障人士就业；

向江西省希望工程捐资 120 万，建设南昌县麻丘镇厚溪小学；向上高县镇渡乡中心学校捐款 50 万元；

向赣州新农村建设捐资 600 万元；

2008 年 5 月，向四川大地震捐款的同时还派人到四川籍员工的家乡调查，对家里受灾的员工给予补助，并招聘了 448 名小金县员工到公司就业，帮助他们渡过难关。

…………

大爱至善，大爱至美，大爱至坚，大爱至真。

张华荣以广博的公益慈善情怀，为民营企业家的社会责任点亮了一盏温情的明灯。倾情社会公益事业的华坚集团，在民营企业勇于担当社会责任中树立起了榜样。

"如果没有党的改革开放政策，就不可能有当年我从贩鞋到办厂制鞋的机会，也就没有后来我创办华坚公司，成就人生事业的机遇。是党领导的改革开放政策，是改革开放的伟大时代，成就了我和华坚的理想追求。"

饮水思源。发自肺腑，出于真情。

"作为一个负责任的企业家，必须有对行业、对企业、对未来的信心，对社会、对员工的责任心，对企业永续经营的恒心。"张华荣说："这一切，都是我为实现一位民营企业家所追求、所崇尚社会价值目标的基础。"

富而思源，倾情报春晖，一路感恩而行。

在张华荣的企业核心价值观里，自己与企业要持续不断以公益慈善之举，去彰显中国企业家心中的责任之光！

第一章
渐行渐远的沉重梦想

　　漫长而沉重的岁月时光，总是悄然赋予一个人更为强烈的内心向往——对于改变自身困苦处境和现实命运的强烈内心向往。

　　在艰苦的农村岁月里，家境的清贫困窘，让张华荣从童年时代就开始真切体味到了生活的艰辛苦涩。也正是这积蓄于心灵深处的艰辛苦涩，使张华荣逐渐产生了"要想改变家境的贫困，要想改变终日'脸朝黄土背朝天'的命运，那自己将来就一定要走出农村去"这样坚定的念头。

　　因此，从年少一直到青年时期，"走出农村"这强烈而朴实的愿望，给予了张华荣内心深处不竭的奋争力量。

　　年少时，张华荣也曾在父母殷切的叮嘱中发奋读书，梦想着将来能成为文化人而"跳出农门"。却不料，"文化大革命"不期而至，想通过读书走出农村的路从此被封堵。

　　少年心中的期待与梦想，在无书可读的岁月里渐行渐远，那份无奈与惆怅经年累月充盈并蓄积在心间。此后，不堪承受其重的终年艰苦劳作，又以近乎残酷的磨砺方式，把张华荣锻造成了一位体魄康健的俊朗农村青年。在这过程里，张华荣对自己要走出农村去的渴望也变得越来越强烈。

20岁那年，张华荣得知农村青年参军有可能在部队获得提干或转为志愿兵而获得转业分配工作的机会。于是，他毫不犹豫地报名参军了。

张华荣再次希望，借此途径去实现自己走出农村的深切愿望。但是，3年部队时光过后，张华荣面对的依然是退伍返乡务农的现实。日光流年又在沉重的劳作中悄无声息地往复，张华荣的心中对人生前路充满着无限迷茫。

现实中越是努力奋争，可心中的沉重梦想，却无奈渐行渐远。

然而，尽管生命中充满了憧憬幻灭与前路迷茫的苦痛，走出农村的梦想仿佛遥不可及，但张华荣却从未曾放弃过……

第一节　年少岁月深留痕

一个极其普通和芥微的人，在内心深处一旦萌发出那种不甘于命运的恒久信念，往往就是赋予其后来创造出人生传奇的原动力。

——题记

江西省会城市南昌，昌东地区。

在位于这里的任何一座楼宇，登临高处，俯瞰东向而望，眼前顿现一片水域开阔、烟波浩渺的壮阔湖泊。

这片壮阔的湖泊，便是南昌地区水域面积达 2 万余亩的最大天然湖泊——瑶湖。

"天上有瑶池，人间有瑶湖。"水域壮阔、碧波涟漪的瑶湖，在春夏之际，有荷花吐艳、红菱飘香、游鱼嬉戏，婀娜秀美；到秋冬之季，则会迎来数以万计的珍奇候鸟遨游于湖面，一片蔚为壮观的开阔景象，美不胜收。

此外，加之瑶湖沿湖的 8 处知名景致，即明代建筑蜚英塔、刘城庙、大庆古寺、长江古渡、龙桥活水、二圣明灯、后甫渔歌、八人抱樟以及西皮山、吕蒙岗新石器时代全商周时期的古文化遗址，更是形成了独特的瑶湖景观。

瑶湖的这些景观，都有着厚重的历史文化和悠远传说，随择一处即是如此，比如刘城庙。

刘城庙原为寺庙，有土城包围，现庙宇已毁，留有一段南北走向的明代土筑城墙，长约 100 米，城基宽约 10 米，城墙面宽 7 米，高 8 米。因相传这里曾系汉时扬州牧刘瑶屯兵之地，故得名刘城庙。

还有，就水域面积而言，闻名天下的杭州西湖，面积也只有瑶湖的一半大。

因而，在南昌市，鲜有不知道瑶湖的人。

也正是因为瑶湖，说起地理位置上紧邻瑶湖的南昌县麻丘镇，在人们的印象中，才显得是那样熟悉了。

关于麻丘镇之名，当地人解释，一是因这里很早就是有名的优质芝麻产地，故而早有"蔴坵"之称。二是相传元朝末年，朱元璋率兵到达瑶湖渡口岸边时，因缺粮而煨芋头充饥，不等芋头熟透便吃（芋头半生不熟吃后会麻口），食后连说"麻口、麻口"，故麻丘又有"麻口"之别称。

于南昌市昌东地区临瑶湖远眺，望其东岸，整个麻丘镇的地形酷似一匹随风飘舞的彩缎，自北向南铺展而成一片江南的平畴沃野。

新世纪初，麻丘镇在规划纳入南昌市高新经济技术开发区所辖之前，一直隶属于南昌县管辖。

穿越瑶湖大桥，向着麻丘镇再往东，然后转入那条通往一个叫厚溪村的乡间小路，约莫有三四公路的路程到达厚溪村。

麻丘镇厚溪村，这是一个鼎盛时期有着 400 多户、近 2000 人口的大村庄。

或许，是因远离麻丘镇的热闹与喧嚣，加之村里的大部分年轻人都外出务工，如今走进这个村庄，显得今非昔比，一片寂寥。

这个位于昌东平原上普普通通的村落，便是张华荣生于斯、长于斯的家乡，这是他内心深处的家园厚土。

之所以要坚持一路问询，找寻到这个村庄里来，是因为笔者决意要从张华荣人生与创业的起点，去记录和再现他那极具人生张力的精神原动力——是什么让他从这个普通的乡村起步，一步步走向了后来越来越壮阔的人生舞台？那些艰难而沉重的时光里，究竟又是什么赋予了他内心对于走出农村的强烈向往和强大动力？

那些尘封的时光里，一定有着厚重而悠长的讲述。为此，笔者决定在麻丘镇厚溪村住下来，寻找和倾听能打动内心的如烟往事。

事前的预料都是对的。

在厚溪村一老乡家住下后的数日里，笔者沉浸于一段往昔的悠长岁月时光。在用心倾听村里长者们的回忆讲述中，在走进张华荣家老屋目睹的情景里，那些关于这个村庄、关于张华荣往昔时光流年里的人与事，开始缓缓而现。

记忆深处的时光，从1958年3月的这一天走来。

这一天，在厚溪村一户姓张的普通农民家里，随着一个男婴的诞生，这户清贫农家迎来了第二个孩子。

众所周知，1958年，那是新中国历程中一个十分艰难年月的开端。

这个在十分艰难年月里降生的男孩，就是张华荣。

这一年，热火朝天的"大跃进"运动，在全国各地城乡轰轰烈烈开展起来。

"大干快上，加快社会主义建设步伐，使人民尽快过上好日子。"可是，在"大跃进"运动开始后不久，因工农业战线高指标、瞎指挥和"浮夸风"越刮越烈，结果导致工农业生产遭到极大破坏，国民经济比例出现严重失调，人民生活开始出现严重困难。

"大跃进"表现在工业方面，首先是钢产量指标的不断提高。而在农业上，主要是对农作物产量的估计严重浮夸。

在此后为期三年的时间里，加上持续严重的自然灾害，全国粮食紧缺的光景也随之而来。

那是至今都深深留在人们心中的刻骨铭心记忆。

最难忘的，就是因缺粮而带来的饥饿。在某种程度上，当时的情况，全国各地农村的缺粮情况比很多城市更甚。

在厚溪村，上了年纪的村民们将 1959 年到 1961 年那段三年的苦涩饥饿时光，直白而贴切地称之为"三年过粮食关时期"。

"五八年'大跃进'一开始后，我们村里和别的农村一样，村里办起了大食堂，全村人吃起了大食堂。可吃了不到半年的公共大食堂后，每餐就没有大米饭吃了，就开始吃红薯煮稀饭、菜叶煮稀饭……后来，每人每顿半碗米汤也不能保证了，后来公共食堂直接就开不了火了。"

"那时，村里每家一年就仅够半年左右的口粮，村里大食堂解散后，很多人家没有粮食吃或接不上时，就到湖里去挖生产队挖剩的莲藕、荸荠，到田头路边去找野菜和采摘树叶吃。到了后来，都磨起糠皮来填肚子，有些人还去挖'观音土'（笔者注：一种呈白色软泥状，颗粒细腻，形似白面粉那样的泥土），弄回家去做粑粑、下团子吃来充饥。"

"没有吃的啊，那种光景，没有办法，就只能是挨饿，人饿得前胸贴后背，吃野菜树叶和'观音土'，人吃得喉咙都吞不下去，吃得腹胀肠结，全身浮肿……"

…………

当年那段时光里无比的艰难，在亲历者的讲述里，尽管已过去半个多世纪之久，却仍然历历在目。

这样的现实境况下，加之原本就十分窘困的家境，注定了年幼的张华荣一降生便要品尝人间的苦涩味道。

在张华荣出生之前，因为家里孩子多，劳动力少，因此，他们家年终从生产队分到的全家口粮，总是不够吃。

好在张华荣的父母都有一门手艺，父亲会做木工，母亲会做裁缝。因此，他们依靠在农闲之外做手艺的补贴，一家人也还算勉强能吃得饱饭。

然而，"过粮食关"的到来，逐渐就让张华荣的父母忧心忡忡、一筹莫展起来。因为，在连肚子都吃不饱的年月里，农村人家哪还有请木匠做家什和裁缝制新衣的能力啊!

在"过粮食关"的光景里,张华荣全家能分到的口粮又骤减了不少,这个贫寒的农家,陷入到了吃了上顿愁下顿的极度困境之中。而村里差不多家家户户都缺粮少米,几乎人人都为能吃饱肚子而犯愁,没有可以去借粮借米的地方。

由此,饥饿开始紧紧缠绕着这个农家。

可以想象,一个连吃了上顿愁下顿的农家,张华荣的母亲哪还有用以滋养奶水的营养。

没有奶水的母亲,望着羸弱干瘦、因饥饿而气息奄奄的幼子,心疼不已,暗自垂泪。

无奈,母亲只得用淡可鉴影的米汤和碎米羹来喂养张华荣。等张华荣稍大一些,他每天和家里人一起嚼咽下的,也是些野菜掺点少得可怜的米做成的野菜糊糊。

这样的日子久了,大人都吃不消,何况是一个幼小的孩子。

"命大的孩子才能撑得住、熬得过啊!"张华荣的父母无比担心。

然而,就是这样喝着米汤、咽汤糊、吞野菜,张华荣竟一天天长大起来,居然成长得还算活泼健康!

年幼的张华荣,和大人们一起,终于从"过粮食关"的三年光景里挺了过来。

遥想那样年月里的生存,人们在叹息生命脆弱的同时,又无不深深感概生命的无比顽强。

后来,张华荣谈到自己创办企业几度大起大落、跌至在别人看来是完全不可能再爬起来的绝境的时候,最后却又出人意料地挺了过去、爬了起来。他无限感怀地说,自己精神深处那种超强的忍受力和顽强,或许,从一出生就在身体里开始慢慢开始萌生蓄积了。

像很多贫寒农家的孩子那样,从几岁时起,张华荣除了照顾弟妹,就开始放牛、砍柴、打猪草以及帮着父母干各种体力农活。

张华荣记得，到五六岁年纪，他便开始肩扛手提那些超出身体承受之重的负荷了。烈日下深深勒进稚嫩肩头的挑柴的扁担，寒冬时节里因衣履单薄而冻得通红发裂的手掌虎口、手脚上深深的冻疮……至今，这些都在他内心深处烙印下了难以忘却的印记。

"一年到头，农村人家是有做不完的各种农活的；而在生活方面，一年到头，一般的农家也难得吃到几回荤腥。"农事的艰苦与生活的窘困叠加在一起，给了张华荣关于童年抹不去的深刻记忆。

有时候，现实生活的艰苦沉重，并不能消磨农人们心底对于美好生活的向往。

父母在给张华荣取名时，按照老辈人祈求"荣华富贵"的传统观念，给他取了"华荣"这个名字。或许，这正是父母寓意希望自己孩子将来能过上富足、体面的生活。这也正是父母率真而深切愿望的表达。

其实，这又何尝不是那个年代里，农民们渴望摆脱贫穷的深切期盼。

如何才能让自己的孩子将来不再过这样的穷苦日子？

在张华荣父母的心里，方法和途径就是一定要让孩子读书。只有依靠读书这个唯一的路径，将来才有可能成为文化人，才能走出农村。

这对勤劳朴实、没有念过几天书的农民夫妻，在那样艰难而清贫的岁月里，以常人难以想象的勤劳节俭，很固执地竭尽全力要送自己的每一个子女去上学。他们心中殷切期盼的，就是自己的孩子们将来有一天不再过像他们这样"脸朝黄土背朝天"的生活。

在开始上学、识字懂事时，格外懂事的张华荣似乎就隐隐感受到，父母在他和兄弟姊妹身上寄予了殷切的希望。

"我们家那样窘困的家庭境况，但父母却坚持要让我们这些兄弟姊妹们一个个都去上学，这在当年的农村来说，是不多见的。"为此，在渐渐懂得了父母的那份良苦用心后，张华荣读书十分勤奋用功。

在童年张华荣的内心深处，已开始朦胧懂得对来之不易的学习机会格外珍视。

在整个小学阶段，张华荣的学习成绩都十分优秀。这让父母感到很是欣慰，决心就是再苦再难，也要让他好好上学念书，将来能成为一个吃"公家饭"的人。

"你们要是将来吃上了'公家饭'，那就再也不用受我们农村人这样一年到头'脸朝黄土背朝天'的苦了……人家城里吃'商品粮'的人，工作不会日晒雨淋，不用担心年成好和坏，不管旱涝人家工资月月按时发，还有，人家生活得很体面啊……"

每当对张华荣说起这些时，父亲深情的期盼里，又总是会在不经意间流露出心底的无限羡慕。

在不知不觉的时光里，父母对张华荣儿兄妹寄予殷切期望的这些话，渐渐镌刻在了年少的张华荣心里。与此同时，潜意识里，少年张华荣的心里开始慢慢树立起了一个清晰的理想目标，那就是，等自己长大了，一定要走出农村，不再种田！

在那时乡村人根深蒂固的传统观念里，一个农村人的生存，如果能离开土地，不以种田为生，那似乎就是有出息的最好证明方式了。一个农村人，如果能进入城市工作，不管是在机关还是在工厂，那可是一件彻底改变了自己与家族命运的事，是能给家庭甚至是家族带来荣耀的了不起的大事。

然而，在20世纪70年代末以前，壁垒森严的城乡二元结构，仿佛是横亘在城市与农村之间的一堵高墙。

即便是一个不谙世事的农村孩子，对于城市，似乎在内心深处就带着与生俱来的强烈向往。

而要跨越这堵高墙，又谈何容易！

读书上大学，是其时农村人走向城市的唯一可能的路。

在少年张华荣的心底，暗暗萌生出了要依靠读书走出农村的强烈念头。

可是，等到张华荣刚念到初中后不久，"文化大革命"不期而至。这场声势越来越浩大的运动，使得全国范围内从城市到乡村的几乎每一所学校，都渐渐陷入了混乱不堪的状况。

学校无书可读，家境又贫困。

于是，张华荣便辍学回家了。

通往将来可能离开土地生存的路中断了，一个农村孩子人生的天地，那便只有走向田地了。

年少的张华荣，不得不无奈地接受这样的现实！

"十来岁年纪的少年，就这样开始拿起农具，挽起裤腿下了田。"从这时起，张华荣就成为家乡生产小队里的一名社员，他每天和生产队里的社员一起出工下田劳作，帮助家里挣工分。

一开始，因失学而断了走出乡村理想的痛苦，在少年张华荣的心里有着深切印迹。

白天是无休止的繁重劳动，晚上的身体极度疲累和为节省点灯的煤油，天一黑，就早早地上床睡觉。

生活极其单调而沉重地向前，少年张华荣内心感到苦闷、彷徨与失望……

更为重要的是，少年张华荣知道自己从此就是一个农民了，重复的是父辈年复一年的生存方式。

纵然是心底里有一千种不甘、一万种不情愿，但少年张华荣知道，自己必须得去面对这样的现实。

于是，那些烈日炙烤下的煎熬，那些隆冬日子里的瑟缩，那些重压在稚嫩肩头上的沉重负荷，让张华荣在从童年到少年的整个岁月里，那样深切地体验到了家境贫穷的苦涩，内心更镌刻下了沉重的劳动负荷所带给自己身体的苦痛。

在沉重的劳作中，时光悄然向前。

渐渐的，少年张华荣习惯了日复一日在土地上劳作的沉重。然而，他也越来越真切地感受到内心的压抑与苦闷。

后来，张华荣分明知道，自己内心压抑与苦闷蓄积而成的，仍是不甘心于一生就这样被牢牢钉在土地上。

是啊，他内心深处不甘心自己一辈子就这样种田度日！

于是，被迫被禁锢在土地上的生存，一轮又一轮的冬去春来，在出路渺茫和艰辛劳作之间，让张华荣对走向土地之外生存的向往愈加强烈。

之后的经年累月，艰苦而漫长的乡村时光，磨砺着成长中的张华荣，期间也的确消磨了他个性和理想中的许多炽热渴求。然而，他那深藏于心底的"将来一定要走出乡村去"的向往，不但从未被消磨淡忘，反而越来越顽强。

…………

第二节　沉重的退伍返乡归途

1978 年，张华荣 20 岁了。

岁月的磨砺，让张华荣长成为一个俊朗的农村青年。

这一年，张华荣突然欣喜地发现，一个农村人想要走出农村、摆脱一辈子"抠泥巴"的命运，除了读书考出去，竟然还有另外一条间接的路可走。

这条路，就是报名去参军。

在 20 世纪 70 年代的城市与农村，军装格外受到青年们的青睐。那时，在中国的农村，青年能获得参军的机会，可是件十分荣耀的事情，而且"一人参军，全家光荣"。在很多地方，每到年关，生产队还要组织慰问小组，敲锣打鼓，逐一为生产队里军属家的大门上贴上红彤彤的对联，登门送上猪肉等慰问品，还有一张带有油墨芳香的慰问信。

站在改变人生命运的角度，对农村青年来说，报名参军最吸引他们的，就是如果顺利参军进入部队了，那就等于是获得了有可能改变人生命运的一次机遇。

　　的确，那时对出身农村的子弟来说，如果进入部队后，能获得入党提干的机会，或是转为志愿兵从而获得专业分配工作的机会，那就等于是走出了农村，摆脱了一辈子种田种地的命运。尽管部队提干的几率很低，一般只有百分之几的机会，而且这样的机会更多的是倾向城市来的战士，但毕竟这是一条有一线希望走出农村去的路径。

　　退一万步说，就算在部队不能获得提干或是转为志愿兵从而获得转业分配工作的机会，那在部队学到开车这一类的技术活，复员后多一门手艺就可能多一个找工作的机会。

　　"只要是有机会和希望走出农村的路，我就要去试一试，否则，便没有了任何改变自己命运的可能，何况'一人当兵，全家光荣'，自己去参军，这也是一件为家里争光的大事。"在公社开展参军报名后，张华荣毫不犹豫地报了名。

　　接下来的体检和政审，都十分顺利地过关，张华荣如愿以偿。

　　1978年冬，在大队和公社敲锣打鼓的隆重欢送仪式中，张华荣穿上了军装，胸前戴着大红花，光荣参军入伍了。

　　因为不仅是带着对军人的憧憬，也是带着从此走出农村的无限向往而走进部队的，所以，在部队里，张华荣对自己的要求格外严格，训练学习异常刻苦。

　　张华荣很快以优异的表现，从连队里脱颖而出，在进入部队的第二年，他就被选拔为副班长，第三年升为班长。

　　然而，在部队三年时间服役期满后，张华荣却没能实现自己的愿望，他的名字在退伍返乡老兵的行列中。

　　张华荣十分清楚，对于来自农村的自己而言，退伍返乡也就意味着要回到家乡去务农。

面对这样的现实，一种无限伤感和失落的情绪在张华荣的心底挥之不去，让他退伍返乡的路途变得沉重起来。

…………

1982年冬春之交的乍暖还寒时节，在张华荣至今的记忆深处，仍是那样的深刻而难忘。

退伍返乡踏上家乡的那片土地时，张华荣眼前的一切景象，是如此熟悉。然而，在那熟悉的情景中又似乎跃动着新鲜与陌生。

春寒料峭中的乡村，分明让人处处感受到了一种从未曾有过的清新气息。在张华荣更为切近的感受里，乡亲们曾经刻满生活艰辛的脸上，显露着一种发自内心的喜悦——那是张华荣自年少以来从未曾感受到的农村人的喜悦神情。

是的，那是农民们发自内心的喜悦之情！

"现在农村搞'家庭联产承包制'，生产大队里把水田和旱地都分到了各个自然小组了，组里很快就要开始分到各家各户了，生产队里的集体牲畜、农具也都全部分到户……这往后呀，交上国家的，留足集体的，剩下的就全部都是自己的，我们这些种田人，就有奔头了啊！"

"大包干，大包干，直来直去不转弯，用力干，卖力干，一切都与自己紧相关。"对于农民而言，还有什么比分到田地更让他们感到心中欣喜。

是啊，土地，承载着中国亿万农民渴盼过上好日子的无限期望！

时光跃入20世纪80年代的第二个年轮伊始，国家决定实施的一项重大改革举措，随即激荡起了中国亿万农民心中的热切希望。

1982年1月1日，中共中央批转《全国农村工作会议纪要》，正式肯定了全国土地实行家庭联产承包责任制改革，即"分田（地）到户"。"家庭联产承包责任制"随后开始在全国各地农村全面实施，由此迅速在全国广袤的乡土上激起巨大热潮。

"一年之计在于春。"在麻丘镇厚溪村,沉浸在对美好生活畅想的人们,大家见面时关切的,家家户户谈论的几乎都是同一个热烈的话题,那就是对分田到户后即将到来的春耕生产的认真计划和安排。

…………

熟悉而亲切的家乡,以这样欣喜的"陌生而新鲜"的变化,迎接着从部队退伍归来的张华荣。

第三节 "只要不种田干什么都行"

"华荣,你这个时候从部队退伍回来,这正好赶上了好时候嘞……"

在迎接儿子退伍回家的一顿丰盛晚饭过后,父亲点上一根烟,这样打开了话题:

"现在,小队里把田和地都分到了各家各户,耕牛、农具也全部都分了,那以后作田跟过去就不一样了,田种得好,收成多那就是自己的,你们兄弟们现在正是得力的时候到了,一起把家里的田做好,把地种好,就不怕以后的日子过不好哇……"

张华荣坐在饭桌旁,默默地听着父亲这充满着欣慰和喜悦之情的讲述——那更多的是父亲对未来充满着憧憬和畅想!

张华荣能真切地感受到,对于分田到户,在父亲的内心里是那样的舒畅,洋溢在他脸上的,是一种希望的流露。

…………

知子莫如父。其实,父亲心里何尝不知道,儿子张华荣退伍返乡务农,内心里充满着惆怅与压抑——他是抱着走出农村的强烈向往去当兵的,可如今却依然又回到了农村,还是要种田。

既然如此,为何父亲竟然是这番言论?

这是因为，父亲心里对儿子张华荣的想法不以为然。在他看来，现在种田人的命运和今后的生活光景，从此就会是如他所畅想的那番新景象了。

为此，父亲希望儿子张华荣改变自己的想法。

然而，父亲何曾知晓，已走向军营、走到外面去见过世面的儿子张华荣，的确在各方面都有了许多改变，可就是他心底那"摆脱种田命运"的想法，却不曾有过任何的改变。

是的，在张华荣看来，无论是过去的集体生产还是现在的分田到户单干，这对自己而言，依然还是不能改变命运的现实，自己人生的脚步重又回到了农村这个原点。

张华荣知道，这意味着沉重的日子又将要在日出而作、日落而息的往复中重复开始了。但是，让整个家乡人那样欣喜和充满畅想的分田到户，丝毫不能打动张华荣，他心底还是有着无法言说的无奈！

农民种田种地，本身无可厚非。

而对于张华荣来说，这恰恰是当时自己最为在意的。多年以后，张华荣坦诚地说，在某种程度上，自己之所以要去参军并在军营中三年如一日刻苦训练、勤奋学习，就是为了赢得转为志愿兵的机会。因为，只有如此，自己才能避免服役期满后要退伍返乡，才能继续留在军营获得提干或是将来转业到城市工作的机会。

然而，不管有多么的不甘心，有多么的不情愿，现在张华荣都必须去面对和接受返乡务农的现实。

重新扛起锄头，再次拾起犁靶，张华荣又走进了他一直在努力试图要摆脱的生活。

在很长的一段时间里，张华荣整天在自家田地里挥汗如雨地劳作，平日里显得沉默少语。在他的内心深处，似乎有着一种难以向人言说的重负，仿佛唯有自我责罚式的沉默劳作，方能挥泄出蓄积在心底的全部沉闷。

长久根植于内心的深切愿望，像芦苇的尖尖一样深藏着不易发现，其实却是特别的坚韧。它有时有如一根倒刺，轻轻触及便会挑起内心无限隐痛，可即使如此，却并不妨碍张华荣一如往常的继续葆有和向往新的梦想。

张华荣在内心深度的独自沉思，依然还是关于自己人生未来的路。

困在家乡的这片土地上，他的心早在遥想着外面的世界。

渐渐的，在沉默和劳作之余，一个想法在他心里慢慢酝酿萌发。

终于，在周而复始沉重劳作的某一天深夜里，他下定决心，作出了一个当时在他看来是十分重大的决定——自己绝不能再这样继续以种田为生的方式生活下去！

其时，他的这个决定和想法，简单得是那样淳朴——农闲之外，做些手艺活计，或者做点买进卖出的小生意，如此，自己将来的生活不至于过得像完全靠几亩田地为生的同村村民一样艰辛。

张华荣坚信，让自己和家人过上衣食无忧且手头还"活络"的生活，一定还有其他的谋生途径。

对他而言，还有着更为深远和最为重要的期盼，那便是自己所想要去实现的这种谋生方式，或许能改变一辈子"脸朝黄土背朝天"的命运，兴许自己还能闯出一条路来，看到人生的一线希望！

性格中天生的倔强和军营中磨砺出的坚强性格，让退伍返乡务农的张华荣，在内心深处迸发出了绝不任凭命运安排的力量——他决定在农闲时兼做些手艺活，这样既可改善家境，同时，也算作是对终日"脸朝黄土背朝天"的生存方式的一种改变。

"只要是不作田，那将来干什么都可以！"

"不可以去学做一门手艺么？手艺做得好，也可以不作田！"张华荣这样想。

做手艺活。张华荣首先想到的是跟着父亲去学做木匠。

在厚溪村的方圆十里八乡，几十年的手艺岁月，让张华荣的父亲成为人们公认的出色的乡村木匠。

而父亲在张华荣退伍回乡前，便为其将来立业谋事做好了打算——子承父业，父亲决定把自己几十年来练就的木匠手艺传给儿子，希望儿子在种好田地的同时，有朝一日青出于蓝而胜于蓝，做一位比自己更出色的木匠。

沉重中渗透进新气息的生活方式，便这样开始了。

起初，在农闲之余，张华荣跟着父亲走村串户做木匠。

然而，学木匠手艺并非几日数月可成。也许是内心对于尽快自立谋生而又绝非依赖种田的想法急切，在跟随父亲学做手艺的过程中，他很快发现了一门可速学成且能挣得生活的手艺——补锅。

由于农村生活艰辛而贫苦，很多农家的锅碗瓢盆等器物，若不是到了实在不能再用的地步，都是舍不得扔掉的。锅碗瓢盆等家什破漏了，一般都会让补锅匠修补好继续使用。

20 世纪 80 年代初，在各地乡村，依然常见有挑着工具行头的补锅匠人。担子的一头是木制的手拉风箱，另一头是一个炉子、作燃料用的白煤、熔化生铁的坩埚、几块废铁锅片、砻糠灰和破搪瓷杯里装着的半杯石灰浆，此外还有一些零星的小工具如小榔头、铁钳子等。

游走于乡村，虽然辛苦，但补锅一天下来的收入，在张华荣看来，那也是颇让人羡慕的，至少，补锅的辛苦所得比种田收入要强一些。

"这好歹是一门手艺，只要是比作田强，我就愿意去干。"尽管补锅在农村各种手艺行当里属于辛苦且不怎么"吃香"的一种，但张华荣却并不认为自己去做补锅匠就有失体面。

在看过几次补锅匠人的现场补锅的操作之后，张华荣便心有把握地掌握了补锅手艺的要领。

置备好行头后，张华荣就这样挑着行头，开始在十里八乡开始了补锅。

补锅，成天与破铜烂铁打交道。张华荣不曾想到，在游走于乡间的补锅过程中，自己又发现了机会——收破铜烂铁卖。

在补锅时，常有人拿来希望修补好，却实在因损坏严重而无法修补再用的铁锅铜盆。渐渐的，张华荣累积了不少这样的破铜烂铁。

一次，家里来了一位上门专收破铜烂铁的人，见到张华荣家里那些破铁锅、破铜盆，均悉数收下。

"收破铜烂铁也赚钱！"张华荣在打听了基本行情后，立即决定在补锅的同时兼带收购破铜烂铁。

收购一斤废铜能挣近一角钱，而收购一斤破铁也可挣几分钱。

补锅兼收购破铜烂铁，就这样，张华荣渐渐地花在田地里的时间少了，而游走于乡间的时间多了。

其间，张华荣又看到农村盖新房的开始多起来，而做泥瓦匠的收入比起补锅和收破铜烂铁又要强一些。如此，张华荣又改做泥瓦匠。

泥瓦匠的活计，就体力的付出而言，并不比在田间地头劳作要轻松，甚至还要繁重。在做泥瓦匠的日子里，张华荣起早贪黑，几乎每一天都是一身泥水和着汗水，异常辛苦。

但张华荣依然那样认为——只要是不种田，将来自己干什么都行！

在时光的悄然前行中，身负劳作重荷的日子一天天翻过，在这一过程里，张华荣渐渐发现，自己所挣的钱开始一天比一天多了起来。

于是，张华荣心里更加这样认定——挣脱土地之外的谋生之路，对于自己来说，尽管要付出更多的艰辛劳作和汗水，然而，那却是怎么都会比种田要强的一条路！

那时，张华荣并不知道，在种田种地之外，农村那些存在的各种谋生行当里，究竟哪一个行当才是最适合自己的。

他总是在不断地尝试和寻找，在乡邻们的印象当中，当年的张华荣一直没有停止过"折腾"。

后来，直到在游走于城市与乡村之间，做起了贩进卖出这样的小本生意后，张华荣才逐渐发现，这不但是他所喜欢的，而且，更吸引他并让他暗自惊喜的是，那贩进卖出之间的所得，总是大大出乎自己的意料。

这样的遥想，在斑驳的岁月光影中，让人总是心生一种被触动的沧桑感动。然而，在张华荣的记忆深处，却有着刻骨铭心的苦涩与艰辛。

第二章

在走出农村的艰辛中与鞋结缘

"走出农村"这强烈而朴实的愿望，赋予了张华荣内心深处不竭的奋争力量。

期盼自己有朝一日能走出农村不种田，不再重复父辈们那"脸朝黄土背朝天"的生活。内心在这强烈向往的促使下，退伍返乡后的张华荣学做木匠、干补锅匠、收购破铜烂铁、油菜籽和做泥瓦匠……

他立于家乡厚溪村的那片厚实土地，却带着心中的那份强烈期盼，不停地在艰辛尝试中寻找走出家乡厚土的现实路径。

苦心人天不负！

最终，在为"不种田为生"而努力拼争的艰难奔波中，受做布鞋生意的舅舅影响，张华荣与鞋结缘，并由此迈出了后来彻底改写他人生命运、成就他宏阔大业的前行脚步。

更让张华荣不曾想到的是，此时，一个向小商小贩敞开广阔天地的时代正悄然来临。那时的张华荣，正与许多像他这样心怀"只要不种田干什么都行"想法的人一起，悄然走进了风云正激荡而起的历史——他和那些强烈渴望改变现实命运处境而又不拘世俗偏见、敢为人先的人们一起，成为中国改革开放波澜壮阔大幕开启后，中国城乡最早的一批城乡个体户。

于是，"洗脚上田岸"的张华荣，开始向着乡村延伸至城市而去的方向艰难行进。本钱薄、经验少，加之市场初兴时的商场泥沙泛起，使得张华荣从商之初注定将是一程充满艰难与未知的辛苦跋涉，但认准人生之路方向的他义无反顾地前行。

这一次，命运最终垂青了张华荣！

从最初浙江贩鞋到江西来卖，到后来在自己家里办起了作坊式的鞋厂，再至后来将鞋厂搬迁到南昌市并稳步发展成南昌市的优秀民营鞋厂，张华荣依靠走出农村的坚定信念和不懈努力，终于打开了自己人生道路的一方崭新天地。

第一节　艰辛奔波的游贩时光

20 世纪 70 年代末、80 年代初，改革开放率先在中国广大农村展开。

彼时，广大农村的变化绝不仅仅只是田地和其他生产资料分到了各家各户，农民们的生产热情和积极性空前高涨起来了。

另一种日渐出现的变化，就是分田到户后，随着广大农民经济条件的逐渐改善，特别是中央对农村发展政策的逐步放宽，各地农村的商品市场渐渐活跃起来了。

这首先表现在广大农村的农副产品流通活跃上。

实行家庭联产承包责任制后，农民们根据所承包的田地多少，相应向国家交纳公粮、农业税、出售各项农副产品的任务和上交生产队的公积金及公益金等提留，其余产品归农民们所有。在此基础上，中央也随之在一定程度上放松了农村原来严格限定的农副产品统购统销政策。

1982 年初，经国务院同意，全国各地农村在完成粮油统购任务后可以逐步试行多渠道经营。国营粮食商业是粮食多渠道经营中的主渠道，同时积极开展议购议销业务，参与市场调节。供销社和农村其他合作商业组织可以灵活购销，农民私人也可以经营，经营活动可以进城，可以出县、出省。

更为重要的是，开始逐步撤销农副产品外运由归口单位审批的规定。凡属收购任务以外的农副产品，购销价格可以有涨有跌。

据此，商业部作出《关于完成粮油统购任务后实行多渠道经营若干问题的试行规定》，撤销了之前关于粮食议购议销由粮食部门统一经营的规定、省间议价粮调剂要经省粮食厅（局）批准的规定和携带以及邮寄粮食限额的规定，并允许以粮食为原料的工商企业、农村"四坊"和饮食业、机关、部队、学校、团体、工矿企业以及事业单位自由采购部分粮食加工成品出售或食用。

这一次粮食流通体制改革，坚持以计划经济为主、市场调节为辅的原则，在延续以固定征购基数和低于市场价格的统购价为特征的统购统销政策的前提下，对各地实行购销调拨包干，允许多渠道经营进行市场调节。

在这样的背景下，一些看到这个机会的人们，就开始在农村上门去收购农副产品，然后再卖到本地和外地城镇，赚取其中的差价。

由此，广袤的中国农村市场开始呈现出各种各样的商机！

对于一直以来被视为粮油生产之地的广大农村，在改革开放之后出现的这一巨大变化，令人欣喜！

而此时在各个城市，为了解决大批返城知青的就业问题，已允许和正鼓励这些返城知青和待业青年走向街头、走向社会自谋生活之路。当时，社会上将做这样活计的人，叫做个体小商贩（户）。

不过，20世纪80年代初，在人们眼里，对个体小商贩（户）似乎多少仍有几许说不清道不明的偏见甚至是不屑。这其实源于个体经商曾被视为是"投机倒把"的行为，甚至被当作是要坚决被割掉的"资本主义尾巴"。因此，改革开放之初，买进卖出的行为仍是人们潜意识里的"禁区"，从事个体贩卖的大小经营者，在人们惯性的观念中也仍属是多少有些"不务正业"的那类人。

也正因为如此，在那时，像张华荣这样的个体小商贩（户）们，在开始他们艰辛不易的个体经营生计的同时，不仅需要有不拘泥世俗偏见的勇气，还要有对"禁区"挑战的胆量，以及敢为人先的气魄。

从学做木匠到干补锅匠、收购破铜烂铁，再到做泥瓦匠，事实上，张华荣并没有意识到，尽管自己依然在辛苦的劳作谋生，足迹依然还是在农村这片土地，但在不知不觉中他已逐渐在脱离依靠土地生存。

机会总是留给有准备的人，更留给那些有心的人们。

在逐渐脱离依靠土地谋生的过程中，张华荣行走于乡村，总是能敏锐地发现其间的种种变化。

1982年前后，张华荣发现，游走于农村贩卖各种农副产品的小贩开始多了起来，这在以前是难以想象的。

这一年的5月，他更是在无意中突然发现了一件令其惊喜、兴奋的事情：过去多少年来一直是由镇上供销社粮站统一收购的油菜籽，在这一年国家完全放开了，也就是农民想卖给谁就卖给谁，谁想收购油菜籽都可到农民手上去收购，只要农民愿意卖给收购者，任何单位和个人不得干涉。

后来，连农户家的生猪销售也可以自由买卖了！

"收油菜籽嘞……现钱现货……"

"哪个家里有毛猪卖么？收毛猪哟……"

…………

从此，上门贩卖农副产品的这些吆喝声，在一定的季节里，总是不时就会在各地农村响起。贩卖者们一拨一般为两三个人，或是拖着大板车或是开着手扶拖拉机，带着大型杆秤，游走于乡间的农家，他们带着现金，如果和农民谈妥了价格，就随即过秤付钱。

收购者上门来收购农副产品立马能得到现钱，免了自己运到镇上去卖的运费和时间以及劳累。这对于农民们而言，无疑是让他们中绝大多数人十分乐于接受的。

贩卖油菜籽本钱不是太大，周转时间快且比较赚钱。

一番了解之后，张华荣决定去试一试贩卖油菜籽。

这一试，张华荣获得了意想不到的惊喜——第一次贩卖油菜籽，他就赚到了300多块钱!

300块钱,这在当时的农村可是一笔数额可观的钱。要知道,80年代初,国营粮站收购稻谷的价格,一等品质稻谷为18~20元每百斤。300块钱,那就等于是1500多斤稻谷的收入啊!

"一趟生意收获如此丰厚,短时间里这样的收益让我感到不可思议。"后来张华荣说,有了当年这样的一次生意经历,他随后产生的弃手艺从商的坚定念头,几乎就是顺理成章的事了。

"到外面做生意去!"

在厚溪村,立于村头那条连通外界的唯一一条小路口,在寂静中凝望小路延伸而去的远方,张华荣脑海里萦绕着这样的大胆想法。

此时,他已认定外面有很多商机。因为,直觉告诉他,机遇已开始出现在自己这闭塞的农村家乡了,何况外面的城市?!

"你想好了要去做生意,那就去试试吧。"父亲以温厚之声作答,给予儿子张华荣鼓励。

一股暖流顿时涌遍张华荣的全身,在他不甘平庸的内心深处,懂得这是父亲对他人生选择的莫大支持。

张华荣不曾想到,自己做出的这一决定,在为挣脱田地里刨食谋生的生存方式过程中,却不小心走进了小商小贩买进卖出的"禁区"。

当然,这时张华荣还未曾意识到,自己人生前行的方向由此已出现重大的转向。

张华荣的直觉和判断完全正确,1982年前后,始于大江南北广阔农村的中国改革,逐渐向全国大小城市渗透和推进。

也正是在这一过程中,曾长久处于宁静与贫旧的中国乡镇和集镇,首先成为改革春风由农村吹进城市进程中的过渡地带。

回望改革开放初期大背景下的中国大地,今天人们可以清晰地看到,一头连着正欣欣向荣、日益生机勃发的农村大地,一头延伸至改革正萌动发力的大小城市，此时的中国广大乡镇，尤其是沿海渐进至南方地区星罗棋布的乡镇，实际上在当时是一个处于极其重要角色的改革地带。

事实上，1980 年前后，在中国东南沿海地区的乡镇，市场已处于相当活跃的程度，浙江温州就是极具代表性的地方。永嘉县桥头镇山乡小镇，1978 年，桥头镇村民叶氏兄弟从湖北黄岩等地贩进纽扣试销，生意十分红火，街邻朋友纷纷仿效，纽扣市场初步形成。后来逐渐形成了全国第一个专业小商品批发市场——桥头纽扣市场。

与此同时，改革开放催生出的中国城乡个体经济繁荣气息，正由沿海向内陆地区渐进。

在江西各地的城镇，商品经济自改革开放后的短短几年，已快速萌发和兴起。

这样的背景之下，各种新兴市场逐渐出现。

比如，随着改革开放带来的经济社会发展和人们生活水平的提高，服装鞋帽行业和市场就因人们在穿着方面的需求而快速兴起。

20 世纪 80 年代中期，全国各地的消费者市场上，流行起一种名为"北京布鞋"的布鞋来。

众所周知，改革开放之前，对于绝大多数中国家庭而言，在穿鞋方面，一直以穿"解放鞋"和自制或是购买的布鞋为主。中国人在穿鞋方面，直到 1980 年代中期才开始有了变化，一是因为家庭经济条件好起来了、有钱买鞋穿了，二是因为市场上开始出现各式机制布鞋、"旅游鞋"、皮鞋和"球鞋"等多种鞋类品种。

说起布鞋，就不能不说到"老北京布鞋"。老北京布鞋有着浓厚的历史文化，以北京布鞋为代表，可以说是中式鞋帽文化的典型代表。

改革开放初年，布鞋仍是人们最为主要的鞋类。

但因为家庭经济状况的悄然变化，从农村到城市，越来越多的家庭已不再自己生产布鞋了，而是转而去市场购买。以北京老字号为代表的一些布鞋企业，正是看到了这一巨大商机，在保留原来老北京布鞋的制作工艺和生产材料的同时，开始积极探索新的生产技术和新面料在布鞋生产中的应用，主要是改变过去以人工制作为主而成为半人工、半机械化生产，大大提高了生产效率，而且取得不俗的成绩。老北京布鞋的生产工艺已有几十种之多，面料更是多达数百种，款式开发和设计也开始走在时代的前沿，向运动休闲和时装鞋发展，老北京布鞋已不再是原来意义上的传统布鞋，它已经发展为一个庞大的布鞋鞋类。

这种流行越来越广的"北京布鞋"，此时已并非产自于北京的布鞋。只是因最初这种布鞋从北京布鞋的样式发端而来而已。于是，很多地方把当地生产的类似于北京布鞋样式的布鞋，也称之为"北京布鞋"了。

回头再说张华荣在做出到外面去做生意的决定之后，他决定先去外面走一走，看看有什么适合自己的生意好做。

最后，张华荣决定去浙江义乌一带看看，因为他从别人那里得知，义乌有很多小商品，本钱不大，批发价格很是便宜。

此时，义乌小商品市场也正处于萌发兴起的初期。1979年初，二十三里、稠城两地的农民自发地在稠城镇县前街歇担设摊，出售小玩具和针头线脑等小百货以及板刷、鸡毛掸等家庭副业产品。1980年移至北门街经营，仍为批发零销兼营。1982年上半年，又移至湖清门，继而向新马路北段延伸，经营方式转以批发为主。1982年9月5日，稠城镇湖清门小百货市场正式开业。市场内持有营业许可证的个体商贩200户，持临时许可证和提篮叫卖的共600多人，每市参加购销交易人数一般有3000余人，多时可达5000多人。义乌小商品市场从此发轫，并逐渐声名鹊起。

1983年6月，张华荣来到浙江义乌。

在场地虽简陋但人流熙熙攘攘的义乌小商品市场，张华荣感受着市场和商品发展的热度，也被自己眼前所见的商业繁荣所深深吸引。

游走在义乌稠州自由市场上那一个挨一个的摊位前，张华荣大开眼界，驻足缓行，细细打量着眼前那些琳琅满目的各类商品。

在这一过程中，一款许多鞋帽摊位上几乎都有的布鞋，引起了他的注意。

"这不就是在家乡麻丘镇和南昌市一些鞋摊上都有卖的那种布鞋么？原来是出自这里啊！"张华荣突然有了这样的发现。

这是一种用塑胶做鞋底、布料做鞋面的布鞋。这款布鞋与家里农村的布鞋款式大体相近，但相比之下，却又比农村手工做的布鞋样式显得"现代"，最让人眼前一亮的是，这种工厂生产的布鞋，因为用的是塑胶做鞋底，既不容易进水，穿着又很舒适。

而且，由于使用机器压鞋底的缘故，这种布鞋的鞋底让人感觉很"扎实"。

这种布鞋，正是其时流行并被称之为"北京布鞋"的一种。

"这种布鞋是北京布鞋，耐穿又时髦，现在市面上蛮流行的，很好卖呢，要不，你就批一点回去，在你们那边先卖卖。试试看就知道了！"得知张华荣是从江西过来找生意和进货的，在看到张华荣对这款北京布鞋感兴趣后，这里几乎每一个批发鞋的摊主，都热情地向张华荣推荐这种北京布鞋。

"鞋子是人人都要的，一个人一年买一双鞋不为多，那这是一个常年可以做的生意。"

于是，几乎没有过多的考虑，张华荣很快就做出了贩鞋卖的决定。

20 世纪 70 年代末，对于中国大众而言，穿皮鞋依然是十分奢侈的。大多数人尤其是农村人，穿的鞋仍然主要是自家手工做成的布鞋，买的鞋一般就只是胶底黄帆布面的"解放鞋"了。

80 年代初，这样的情况开始逐渐有了改变。

这时，随着山东、广东、江浙和福建等地现代鞋厂的逐步增多，一些款式新颖、富有现代特色的鞋开始出现了。

至今仍让人记忆犹新的，莫过于 20 世纪 80 年代初开始开始很是流行的"回力"鞋、"旅游"鞋了。这些鞋，不仅采用很富弹性的胶底材料做鞋底和鞋帮，同时鞋面的用料也多样化，用既耐磨又比帆布显柔软的布料，而且颜色也一改过去"解放鞋"草黄绿单调的色调，变得色彩丰富、极具现代感。

在那个年代，脚穿一款主体纯白、期间镶配一道简约现代红色商标的"回力"鞋，或是拥有一双外形有些类似于今天的运动鞋，曾是多么令人向往。

而事实上，20世纪80年代初，刚刚实行改革开放的中国，一切都开始显现出蓬勃欣然的生机，特别是人们身上展现出的那种崭新气息，除了服饰改变所赋予的因素外，人们脚上穿的鞋履的改变，同样赋予80年代人们焕然一新的时代面貌。

"现在农村分田到户了，农民手里也开始宽裕起来了，不少人家穿鞋开始以买鞋为主了。"张华荣也觉得，自己购进这种适合农村人穿、物美价廉的布鞋回去，肯定能买得出去，赚得到钱。

于是，抱着先试试看的想法，张华荣购进了100多双这种北京布鞋。

接下来，果然不出张华荣所料，这种布鞋在江西很受欢迎，不到一个星期的时间，他贩进的100多双布鞋就全部卖完了，甚至还有人在得知人们是从张华荣那里买的后，找上门来向他问是否还有这种鞋买。

这100双北京布鞋买完后一算账，一趟辛苦下来，除开车费等一切成本，净赚不少。

张华荣好不高兴：自己走对路了呵！

"好卖还又卖得起价，而且还卖得快，本钱周转快，这样的生意正适合自己做。"这一趟浙江贩鞋下来，不仅仅是顺利赚到了钱让张华荣高兴，而且令他最为兴奋的，是发现了今后可以做下去的一条生意路子。

张华荣决定，今后自己就去专门贩鞋卖。

打点行囊再出发。此后，张华荣开始频繁往返于江西和浙江两地之间。

那是一段艰辛苦累的时光，浙赣线上每一趟往返的劳累、贩卖鞋子过程中的种种艰辛等等，都已深深刻印在了张华荣的记忆深处。

　　那时，从江西到浙江，绿皮火车一趟要行驶约一天一夜。为节约在浙江住宿的开支，张华荣就算好头一天白天从南昌火车站上车，次日清晨到达浙江义乌。然后抓紧一切时间进货，再大包小包扛上火车，坐当晚开往江西的火车返回。匆忙中总是连硬座票也难以买到，而因极度疲惫，车上张华荣又总是不得不席地而坐，累得在不知不觉地沉沉睡去。

　　贩得鞋子回到江西后，在行走于各地摆摊设点叫卖的过程里，除了身体的艰辛，还不时会有内心的辛酸。

　　一次，张华荣在九江市摆摊卖鞋，一位顾客在挑选了一双布鞋后，没有付钱就拿着那双鞋欲离去。张华荣发现后，就提醒那位顾客鞋还没有付钱。却不料，那位顾客非说他已经付过了钱。张华荣就与其理论了起来。没料到，争执过程中，那位顾客竟突然拿起手上的那双布鞋，用硬邦邦的塑料鞋底朝张华荣的头上猛地狠砸了下去。身体上的疼痛伴随着一种无言的心酸，顿时让张华荣的内心五味杂陈。但为了做生意，他只得默默地忍受住委屈。

　　…………

　　奔波艰辛的贩鞋时光日复一日，张华荣也在这艰辛奔波的时光里一点点地收获着欣喜。

　　当满大街随处可见个体鞋帽经营户的时候，张华荣已小有积蓄了。

　　张华荣的收获绝不仅仅只是这些。

　　此时，走南闯北做鞋生意不到两年时间的张华荣，眼光已今非昔比。他看到了省内外正蓬勃而起的各种市场，更看到了国家改革开放政策推动下各行各业正发生的巨大变化。

　　更为重要的是，贩鞋过程中，张华荣在浙江各地看到，那里各种小工厂如雨后春笋般涌现。这些小工厂，很多就是当地农民办起来的。

这些,渐渐让张华荣对自己人生未来之路的思考开始悄然发生着转变。

第二节　小鞋贩的大梦想

时光悄然进入 1984 年。

这一年的第一天,中国南方的冰河尚未完全解冻,冬日气息依然令人感到寒冷。

但就在这一天,却有一条来自《人民日报》的消息,让许多像张华荣那样心有梦想却长久蛰伏于农村的不甘于现实命运的人,强烈地感受到,这一年的春天似乎比以往任何一年都要来得更早些。

那是他们心底里充满了渴盼希望的春天呵!

当天的《人民日报》,以头版显著位置发布了《中共中央关于一九八四年农村工作的通知》。《通知》在阐述党的农村工作时指出:"今年农村工作的重点是,在稳定和完善生产责任制的基础上,提高生产力水平,疏理流通渠道,发展商品生产……"

站在今天的时间节点,回望改革开放缓缓展开的壮丽画卷,人们可以清晰地看到,在改革开放之后的中国商业发展历程中,1984 年,无疑是充满着惊喜与呈现出一派蓬勃之势的"野蛮生长"的难忘年份。

因为农村市场商品流通管理体制在更大程度上的放开,让广大农村迅速呈现出比城市更为开放、活跃的蓬勃景象,草根创业者发家致富的消息到处流传。尽管邓小平曾把乡镇企业称作农村改革中"完全没有预料到的最大收获",但中国广大农村在改革开放后几年里释放出的活力,又使得这种"异军突起"绝非是偶然。

呈现于眼前的整个社会的经济繁荣景象,尤其是那些来自于身边的感同身受,让张华荣内心里跃动着一种从未有过的巨大激情。

进入 1984 年，对于初尝贩鞋生意成功喜悦的张华荣来说，在忙碌奔波中，脑海里不时会跳出一个新的念头来——怎样把鞋子的生意再做好些、做大些，钱赚得再多些。

不知不觉中，张华荣心里已不满足于贩鞋收入比种田要强这样的简单想法。

…………

这一天晚上，从市场上卖鞋回来，张华荣清货后发现，上一次从浙江贩进来的布鞋已卖得所剩不多了。

于是，他又考虑起何时去浙江进货的事情了。

"这一来一去近千里的路途。坐完汽车又乘火车，进好了货之后又肩扛手提，搬上了汽车又再搬火车，其间的辗转艰辛何能言诉……"想到又将去进货，张华荣不禁感叹："这一趟又一趟的千里往返贩鞋，要到何时止啊！"

这一次，在对于进货的思考中，张华荣突然发现，连续好几个月了，自己从浙江进一次鞋到卖完这批鞋的间隔时间越来越短了。

这说明了一个问题，那就是：自己进的这种北京布鞋卖得越来越快了！

"现在市面上的北京布鞋销路很好，为何自己不办一个生产'北京布鞋'的鞋厂？！"

不经意间，一个大胆的想法从张华荣的脑海中迸发出来——自己何不办一个生产这种北京布鞋的鞋厂！

这时，张华荣也强烈意识到，在短短两年不到的时间里，一些曾经与自己情况类似的做小生意的人当中，有人在小有积蓄后，便开始着手要把生意做大起来。还有，自己在浙江贩鞋过程中熟悉起来的不少生意人，生意更是日新月异，越做越大。

"我怎么不可以把自己经营鞋子的生意做大起来？"

自己办鞋厂的念头，在脑海中一闪而起的那一瞬间，张华荣的内心里充满着兴奋。

"自己怎么一直就没想到这一点呵！"

其实，张华荣想到了这一点。只是，当"把鞋子生意做得更好更大"这样的想法在脑海中不时泛起时，随之而来的每天忙碌奔波，又让他无暇去认真思考这个问题。

夜已深沉。尽管一天忙碌疲惫，然而，张华荣却在渐向深处的思考中毫无睡意。

他的思路渐渐转向了对办鞋厂各种问题的思考："自己办鞋厂做鞋卖，那就不再是这样贩鞋卖挣点小钱了，办鞋厂肯定要吃很多苦、受很多累，还有可能会亏本的风险，但是一旦成功，那挣钱自然就会多很多，吃苦受累自己从来都不怕……"

…………

在贩鞋过程中，已逐渐对这一行很是熟稔了的张华荣，开始越来越敏锐意识到，对自己而言，这既是一个商机，更是今后可以长期去做，并借此实现自己不种田为生深切渴盼的好路径。

那是一个彻夜难眠的夜晚，那是一个心中涌动着兴奋激动心绪的夜晚。

关于办一个鞋厂的想法，在张华荣的心底一次次反复揣摩，越往下想，他心里就愈是信念坚定。

"就这样定了，下决心办一个自己的鞋厂！"

张华荣觉得，自己做出了有生以来第一个似有千斤分量之重的人生决定。在他看来，这将又是一次畅快淋漓的自我挑战。

就在下定决心的那一刻，张华荣内心深处仿佛有一种前所未有的释重之感，他分明真切休察到，自己心里充满了快意，更充满了对未来的无限希望！

是啊，这种如释重负的内心感受，只有张华荣自己深知：自部队退伍返乡至今，因从来就不曾甘心那始终走不出农村、逃不出种田命运安排，这两三年当中，自己开始一边种田，一边折腾，起初，还常被人视为不务正业，瞎折腾；后来自己贩鞋卖，干个体户也不再是被人看不起的事，自己也赚了点钱。可是至今，自己依然没有折腾出个什么名堂来，依然还是游走各处，做些小贩小卖的活计……

一直以来，在张华荣的内心深处，他是多么渴盼自己能做成一件像样的事来。而且，做成一件像样的事出来，一是证明自己的能力，另外最为主要的，亦是自己今后可以借此一步步挣脱依靠土地谋生的方式。

"或许，通过办鞋厂，就是可以实现自己心里这两个愿望的可行之路！"张华荣这样认定。

办鞋厂想法引发出的种种深思，以及这些思考越来越触动内心的兴奋，让张华荣一夜未眠。

东方欲晓之时，张华荣走出了家门。

还是在村头通往村外那条小路的路口，张华荣迎向朝阳初升的东方，万千思绪涌入心间。

是的，一直为自己想要摆脱的一种生存方式，也为另一种自己想要的生存方式而劳碌奔波着，张华荣的内心从未有今天这样的轻松与敞亮，也从未有过现在这样的心生感念。

一个依附于土地为生的人，挣脱这依附与束缚，该有多么不易！

朝阳开始洒满远方的田野和山冈，眼前明丽的景象，在张华荣心里那仿佛是自己未来远方的希望。

张华荣的心中为此充满了激动——因为，自己找到了人生希望之路，找到了想成就一点事业的现实之路！

但张华荣亦深知，自己即将要开始去做的，前面有未知的重重困难。

之所以说是重重困难，那是因为，自己要除了要学到做布鞋的技术，筹集到办鞋厂的本钱之外，还有解决将来的销路等等问题。

最后就是，鞋厂办起来，也不一定能赚到钱，要是亏欠了一身的债务，那自己也要认了……

这一切，张华荣在心里反反复复都想过了，也想清楚了，也都做好了所有的心理准备。

既然看准了，想好了，一切的困难或担忧也全部释然了，那就开始大胆去做。否则，犹豫不决，前怕狼后怕虎，那什么事也做不成！

一夜思考的结果，让张华荣最终下定了办一家生产布鞋厂的决心。

这也是张华荣个性里的果敢使然。

"首先，自己要从学会做布鞋的技术开始，自己从浙江批发来的布鞋，绝大多数不就是人家农民出身的人做出来的么？别人能学会做，我为什么不能学会做布鞋的技术？！"

这时，张华荣想到了这两年在浙江结识的做北京布鞋批发生意的老板。

这些批发经营北京布鞋的老板，后来，在渐渐熟识的过程中，张华荣才知道，他们中很多人批发经营的，就是自己家里生产的北京布鞋，他们掌握了生产北京布鞋的全套技术。

"去浙江，找生产布鞋的厂家学到生产布鞋的技术来。"

怀揣着这样的想法，几天之后，张华荣来到了浙江义乌的小商品批发市场。

"哎呀，是你来进货嘞！这次准备进哪些款式、多少双呀？"见是张华荣，一位已与他十分熟络且十分认可其为人处事的布鞋批发商，热情地招呼道。

为什么张华荣要直奔这一家布鞋批发商朋友这里而来？

这一则是因为这位布鞋批发商朋友，所批售的布鞋就是自己"前店后厂"式的布鞋厂生产的，布鞋从款式到做工到质量都在众多布鞋厂之上。二则是，这位批发商朋友农民出身、待人诚善厚道。

"这次我不是为进货而来的，而是想……"张华荣如实坦诚作答，同时心里又有些忐忑。因为，他无法知晓别人是否会愿意教给他生产布鞋的技术，毕竟这样的要求，已让自己从过去客户的身份变成现在的学徒身份了。再说，做生意的人把自己的生意教会给别人去做，那岂不与"教会了徒弟抢走了师傅生意"无异。

"有什么我可以帮得到的，你尽管说，我一定会尽力而为的。"这位布鞋批发商朋友亦对张华荣热情诚恳。

如此，张华荣心里顿时没有了顾虑，把自己为办布鞋厂而前来学生产技术的想法和盘托出。

让张华荣欣喜感动的是，当得知他打算办鞋厂，想学生产布鞋技术的想法后，这位布鞋批发商朋友满口答应下来。

"你有做大事的想法，这当然好，我们也是过去没有什么好路子走，后来做生意、办鞋厂，一步步做成到现在这个样子。"批发商朋友从自己的亲身感受出发，对张华荣的办厂之举给予了深切的理解。

随后，张华荣学制鞋技术的过程十分顺利。

不但如此，在贩鞋过程中相识的另外几位浙江鞋厂老板，对张华荣学制鞋技术回去办厂的做法也十分支持，纷纷让张华荣到自己的厂里参观并传授制鞋技术。

制鞋技术学成后，接下来就是资金问题了。

一番紧了又紧的盘算下来，要办起一个鞋厂，至少也得三五千元。在1980年初的农村，这可是一笔数额很大的巨款。

把这几年贩进卖出的积蓄全部倾囊而出，还差了将近一半，于是，张华荣想家里支持一点，另外还差的，向亲朋好友相借。

"孩子，你想办厂，家里一共有几百块钱的存款，你全部拿去用……"善良宽厚的父母得知张华荣想办制鞋厂的想法后，默默地支持。

亲友们都是本分的种田人，手头也都不宽裕，但张华荣开了口相借的，他们都尽己所能。

最后，张华荣共筹集到了4000多元钱办厂资金。

这一切，无不令张华荣长久感动于心。他默默告诉自己，一定要把鞋厂办好，不负家人亲友这样厚重而温暖的支持！

1984 年前后，一万元是衡量是否达到富裕程度的标准，4000 元，对于个人投资办厂而言，这在当时已是一笔不小的投资。

可想而知，张华荣心里的压力的确不小！

办厂的资金有了，张华荣随后加紧张罗开厂的事情：办理工商税务登记手续、购买必备设备、招聘工人……

里里外外，事无巨细，全靠张华荣一个人张罗，但他却丝毫感觉不到有半点的疲惫。

因为，张华荣真切地感到，自己正一天天朝着心中那由来已久的梦想靠近。

办厂的实际筹备中，张华荣越来越感受到了巨大的压力。这是因为，手里的那 4000 多元钱，在筹备办厂的过程中，很快就用去了大半。

根据自己之前的设想，张华荣是准备在麻丘镇上租厂房，把鞋厂设在那里的。

最后，为尽可能节约办厂资金，张华荣决定，把鞋厂先设在厚溪村自己家里的几间土房子里，等将来有了一定的经济实力，再把鞋厂搬出去。

一段时间的紧张忙碌过后，一切办厂事宜基本准备妥当，只待正式开张。

1984 年 6 月的一天，这是永远铭刻在张华荣心里的一个重要日子。

这一天，一块写着"南昌县麻丘厚溪青春鞋帽厂"的牌子，挂在了张华荣自家的大门外——那是张华荣为自己鞋厂取的名字，其中，以"青春"两字冠于厂名之中，张华荣既是赋予厂子越办越好之意，又寓意自己厂里生产的鞋帽顺潮流必为人们喜爱。

此外，厂名之所以为鞋帽厂，张华荣的设想是，待今后厂里鞋的生产有了一定规模和实力之后，还可以另外扩大到帽类的生产。

这个读起来如此朗朗上口、看起来朴实亲切的厂名，其实上是张华荣把自己深切的期待蕴含在了其中啊！

新成立起来的青春鞋帽厂，向乡亲们借了3台缝纫机，以及置办了一些必不可少的制鞋设备，张华荣自己和家人，再加上雇请的8名女工，全厂一共15个人。

尽管改革开放已有几个年头了，农村也分田到户了，外面干个体做生意也已经不是什么特别新鲜的事情了。然而，对于私人办工厂，而且还是在村里办厂，厚溪村的村民们不要说见过，就是听也未曾听过。

因而，张华荣的"南昌县麻丘厚溪青春鞋帽厂"牌子一经挂出，立即就传遍了周边好几个村子，很多村民都如赶集一样前来看热闹。

"前不久听说华荣要办个什么鞋帽厂，诶，现在真的是办起来了呀！"

"说干就干起来了，华荣你真是行啊，还真是个有胆量的人咧！"

"鞋厂很像模像样嘛，华荣这年轻人不光是有胆量、有闯劲，做起事来呀，有板有眼，他的这个鞋厂肯定会搞得好！"

"做你卖的那种布鞋呐，那肯定是有销路的！"

…………

原本宁静的厚溪村里，一时变得热闹起来。

而在这热闹声中，又分明有村民们对张华荣一声声的由衷赞叹与真情祝福！

当第一块鞋面裁剪开来、第一个鞋帮楔子支撑起来、第一台缝纫机的飞轮转动起来……张华荣心里是那样的激动，他知道，自己的鞋厂真的办起来了。

张华荣既是厂长，又身兼师傅和员工。

他浑身铆足了劲，日夜不知疲惫地忙碌着，这也感染着这小小鞋厂的每一个人。

"要让生产出来的鞋子卖得出去，那就得把鞋做好。"

张华荣深知，这是青春鞋帽厂能否办得起来的关键所在。他手把手地教员工们做鞋的技术，直到大家全部掌握要领。而对于每一双布鞋的生产质量，张华荣制定的标准要求都很高，他以身作则并深情嘱咐每一位工人，对每一道工序不可马虎。只有一道道的工序都精益求精了，才能最后做出一双好鞋来。

当青春鞋帽厂的第一双布鞋生产出来，内心十分激动的张华荣，拿起这双鞋仔细看了又看，那专注凝视的神情，仿佛是在欣赏一件艺术品。

最后，张华荣没有挑出不能容忍的瑕疵来，他满是倦容的脸上，欣喜的笑容情不自禁地流露出来。

看过不知多少布鞋，与自己鞋厂生产的布鞋相比，张华荣心中底气十足——青春鞋帽厂生产的布鞋，不会输于自己卖的任何一双布鞋！

但最后的结果，还是要让市场和顾客的反映来说话。

张华荣骑着自行车，把鞋厂生产出来的第一批北京布鞋送往麻丘镇和南昌市的几家商店。

"鞋子就先放在店里试卖，卖完了我再来结账，如果卖不完或不好卖，那到时无条件退货。"张华荣的坦诚与实在，让商家欣然应允。

接下来的日子里，张华荣满怀期待！

张华荣的自信，很快就得到了来自市场反馈的佐证：厂里生产的第一批北京布鞋，很受顾客欢迎。

随后，好几家商店主动联系张华荣，要求再进货。

麻丘厚溪青春鞋帽厂生产的北京布鞋，进入市场的第一炮成功打响！

开始一段时间，鞋厂一天能生产出十几、二十双布鞋。不久，随着工人们熟练程度的提高，青春鞋帽厂每天的产量接近了100双。

鞋厂产量在逐渐递增，市场销售的情况同样令人惊喜，厂里基本没有产品库存，生产出多少就能卖出去多少。

又一段时间过后，让张华荣特别高兴的是，青春鞋帽厂原先靠上门一家家商店去推销鞋子的销售状况，发生了改变。开始有做鞋子批发生意的个体户，批量从厂里进货，且批发进货量日渐增大。

这是一个令人无比欣喜的开端——青春鞋帽厂生产的北京布鞋开始打入南昌、九江等地的鞋帽市场了！

大约只有半年左右的时间，随着产量上升到一定的规模，青春鞋帽厂开始进入盈利的经营状况。

对此，张华荣又不失时机地增加工人人数，添置一些制鞋设备，还请了一个人专门负责跑市场销售。

青春鞋帽厂这样的发展速度，大大超出了张华荣的预期。

"就是在这里，华荣自己的家里，当时他的青春鞋帽厂就是办在这里。当时办这个小厂，我们亲眼所见他怎么办的。现在哪里敢想象呵，如今在全国甚至世界上有名的'华坚鞋业'是从这里起步的啊！"

"怎么也没有想到，就是当年心底里那种强烈、单纯的想法和念头，让他鼓起勇气慢慢走出去了，更没有想到的是，后来他就是从这样一个家庭作坊式的小鞋厂，一步步做到了今天在世界上都有名的制鞋大企业……"

"谁也没有想到啊，当年在这间土屋里办起来的小鞋厂，后来一步步变成了江西最大、广东最大和全国最大的鞋厂，现在又走到国外去了！"

…………

在厚溪村，笔者一次次站立于张华荣家的老屋前，静静地倾听着那些亲历了当年他办厂时光的村民们讲述往事。而在倾听的过程里，遥想那些斑驳时光里的往事，每一次都那样触动笔者的内心。

如今，在厚溪村，像张华荣家的老屋这样建于30多年前或更早时间的那些屋舍，依然保留着的已所剩无几了。按经济条件的改善来说，张华荣家的老屋应该是厚溪村最早拆建的新房中的一批，因为，很多年前，张华荣就是村里赚了大钱的人。

或许，一直保留着自己的那间老屋，张华荣是为留存一种信念的记忆。

不忘初心，朝着远方的目标，心怀梦想的张华荣注定会在某一天走出这间老屋，走向他向往已久的远方天地！

第三节 从家庭作坊到规模化鞋厂

任何一个行业里的个体私营企业的良好发展状况，除了自身努力的结果，都是与整个市场大环境的变化密切相关的。

家庭作坊式的厚溪青春鞋帽厂的快速发展情况，正是这个原因。

从1983年到1985年，在中央连续下发的3个"一号文件"中，要求各地放宽政策，引导和扶持个体经济发展，乡镇企业、家庭工业蓬勃兴起发展。

与此同时，全国各地开始允许甚至鼓励农民务工经商和从事长途贩运，城乡市场也逐渐对农民开放。一部分不愿再将生存依附于土地上的农民，开始以无比的期待，跃跃欲试，尝试着从狭小的土地经营中走出去，从农业走向第二、三产业，从农村走向城镇。

改革开放初期，中国商品市场，开始由此走向蓬勃欣荣的发展。

这种背景之下，人们潜在的巨大消费需求也随之被迅速激发出来，又更加推动着市场的热度。

就服装鞋帽来说，"市场上的鞋子不愁销路，自己厂里做出多少，就能销出去多少，这是多么好的机会。"来自国家政策的鼓励和市场的繁荣，又让张华荣渐渐产生了要把青春鞋帽厂做得更大一些的想法。

"鞋厂要想得到更大的发展，那就必须要走出闭塞的家乡！"

在经营鞋厂的过程中，张华荣也越来越感受到，家乡厚溪村地理位置的偏远和闭塞，导致了自己对市场各种信息的掌握总是后人一步。而市场对于青春鞋帽厂的了解，也同样是因家乡地理位置的偏远和闭塞而受到很大阻隔。

比如，在一段时间，市场上已经出现了很受顾客喜欢的塑料底的一些新款式的北京布鞋，而青春鞋帽厂却对此毫不知晓。又比如，一些鞋帽批发商在看到青春鞋帽厂生产的北京布鞋后，有意进货，可因为路途较远或是难以找到厂址而作罢。

再则，北京布鞋流行后短短两三年的时间，市场情况已今非昔比，江西南昌一带已有不少生产这种北京布鞋的厂家，市场竞争已渐渐激烈起来。

此外，偏居农村，远离市场，无论是原材料的购进还是产品的销售，也增加了厂里的不少成本。

这些，都已越来越明显地对鞋厂的发展造成了阻碍。

更为重要的是，此时，张华荣心里一个鲜为人知的顾虑也慢慢被消除了。

张华荣心底那个从未向别人说起的顾虑，就是担心政策的不稳定。其中，最为担忧的就是对于私人办厂的整顿问题。

"投机倒把是个筐，什么都可以往里面装。"1982年，在全国范围内的那场声势浩大的经济整肃运动（其中影响最大的就是"温州八大王"事件），不仅让很多生意人心有余悸，更多的则是办私人工厂的那些人总担心国家政策不知什么时候会改变。

而现在，国家对私人办厂政策上的鼓励支持，也让张华荣心里的顾虑彻底消除了。

对此，张华荣认为，将青春鞋帽厂从家乡搬迁出去已势在必行，而且时机也到了！

"搬迁出去，借鉴别人的成功经验，能使自己站在更好的角度上考虑问题，运用更恰当的措施方法发展自己，并减少出错的机会，使自己的发展更顺利。"一直是目光紧盯着制鞋行业和鞋帽市场的张华荣，转向了行业的大市场。

几乎是鞋厂搬迁这个想法确定的同时，关于鞋厂新的地点，也在张华荣心里确定下来。

这个地点就南昌市湖坊乡的顺外村。

这是一个名副其实的城中村，东至上海路，西达广场南路，北连北京西路，南到火车站广场。

然而，就是这个南昌市的城中村，却在改革开放后短短几年时间里声名鹊起，声名远播。

20世纪80年代初，家庭联产承包责任制在农村推广后，"愈大愈公愈好"的禁锢被打开一个缺口，江西省以市场为导向的乡镇企业、私营企业和合资企业等非国有经济迅速成长。

湖坊乡顺外村正是抓住这一时代的机遇，乘势而上，乡镇企业异军突起。

在城市扩建过程中，村民的土地势必减少，如何用好土地补偿款？当年的村党支部书记曾荣苟果断拍板，一部分补偿给村民，一部分留着村里办事业。那时城里最缺的是"三产"，曾荣苟就率领村民们建厂房、盖酒店，城里人缺什么就做什么——修理店、理发店、食品店、餐饮酒店等一家家村办企业相继办起来。

村民上班赚一点，房屋出租收一点，集体年终分一点，"三个一点"收入让村民们的腰包逐渐鼓了起来。

抓住地处城郊的优势，拾遗补阙为城市服务，集体所有和私人所有的乡镇企业如雨后春笋般地发展起来，成为当时江西省农业战线的一面旗帜，湖坊乡成为江西省第一个亿元乡。因而，80年代中期的湖坊乡开始声名鹊起，尤其是湖坊乡的顺外村，与江苏的华西村、天津的大邱庄、河南的刘庄、上海的马陆村、广东的联胜村齐名。

也正是从这时起，通过给予各项优惠政策，大力吸引外地老板和企业到当地办厂经商，开始成为全国许多地方发展市场的一个方法，这就是全国各地"招商引资"的热潮的发端。

市场意识敏锐的湖坊乡，很快就确定了"积极招商引资，大力发展乡镇企业"的发展思路，并制定出一系列招商引资的优惠政策。

在湖坊乡的各个村当中，以顺外村招商引资的政策最为灵活、力度最大，不仅对外面企业的吸引力强，而且南昌很多企业也纷纷到顺外村投资办厂。

就在顺外村千方百计吸引各方厂商来聚之时，创办已一年多的南昌县麻丘厚溪青春鞋帽厂，也越来越让张华荣感到各方面发展所受到的束缚。

这些束缚最为主要的是：偏处厚溪村，对市场上的各种消息不灵通，而市场上价格、行情等变化的各种信息却愈来愈快。这些让张华荣渐渐感到，青春鞋帽厂仿佛游离于市场之外，对市场行情、行业变化等信息的把握力不从心。

"这是影响鞋厂进一步扩大最主要的两个因素，而要切实解决这两个问题，那就只有把厂子从闭塞的家乡搬到外面去。"张华荣心里渐渐产生了这个想法，而且，他的想法是，厂子越靠近南昌市就越好。

1986年春节过后，张华荣开始着手搬迁厂址，并在南昌市四处打听和考察适合的地方。

最终，张华荣选中了南昌市湖坊乡顺外村。

1986年7月，张华荣确定了位于湖坊乡顺外村的一幢两层楼房，顺利租下后进行简单装修，当月即将青春鞋帽厂全部搬迁到了这里。

此时的南昌市湖坊乡不仅在南昌、江西其他县市区甚至在外省都开始有了名气，张华荣想借湖坊的名气，让自己的鞋厂名气大起来。另外，近两年来，厂里一直是生产鞋子，也确定了今后就走做鞋子的方向，但厂名中的"鞋帽"字眼会弱化外界对厂里以生产鞋子为主的注意力。

于是，张华荣将"南昌县麻丘厚溪青春鞋帽厂"的厂名，改成了"南昌市湖坊鞋厂"。

鞋厂搬到了南昌市，张华荣很快就感觉到，相比在厚溪村，这里的天地豁然开阔了许多。

就制鞋行业本身来说，此时的南昌市大小制鞋厂已有不少，融入其中，张华荣那样真切地体会到，无论是对市场的变化还是对行业内的消息，了解到的渠道和程度都与此前在家乡厚溪村截然不同了。

而且，最为重要的是，在南昌市，当时江西省规模大的一些制鞋厂，都是台商投资创建的。

自 70 年代开始，台湾地区的制鞋业已十分发达，尤其在技术设备和制鞋工艺上，台湾地区在世界制鞋业中都属领先地位，是世界鞋业生产的主要区域之一。

台商在南昌投办的制鞋厂，拥有当时制鞋领域的一整套生产技术设备、制鞋工业流程和工厂管理规范，制鞋的现代化程度也相当高，可谓开江西现代制鞋企业之新风。

台商在南昌投建的鞋厂，大多以生产运动鞋为主，在制鞋工序上已开始机械化流水作业，具有很高的现代化生产程度。而在生产管理上，采取班组制，设定基本工作量，在此基础之上，按超额工作量给予奖励，充分调动工人的工作积极性。

数月下来，张华荣已和整个南昌市鞋厂行业相交甚熟，更是把行业市场的情况了然于心。

可最让张华荣心里惦记的，还是台商鞋厂的先进机器设备、工艺流程及规范管理。

初次目睹台商制鞋工厂里的这一切，着实让张华荣为之眼前一亮。

"别人那才是现代化的制鞋工厂啊！"对照之下，张华荣深切感到，自己的小鞋厂，无论是机械设备还是管理方法，实在是显得太落后了。

由此，张华荣做梦也想着，自己有朝一日能拥有台商鞋厂那样的现代化制鞋机械设备。

购买现代化机械设备，需要资金实力。张华荣知道，这需要时间去累积。而技术和管理，自己则可以先慢慢学习，这是用钱买不来的。

张华荣对台商鞋厂产生了浓厚的兴趣。

为了把台商鞋厂的生产技术和管理模式学到手，张华荣一有空就往一些台商办的鞋厂里跑。恰好台商在南昌也有不少需要帮助的事情，张华荣总是对他们热情相助。如此一来二往，几位在南昌办鞋厂的台商对张华荣的印象十分好，关于鞋厂里的生产技术问题和管理经验，他们几乎毫无保留地向张华荣详细介绍。同时，张华荣对台商鞋厂的一些制鞋关键技术也逐渐掌握。

对市场信息较为充分的掌握，结合在台商鞋厂所学管理技术，张华荣开始有意识地调整自己鞋厂产品的款式和种类，湖坊鞋厂生产的北京布鞋经样式和材料的不断改进后，越来越受到消费者的欢迎，在南昌市的销售也渐渐打开了市场。与之相适应，张华荣把台商鞋厂管理上的激励机制运用到湖坊鞋厂的生产管理当中，生产量随之提升。

短短两年之间，南昌湖坊鞋厂的快速发展，远远超出了张华荣的预期。

到 1988 年，鞋厂的机器设备已有了很大改观，在此基础上，张华荣又对制鞋工艺流程进行了更新，基本形成了半自动化生产，全厂职工发展到了 80 多人。除了几家台商的制鞋工厂之外，此时的湖坊鞋厂，在南昌市已是具有一定规模的本地鞋厂。

张华荣十分清楚地知道，自己的鞋厂虽然发展还好，但只不过是在南昌站稳了脚跟而已。

20 世纪 80 年代中后期，改革开放的步调让人们的视野变得宽阔起来，流行元素破土萌动。那是个蕴藏着巨大活力与生命力的年代。

尤其是 1987 年 10 月中共十三大召开前，邓小平提出："不要再谈以计划经济为主了。"随后，全国各地的私营经济在"不争论"中大步向前发展。

在制鞋行业，来自市场持续旺盛的需求，催生着全国各地大小私营鞋厂如雨后春笋般蓬勃发展。这时，在浙江省以温州为中心的制鞋行业，更是得到了日新月异的快速发展。

各地市场上的鞋子款式更加丰富新颖，价格也更加物美价廉，一款鞋像原来只要生产出来就不愁销路的情况已不复存在了，往往是一款新颖畅销的鞋面市之后，很快就会有很多鞋厂"跟风"生产这款鞋了。

在布鞋这一鞋类的生产销售上，张华荣第一次真切地感受到，来自市场的竞争正渐趋激烈。

最初的情况是，张华荣鞋厂生产的各种款式布鞋，有不少地方的厂家在仿制，这些厂家在材料、做工方面把质量降低，自然在市场价格上就可以降低。而这，直接让张华荣鞋厂产品的市场销售面临压力。后来，生产布鞋的厂家开始多了，一些厂家也在款式和做工上下功夫，这使得张华荣的鞋厂不得不在这方面下更大的功夫，以超越别人。

"要想把华荣鞋厂越办越好，那首先就必须牢牢把握产品的质量关"面对这样的行业发展情况，张华荣告诉自己，质量是市场立足之本，南昌市华荣鞋厂始终要靠过硬的产品质量赢得越来越大的市场空间。

在原来厂里生产量尚很小的时候，对于每一双鞋子的质量，张华荣几乎都可以做到亲自把关。而如今，每天的生产量已达到了近千双，由自己或某个人来把关显然不切实际。

"质量标准必须分解到每一道制鞋的工序中，严格把住每一道工序的质量关，才能最终确保每一双成品的质量。"张华荣亲自设计制定出了南昌市华荣鞋厂的一整套质量标准，通过一整套标准，来确保产品的质量。

最重要的，是对制定的标准要执行到位，否则，制定了再好的标准，都无济于事。

为此，张华荣随后又成立了专门的质检部门，对产品进行严格把关。

在此后，张华荣又根据台商鞋厂的管理经验，对华荣鞋厂的生产销售管理进行改进，厂里分成生产和销售两大部门。这两大部门之下，又分设为原料采购、加工生产和对外销售三个更为具体的小部门。

经过这样的部门设置，整个鞋厂从采购、生产到销售，开始形成了清晰有序的管理制度和流程。

随着鞋厂的进一步快速发展，租赁在湖坊乡的厂区，已开始日渐显得拥挤。

两年过后，张华荣决定将鞋厂整体搬迁，他把"湖坊鞋厂"迁入到位于南昌市郊区的张燕村。

这一次，他也把工厂更名为"南昌华荣鞋厂"。

显然，以张华荣为人处事沉稳谦虚诚信的风格，他将自己名字中的"华荣"两字融入厂名之中，是有其深意的。那就是，他下定决心努力，定下目标方向，要让自己的鞋厂越做越好，今后发展越来越壮大。

似乎总有一种磅礴力量在心底，那样激荡回旋往复，那样真切可感可触。

或许，此时的张华荣还未曾意识到，在办鞋厂的短短 5 年时间、从家庭作坊起步渐向规模鞋厂艰难行进的过程中，他内心深处对于人生目标的设定，也在悄然一步步前移壮大。

第四节　灯火阑珊望来路

市场自由的水恣意渗流，经过改革开放近十年的市场艰难初起和逐步繁兴，到 80 年代末期，社会主义市场经济发展已然呈蓬勃之势。

随之而来的，各行各市场的竞争也逐渐呈现出激烈的格局。

这种市场竞争渐趋激烈的格局，一方面是体现在自有商品市场即个体私营经济市场领域的，而另一方面，则是体现在市场经济市场与计划经济市场之间的此消彼长过程中。

对市场竞争格局的演进，从开始身处其中，就让张华荣洞悉十分明晰。

正是因为如此，在鞋厂创办发展过程中，他才得以根据自己鞋厂发展的实际情况而对市场把握较为准确。

张华荣深知，找不到市场，自己的鞋厂就做不起来，打不开市场，鞋厂也就无法有大发展。在最初贩鞋卖的过程中，张华荣凭借着他细心用心的思忖，慢慢积累起了对把握市场的最初经验。再加上后来在办鞋厂过程中对市场的进一步深思谋虑，张华荣把握市场的能力日渐沉稳从容。

让我们再回顾从办鞋厂起步而来，张华荣对找市场和打开市场的沉稳从容谋定：

在厚溪村办鞋厂起步之初，张华荣明白，自己鞋厂设备工艺不如人家有规模实力的鞋厂，生产的鞋子款式也难比同行，为此，他把自己鞋厂的市场定位在乡镇和乡村市场，同时强调鞋子的质量，做到以物美价廉稳步打开市场。仅仅几年，厚溪青春鞋帽厂就有了可观的市场销量，累积了一定的发展实力。

而在后来将鞋厂整体搬迁到南昌市，在逐步完成了从生产设备、技术到管理上的更新提升后，他又不失时机地将南昌市湖坊鞋厂的市场逐渐由乡镇和农村市场转向城市市场，鞋厂的市场目标一步步扩大，产品也开始形成低、中档鞋同步生产的方向。

再到南昌市华荣鞋厂时，张华荣再将产品尝试向较高品质鞋生产延伸。而在市场销售中，他在已趋近相当激烈程度的鞋类市场独辟蹊径，通过在国营商场设立华荣鞋厂专柜的销售方式，成功将南昌市华荣鞋厂较高品质鞋打开了市场，而且还取得了极大提升南昌市华荣鞋厂及鞋产品知名度、美誉度的意外收获。20世纪80年代中期至80年代末，由于受到个体私营商品市场的强大冲击和自身经营体制不灵活等因素制约，越来越多的国营商场经营日渐困难。于是，不少国营商场也在积极寻求通过经营改革之举来改变这种状况。

面对市场变化的这种情况，张华荣敏锐地意识到，过去个体私营厂家生产的产品进不了国营商场的情况开始松动了，只要找到了好的合作方式，南昌市华荣鞋厂就可以打开这一市场空间。而对于张华荣来说，南昌市华荣鞋厂的产品进入国营商场，绝不仅仅是市场拓展这一层重要意义，更为重要的，一旦南昌市华荣鞋厂的鞋打入了国营商场，那也就意味着品质得到了市场认可，鞋产品及鞋厂的知名度和美誉度都将很快得到提高。

最终，张华荣找到了南昌市某国营商场，提出了南昌市华荣鞋厂在该商场设立自己鞋产品销售专柜的合作方式。南昌市华荣鞋厂设立专柜，付租赁费用，这对于商场来说是额外获得的一笔收入，该国营商场当然乐意。结果，南昌市华荣鞋厂和南昌市该国营商场顺利合作。当时，国营商场不让个体户进入的规定虽然没什么道理，但没有几个人敢于打破这种规定，也没有几个人敢于提出自己的思路，而张华荣的果敢决定尤其是他提出的互惠互利的合作方式，不但为个体私营厂家产品打开了国营商场这一高端市场销售空间找到了一个好模式，同时也为国营商场搞活经营打开了思路。

对市场定位、拓展的成功把握，厂里的生产一次次上规模，鞋子在市场上的销路也越来越宽，产销两旺让南昌华荣鞋厂在短短两三年里快速发展，使得张华荣的鞋厂在不到 10 年的时间里，完成了从作坊式小鞋厂到规模制鞋厂这一令人惊叹的变化。

1990 年，南昌市华荣鞋厂再扩规模，又搬至更为开阔的新址，厂房和办公面积达到 2000 多平方米，全厂员工达到 150 多人。

这时的南昌市华荣鞋厂，已在整个南昌制鞋行业拥有较高的知名度。

鞋厂的喜人发展景象，带来了让张华荣感到惊喜的巨大财富——到 1991 年底，张华荣的鞋厂已拥有了上百万元的资产。

上百万元，对于一个曾经只求食饱衣暖的清贫农民来说，这是何等不可思议的巨额财富！

百万财富、百万富翁，那曾是在"阿里巴巴发现大金矿"这样的故事里听说过的遥远童话。张华荣何曾会想到，事实上他也从未去奢想过，自已有朝一日会成为童年所听故事中的百万富翁。

然而，张华荣现在知道，今天的自己，真真切切拥有了百万财富，也就是成了名副其实的百万富翁！

毫不掩饰地说，在张华荣的内心深处，并非真的没有过对巨额财富的热切向往。至少，自办厂以来，这种热切的财富向往，在他的内心里是与日俱增。

"这是厂里经历整整 8 年的日积月累而来的结果，其中饱含多少汗水、多少艰辛！"面对财富，张华荣心中有着激动和喜悦，更有着深切的感怀。

而正是这份深切的内心感怀，使得张华荣的心绪渐渐平静下来。

想到如今自己已是这样巨额财富的真切拥有者，张华荣的内心除了抑制不住的激动，更多的则是庆幸和感激。他感激国家的改革开放政策为自己敞开了走出农村的路，他庆幸自己大胆选择了去贩鞋和后来又办鞋厂的路。

他在心里默默地告诉自己，切不可忘了那些风雨艰辛的日子，更不能忘了曾经出发的来路。

在经历短暂的心绪激越之后，张华荣把那份欣慰喜悦深藏在了心底。

在车流人流交织的南昌城市街头，张华荣又一如往昔，依然每天风尘仆仆、不知疲倦，为厂里的各种事务奔波忙碌。迎面相见，谁也不会想到，就是这个衣着朴素，为人诚厚，有时还要亲自蹬着三轮车穿行于街巷送货的年轻人，其时，已是一位名副其实身家过百万的老板了。

在时光的悄然前行中，张华荣一路踏实而来，最终实现了自己人生历程中的第一次华丽转身！

从曾经生活都捉襟见肘的一位农民，成为拥有百万财富的私营鞋厂的老板。风雨艰辛近十年，让一位普普通通青年农民的人生境况，发生了如此令人惊叹的巨变。

而自己的这一变化，总是触动着张华荣在内心深处告诉自己，唯有不忘来路，不忘努力，才能守得住这来之艰辛与不易的一切。

多少次，一天繁忙的工作结束，夜已深沉，独自走在南昌这座城市灯火阑珊的街道上，张华荣总是情不自禁地想起从贩鞋到办鞋厂一路而来的点滴往事。每每此时，他的心中便随之会涌起万千感慨……

第三章

被骗出来的"江西华坚"

回望改革开放风云激荡的岁月，1992 年，这是中国改革开放进程中一个具有里程碑意义的重要年份。

这一年的年初，中国改革开放的总设计师邓小平同志视察南方并发表重要讲话，由此开启了全国加快改革开放步伐的又一重大进程。而这一年 10 月召开的中国共产党第十四次全国代表大会，首次明确提出了建立社会主义市场经济体制的改革目标。

从此开始，全国各地大批不甘平庸的人们，如潮水一般涌入到创业者的行列当中。

对于张华荣而言，1992 年，也注定是他人生中值得深深铭记的一年。

然而，与许多从那时义无反顾加入到创业大军队伍，后来获得成功的企业家所不同的是，张华荣对自己创业历程中的这一年怀有特殊而复杂的情感，来自于满怀激情后遭受到的巨大打击与挫折。

那一年，随着自己鞋厂办得越来越红火，财富积攒逐渐丰厚，张华荣的内心深处逐渐涌起了一个强烈的愿望。

别人能做得到的，我为什么就不可以？张华荣开始有了一种在事业上实现自我超越的强烈冲动。

更为重要的是，已经历过市场经济最早一轮风雨洗礼的张华荣，以对制鞋行业发展前景的深刻认识，在而立之年下定要做出一番大事的决心——把自己的小鞋厂做大，办一家在制鞋行业里有模有样的公司。

就在张华荣雄心勃勃欲扩大鞋厂规模之际，一位台商主动找上门来，提出要与他合作办一家大型制鞋公司。

市场经济的迅猛发展，整个制鞋行业的快速发展，给张华荣增添了无比的信心。张华荣决意要抓住合作办厂的这一大好机遇，去实现自己的愿望和目标。

然而，当这一目标终于呈现于眼前，张华荣却惊讶地发现，自己早已陷入了一场精心设计的骗局之中。

第一节　台商"慕名"上门合作办厂

1992 年春节过后，开工不久的南昌市华荣鞋厂呈现出一派生产与销售十分忙碌的喜人景象。

显然，这"开门红"的局面，是一个让人高兴的好兆头。这意味着，南昌市华荣鞋厂又将迎来新一年的良好发展。

面对这一切，尽管一天天开始越发忙碌起来了，但张华荣的心中却是充满了无比欣喜。

不过，就在这紧张并忙碌着的日子里，张华荣对鞋厂下一步的发展，又开始再次展开有意识、有计划的思考：

从南昌市华荣鞋厂这两年良好的发展情况以及对销售市场逐步深入的了解，让张华荣渐渐认识到，自己的鞋厂往前发展有着很大的市场空间。

于是，曾经对于制鞋现代化程度很高的台商鞋厂的那种羡慕，又忽然开始在张华荣的脑海里活跃起来——那不仅仅是羡慕而已，更是他对自己鞋厂发展目标的心中期许！

"目前，经过这两年的快速发展，南昌市华荣鞋厂已经具备了一定的经济实力，对于考虑进一步扩大规模和购买机器设备，也有了可能……"

张华荣心里继而逐渐产生出了一个十分明确的想法：将南昌市华荣鞋厂的规模进一步扩大。

对于扩大鞋厂生产规模，张华荣最想的，就是让自己的鞋厂像台商创办经营的制鞋厂那样，不仅有一定的规模，而且拥有现代化程度较高的制鞋生产设备和生产流水线，拥有现代化的管理模式。

此外，在张华荣的思考中还有一种隐约的焦虑感。

这种焦虑感来自于，南昌市华荣鞋厂必须要乘着市场良好的机遇快速做大。因为，鞋厂相比前两年而言，虽然发展很快，但也感到了市场竞争的压力在不断加大。

对于张华荣而言，促发他心底要去扩大鞋厂规模的原因，除了来自于鞋厂发展与经营过程中各种现实条件的汇聚，在1992年的这个春天，还有一种如潮涌动的感召力量推动使然。

穿越历史的时空，回溯到风云激荡的1992年，这是中国改革开放进程中一个具有里程碑意义的重要年份。这一年的年初，中国改革开放总设计师邓小平同志的南方谈话，吹响了全国加快改革开放步伐的号角。

1992年1月18日至2月21日，邓小平同志武汉、深圳、珠海、上海等地，发表了著名的"南方谈话"：改革开放的胆子要大一些，敢于试验，看准了的，就大胆地试、大胆地闯。

这次后来被称之为"春天的故事"的南方之行，在中国经济界产生了强烈的震动。与此同时，很多人从中敏锐嗅到了巨大的时代机会，受邓小平同志"南方谈话"的感召和鼓舞，"下海创业"随即很快成为全社会热议的一个公共话题。

"春江水暖鸭先知。"这期间，陈东升、冯仑、郭凡生等一大批主流精英下海创业，开创了现代企业发展和经济变革的新篇章。在全国各地，从党政干部到大中小学的教师，纷纷投身商海。其时，一种被简称为"停薪留职"鼓励创业的政策，在那一年被更多地谈及。一些有闯劲的人纷纷"留职下海"，"下海"者仍然保留职位，不打破"铁饭碗"，一旦生意失败，仍可回原单位上班。据《中华工商时报》统计，当年度全国至少有10万党政干部下海经商，他们演绎了跟很多农民出身的企业家不一样的创业之路。

邓小平同志的南方谈话后，快速发展的民营经济，让身处其中的张华荣同样看到了机会！

"拥有现代化的技术设备和管理，办成一家现代化的制鞋厂。"在自己逐步蓄积起资金实力的过程中，张华荣的这一想法也变得越来越强烈。

为此，张华荣已从各方面开始考虑有关扩大鞋厂规模的一系列问题来。

忙碌的日子，总是在悄然之间感觉过得飞快。

这一天，张华荣刚来到鞋厂上班后不久，一位客人就来到鞋厂造访。

有商客来访很平常。一如往常，随着南昌市华荣鞋厂知名度和美誉度越来越大，每天上门造访的客户或合作者往来渐多。对此，张华荣也开始习惯于每天应接不暇的工作状态。

然而，张华荣全然没有料到，今天这位上门造访的客人，其来访将在随后非同寻常。

这是一位穿着讲究，颇有派头的商人模样的人，他信步走进了南昌市华荣鞋厂，并径直走向了厂长室。

"请问，张华荣先生在吗？"敲开门，此人彬彬有礼地问道。

"怎么是您啊，叶先生！您怎么有时间到我这小厂里来了……"张华荣迎面一看，不禁又惊又喜。

原来，来客竟然是张华荣早闻其名的一位台湾商人叶先生。

这位台商叶先生，张华荣之前并未与其谋过面。但是，叶先生在南昌乃至江西制鞋行业里颇有名气，同行之中，几乎没有人不知道这位台商叶先生的。

关于台商叶先生，张华荣耳闻所知的是他很早就在台湾、香港等地经营制鞋厂，80 年代来到大陆投资办制鞋厂和制鞋机器设备厂，几年前，又开始在南昌投资办鞋厂，他也是最早来到南昌投资办鞋厂的台商之一。

实力厚实的台商叶先生，来到南昌市华荣鞋厂造访，怎能不让张华荣倍感激动、兴奋呢！

然而，为人真诚厚道的张华荣哪里知道，"实力不凡"的台商叶先生，其企业已处于名存实亡的状况，根本没有任何投资的实力，他之所以"不辞劳苦"来找到张华荣合办公司，意在通过借力，以图自己东山再起。

沉浸在兴奋中的张华荣，却对此毫不知情，以百倍的激情投入到合作公司的筹建中。与此同时，张华荣倾其所有，将鞋厂经营多年所积攒的百万元，悉数作为了新公司的前期投入。

"张厂长好，我一直在台湾从事鞋业制造和制鞋设备生产，前些年看好大陆鞋业市场的发展，来大陆沿海地方投办制鞋和制鞋设备厂……"和张华荣热情握过手后，台商叶先生彬彬有礼地向张华荣递上一张印制颇为考究的名片。

恭敬地接过叶先生的名片，仔细端详着名片上让人眼花缭乱的头衔，张华荣心理有种特别的感受。

显然，在张华荣的理解里，拥有一长串诸如"董事长""总经理"和"协会理事"这些头衔的台商叶先生，该是多么的繁忙。如此，叶先生还抽出宝贵时间，专程前来自己小小的鞋厂……想到这里，张华荣心里很是过意不去。

台商叶坚庭何许人也？这位台商又怎么费尽周折要找到张华荣这里来呢？

说起这些，首先要从台湾地区的制鞋业说起。

1970年起到整个80年代，受惠于台湾丰富的人力资源、国际技术转移和技术经验的累积与升级，加上外销市场好，使得台湾的制鞋业出现了空前繁盛的景象。此外，台湾鞋业制造机械设备产业，同样在这一时期获得了快速的发展。

从1987年开始，由于受台币剧烈升值的冲击，以及劳动力短缺的困扰，使得台湾劳动密集产业深受影响，台湾的制鞋业和鞋类设备行业也逐渐步入衰退转型期。

而中国大陆，却因为改革开放政策的推动，制鞋业正呈现出蓬勃发展的态势，尤其是在广东东莞和福建晋江等地，制鞋业不仅在规模上也在技术上优势突显。

正是在制鞋产业这样的发展背景下，从 80 年代末开始，台湾地区制鞋行业中的许多人纷纷转迁到中国大陆来投资开办制鞋厂，同时，台湾鞋业机械设备行业也开始以中国大陆为重要的发展市场。

几年前，一直在台湾从事鞋业制造和制鞋设备生产的叶坚庭，正是看好中国大陆鞋业市场的发展，也来到了广东和福建等地投资创办鞋厂。

"张厂长，我今天可是慕名前来登门拜访哟。"台商叶先生开始表明此行的缘由。

"前段时间，经朋友介绍来江西考察，发现江西投资办厂的优惠条件很不错，我就准备在南昌投资一个制鞋厂。在了解过程里面，听说了张厂长你，后来一打听，你和你的南昌市华荣鞋厂知名度很高呀，张厂长这么年轻，就办出这样有影响力的鞋厂来，真是了不起，所以今天就来登门拜访啦……"

一番溢美之词过后，这位台商叶先生开门见山，向张华荣表明了今天来登门造访的真正原因——他想和张华荣一起在南昌合作办鞋厂。

"和我一起合作办鞋厂？！"听闻台商叶先生想和自己合资办鞋厂，张华荣的心里顿时涌起一种受宠若惊的感觉。

是啊，自己这样的小鞋厂，竟能受到实力雄厚的台湾鞋商的青睐！在南昌制鞋行业的同行中间，就实力来说，自己自知还是排不上号，而台商叶先生却对自己如此看中，把合作办厂的目光选定在了自己的鞋厂上……

想到这些，张华荣面对突然登门造访的台商叶先生提出要和自己合作办鞋厂，怎会不顿生受宠若惊之感？

1987 年，台湾开放民众赴大陆探亲，众多台湾同胞终于得以踏上返乡之路。

当他们置身于祖国大陆时，扑面而来的是改革开放的春风劲吹，感受到的是经济迅速崛起的涌动和高速发展所带来的强烈震撼。对台商来说，祖国大陆不仅是祖籍故乡，更是一片蕴藏着巨大商机和腾升着无限希望的热土。

1988 年 7 月，国务院发布"鼓励台湾同胞投资规定"二十二条，明确规定，对台商之优惠措施比照外商，对台商之资产不实行国有化，以及可适用涉外经济法规等；1989 年 3 月，国务院又进一步公布对台商来祖国大陆投资的一系列优惠新措施，例如承认台资在沿海地区的土地开发经营权，以及公司股票、债券、不动产之购买权等。

一系列投资良好政策的吸引，加之充沛的资源、广阔的空间、巨大的市场、无尽的商机……祖国大陆为台商提供了一个充分施展身手的大舞台。使得众多台商纷纷踏上祖国大陆前来投资，并在见证奇迹的同时创造着奇迹。

台湾地区的制鞋业起于 50 年代中后期，自 60 年代开始快速发展。1969 年，台湾鞋类产品外销二千万双，1971 年即达一亿双，1976 年台湾制鞋业的外销量已超过意大利，成为世界第一大鞋类出口地区。

但到了 80 年代初，由于受到劳动力成本、原材料及土地等资源要素成本上升的影响，台湾地区的制鞋业的发展渐显乏力。

此时，正为寻找制鞋业发展转型路径的台湾鞋商们，纷纷把目光投向了祖国大陆，到福建、广东一带投资办鞋厂。80 年代中期以后，江西又开始成为台商投建鞋厂的热土。

90 年代初，台资鞋类企业在江西南昌的制鞋行业已颇有影响。

当时，在江西南昌市，但凡具有一定规模的制鞋厂，大多都是由台商投资开办的。

经过二十多年发展，台湾制鞋业已具有很好的制鞋技术工艺水平，现代化生产程度高，管理先进。因而，在台湾鞋商投资大陆的过程中，这些先进的制鞋技术工艺和现代化生产管理，也带动到了祖国大陆。

张华荣做梦都想从台商制鞋厂学到技术和管理，为此，他经常去帮这些台商做事，为的就是主动寻找学习的机会。

"是的，我们一起合作办厂！"台商叶先生再次肯定地对张华荣明确这一点。

显然，台商叶先生看出了张华荣内心无比欣喜之中夹杂着的疑惑。

他继而又向张华荣补充说道："为什么我今天会找到你这里来，这是因为一段时间来，我就想与人合作在南昌办一个大鞋厂。通过侧面了解、物色合作者，最后经过我的了解，张先生你是最合适的合作人选。"

台商叶先生话题一转：

"因为我已有在广东和福建那边办了厂，个人的时间和精力都有限。所以，我考虑要在江西南昌这边投资办鞋厂，那就要走'合资合作'这条路。我选择来选择去，觉得张先生你是再合适不过的合作人选了，所以，我有意跟张先生你合作，共同投资办一家现代化的制鞋公司。今天，我就是为此而来呀，不知张厂长你是否有兴趣？……"

原来如此。

心中的疑惑顿时消去，张华荣只剩欣喜，很快就和台商叶先生热烈地倾谈起来。

台商叶先生从台湾地区发达的现代制鞋业谈到大陆正兴起的制鞋技术现代化进程，从当前全国整个鞋类市场的现状谈到未来市场的发展走向，并对全国鞋业从生产到销售从宏观到微观层面逐一分析解读……

张华荣将自己鞋厂的现状如实向台商叶先生讲述，重点对自己近段时间以来关于下一步扩大鞋厂规模的想法和思考，详细进行了阐述。

最后，台商叶先生与张华荣就合作办厂的投资模式和管理方式、鞋厂合作办起来之后的发展目标等这些大框架彼此交换了看法意见。

…………

不知不觉已过午饭时间，相谈甚欢的张华荣和台商叶先生仍意犹未尽，两人仿佛有一见如故、相见恨晚之感。

尤其是张华荣，对于台商叶先生无论是纵论鞋业生产与销售市场还是经营管理，无不深感自己遇到了实力雄厚同行，而且此人还是经营管理方面的资深行家。

"自己正想扩大鞋厂规模，苦于投资资金、设备技术和管理经验等等问题的困扰，而这样既有投资实力又有管理经验水平的合作方，找上门来要与自己谈合作办厂了。"张华荣心中喜不自胜，因为，大好的机遇如此垂青自己！

第一次见面相谈合作办厂之事就如此投缘，很快，张华荣与台商叶先生随后就对合作办厂的实质性事务展开了商谈。

"公司是我们两个人合作办的，那我们各取自己名字中的一个字，共同组成我们公司的名称，这样如何？"张华荣以为，这样不仅可以表示自己对与叶先生合作办企业的诚心，而且也希望自己与叶先生真诚合作，将来共同办公司办得越来越好。

"很好，很好，张先生你这样想得真是太周到太好了……"台商叶先生欣然赞许。

张华荣和台商叶先生两人一拍即合，当即确定了合资鞋厂的名称——江西华坚鞋业有限公司（台商叶先生名字中有一"坚"字）。

从这时起，两人合作办鞋厂也就算正式展开了。

然而，张华荣做梦也没有想到，此时的他，正一步步毫无察觉地在走入这位台商叶先生精心设计的一个深深陷阱之中。

第二节　骗局揭穿后的进退维谷

合作的开始异乎寻常地顺利。

与台商叶先生一起勾画出的合资办鞋厂的美好蓝图，让张华荣时时沉浸在美好的憧憬之中。而为尽可能早日实现这美好蓝图，张华荣心中又涌动着一种时不我待的满腔激情。

根据双方对合资办鞋厂商谈的意向性规划，江西华坚鞋业有限公司的总投资，包括厂房建设、机械设备等在内共高达数百万元人民币。

在正式确定"江西华坚"的公司规模等各主要事项之后，接下来，张华荣和台商叶先生就双方投资比例、主要分工及公司创办时间进度等一系列事项很快进行了确定。

在此过程中，台商叶先生始终以饱满的热情、务实的风格对待合资办厂的大小一切事务。

"叶先生果然是一位实实在在办事业的人！"张华荣这样认定。

在心生感动之外，张华荣为自己能遇到这样的事业合作伙伴而倍感庆幸。尤其是台商叶先生对制鞋行业富有见地的独到眼光，更是让张华荣心生钦佩。

按照"江西华坚"设计的公司规模和产能，厂房、办公及员工宿舍的面积，总共要达数千平方米。

根据两人对合作办厂事宜的相商，厂区的选定、租赁和改建这些，由张华荣负责。

"早一天落实厂区，公司就能早一天开业和生产。"对此，张华荣充满着紧迫感，没日没夜地投入到厂区租建之中。

公司筹建一旦正式启动，那也就意味着资金的不断投入。

在厂区租建过程中，双方按比例投入的资金都应及时到位。然而这时，与前期筹办阶段的积极主动相比，台商叶先生却显得有些被动。

一开始，台商叶先生表示因自己其他公司的资金周转出现了暂时的困难，所以对"江西华坚"的资金投入要相应往后缓些时间。

"叶先生出现了暂时的资金困难，那当然要予以理解和支持。"张华荣二话没说，满口答应，更没有往其他方面多想。

公司筹建一旦启动，各项工作不但不能停下来，而且还要抢时间、赶进度，这就要保证资金跟得上。为此，张华荣将自己手里有的资金陆续全部投入进去。

厂区各项工作进展顺利。

这一天，台商叶先生主动来约张华荣，进一步商谈公司筹备接下去的有关工作。

这次商谈过程中，台商叶先生着重提出的是公司要准备购进机器设备。

台商叶先生告诉张华荣，他已和设备供应商定下了设备购买的时间，只待价格确定，就可以办理供货手续。

机器设备采购是迟早的事情，而且价格方面张华荣也没有任何意见。只是购买设备的资金到位的问题。

"我看，不要这么快先买他的设备，要买，那也只能是先付一部分订金。"当台商叶先生提出厂里开始要购进制鞋设备并向对方全额付款时，厂里有人向张华荣建议，为防止发生什么意外，在购买设备特别是付款方面要慎重。

其实，仔细推敲想来，这样的建议和考虑不是没有道理。

首先，相比厂区的进度，购买机器设备并没有到迫在眉睫的时候。另外，最关键的是，在厂区的资金投入上，台商叶先生总是以"资金暂时出现了紧张""马上调度资金过来"等各种理由，一拖再拖，始终没有拿出过一分钱来。如今，在购买机器设备这一件事上，台商叶先生倒是显得这样急切起来。

正是因为如此，台商叶先生的这些举动，让人心生疑窦。

而且，公司甚至还有人向张华荣直白地提醒：台商叶先生在合作过程中的种种做法让人越来越觉得不实诚，要防止台商叶先生以合作办厂的名义推销其机器设备，因为，在南昌市制鞋行业，也的确发生过这一类的事情。

　　对于这些建议和提醒，张华荣立即表示反对。

　　"人家是诚心诚意地跟我合伙办厂，如果我们还要在暗中防着人家一手，那我们的良心上也不安呐。"张华荣认为，双方合作办厂，彼此之间连起码的信任都没有，那还谈什么今后的合作成功。

　　张华荣接受了台商叶先生开始购买机器设备的意见。

　　在临时从几位朋友那里借来资金后，张华荣将购置机器设备的钱汇给了台商叶先生提供的公司。

　　1995年9月，江西华坚有限公司对外招聘的560名员工到位，并安排对技术员工进行培训。

　　接着，购买的机器设备也陆续运抵公司。

　　至此，"江西华坚"筹建的各项主要工作皆已进入尾声。张华荣提出，公司计划在10月正式开业。台商叶先生表示赞同。

　　此时的张华荣，心中开始规划和憧憬着这份合作事业的发展蓝图，这蓝图里，有他人生事业的美好期待。

　　然而，正沉浸在对人生与事业美好未来畅想中的张华荣，对接下来即将要"真相大白"的一切却浑然不知。

　　张华荣就江西华坚有限公司的发展方向，真诚而又认真地对自己的事业合作者逐一作着陈述：

　　"华坚鞋业以后的发展，就是在很好地整合我们两家原有资金、技术和人员实力的基础上，扩大生产规模。"

　　"再者，就是要逐渐建立和扩大我们的销售网络渠道，再就是打响我们产品的品牌。"

　　"现在，我们要对马上开始生产的问题进行认真商量。"

....

　　一切进展顺利，公司即将投入生产，张华荣认为，到了必须具体商量和安排落实这些问题的时候了。这一天，张华荣找到台商叶先生谈及这个话题，叶先生只是表现出一副神情很是专注的样子，认真地听着，却对张华荣提出商量的以上问题极少应答。

　　张华荣也下意识地发现，台商叶先生似乎对自己刚才所说的这些问题心不在焉。

　　张华荣心里也生出一阵纳闷来——"叶先生这是怎么了？"

　　可张华荣又不好过多地去询问。

....

　　不料，几天之后，台商叶先生主动找到张华荣：

　　"张总，前几天，你所讲的关于我们的华坚公司要尽快投入生产的一系列问题，我这几天一直在认真思考啊……"台商叶先生的话题直奔公司开工投入生产的问题。

　　原来，台商叶先生正在深入思考公司尽快投入开工生产的一系列事宜——张华荣听闻，内心深处涌起一阵感动！

　　"机械设备到位的事情，现在很急迫了……我看，为了确保这一点同时又保证质量，我要尽快去香港一趟……"台商叶先生的话题随后转向了机器设备。

　　这确实又在情理之中。张华荣怎会对台商叶先生提出赴香港有所猜忌！

　　随后，按照两人的相商的结果，张华荣在南昌抓紧安排公司开工投入生产的各种事宜，而台商叶先生则第二天启程赴香港妥办机器设备事宜。

....

　　南昌这边，张华荣带领全体员工，在昏天黑地的一段忙碌日子过后，江西华坚鞋业有限公司开工投入生产的相关事宜基本就绪。

"就只等机器设备一到，安装调试完毕，公司就可以开工投入生产了……"想到这里，张华荣突然意识到，台商叶先生自启程赴香港妥办机器设备之事，至今不见一样机器设备运抵而来也没有半点回音。

"要联系一下叶先生，告知公司开工投产事宜安排的进展情况，同时也请他尽快妥办机器设备之事。"张华荣随即打电话给叶先生。

"还正在进行业务洽谈之中……我一有消息就会告诉你的，再耐心等等……"电话那头，台商叶先生这样回复。

其后，一连多日，张华荣一个接一个的电话打给台商叶先生，询问机器设备事宜。而每一次，台商叶先生都是回复："快了，就快要启运了……"

然而，这一等又是一个多月，张华荣和公司全体员工望眼欲穿仍没盼来一样机器设备。

张华荣心里，开始产生一种不曾去想而又不得不去想的隐忧。

几天后，焦虑不堪的张华荣，突然意外接到了台商叶先生主动打来的电话。

"张先生，你工厂太差了，环境太差了，订单也接不了了，我决定只好放弃了……"电话里，台商叶先生这样对张华荣说道。

"情况不对！"听台商叶先生所言，张华荣的心头猛然一紧。

"嗯……很对不起，张总……那好吧，我现在就把实情告诉你吧。"台商叶先生接着往下讲："是这样的张先生，我感到很是抱歉。其实……其实我几年前就因鞋厂经营不善而资不抵债了。我早就听闻你是个厚道的人……鞋厂又办得那样红火，于是，我在走投无路而又想东山再起的念头的驱使下，就抱着试试看的想法来找你……"

这一次，台商叶先生向张华荣和盘托出了实情！

"叶先生，你说什么？！"张华荣简直难以相信自己的耳朵。

对于张华荣而言，这不啻是一声晴天霹雳——听完台商叶先生电话里和盘托出的实情，张华荣整个人顿时就懵了，犹如严冬里突然被一瓢冷水从头淋到了脚跟。

"难道从一开始，台商叶先生就设了一个大骗局，自己一步一步走进了他精心设置的那个陷阱里？"

这样的感觉，立即从张华荣的脑海中闪现而起。

直觉闪现于脑海中的那瞬间一刻，张华荣脑海里顿时一片空白，镇定后继而往深处再想，他又直感到背脊凉飕飕的。

但张华荣不敢再往下去想，也不愿往那个方向去想。他强行让自己的情绪镇静下来，他在心里默默祈祷，这只是自己一时直觉的错误判断。

可接下来的情况，越来越让张华荣感到内心紧张。

自接到台商叶先生主动打来的那个"说明情况"的电话之后，无论通过什么途径方法，张华荣再也联系不上叶先生了。

台商叶先生就犹如突然人间蒸发了一般！

事关重大，张华荣急切地要搞清楚真相。

张华荣赶紧通过制鞋行业的朋友们，辗转多方打听台商叶先生的有关情况。

一番打听询问过后，张华荣心里彻底凉了半截！

张华荣从同行们那里得知：这位台商叶先生，在"慕名"找到张华荣提出"合资办厂"之前，也先后和南昌几家制鞋厂谈过要"合资办厂"的事。但在谈合作的过程中，这些制鞋厂老板通过对这位台商叶先生的情况进行了解，在发现了种种"不对劲"的问题后，都及时停止了对合作办厂的进一步商谈，这样也就避免了上当受骗。

原来如此！

这些情况进一步表明，台商叶先生提出合办鞋厂，从一开始就完全是他编造的一个骗局。

随后，张华荣又了解到，台商叶先生在香港所注册的那个公司也是一个为其"设局"所需而注册的，纯粹就是一个"皮包公司"。而他设立这个"皮包公司"，目的就是为了以"合作办厂"为幌子，去骗取别人购买制鞋设备。

至此，事情的真相已完全被揭开。

张华荣不得不面对已上当受骗的事实！

20世纪80年代，改革开放"摸着石头过河"，在计划经济的轨道上行驶了多年的列车，正驶上市场经济的轨道。

在这一过程中，部分政策的不完善，给一部分既没有资金又没有经营场地和固定职业的人提供了钻空子的机会。在经商热大潮中，出现了一批所谓的"皮包公司"。他们利用图章与合同，进行咨询和流通领域的投机活动；有一些人专门把别人的货冒充自己的，骗一点是一点，口袋一鼓立马走人；还有的随便拉几个人，租间店面，打着某某公司的幌了，明目张胆地坑蒙拐骗……社会上充斥着形形色色各种"空手套白狼"的人。80年代中期起，国家下定决心整顿清理"皮包公司"，据当时的数据显示，至1990年2月底，全国撤并公司6万多个，占当时公司总数的20.4%，"皮包公司"得以还原真正面目，而"皮包公司"却作为80年代不可磨灭的痕迹留存了下来。

彻头彻尾的一个大骗局！

"伪装掩饰得如此天衣无缝，自己竟然自始至终毫无察觉！"张华荣愤怒不已。

与此同时，一种巨大的被人欺侮的羞辱感，情不自禁地从张华荣的心底涌起。

在商场近十年的风雨洗礼中，期间，张华荣也耳闻目睹甚至也亲身经历了无论与客户还是合作伙伴打交道，都是一件需要讲究策略的事情。然而，秉性耿直、为人厚道的张华荣，心里却丝毫没有这方面的防范念头。

尽管已在买进卖出的生意过程中"历练"了数年，但张华荣却显然还没有"入行"，最能说明这一点的就是，他几乎一天到晚挂在嘴上的就是"做生意要对人家讲诚信"这句话。

事实上，张华荣并非是不够精明之人，恰恰相反，他在处理生意事务的过程中，其商业才能为许多生意上的合作伙伴所称道。假如不是如此，那偏处于家乡厚溪村、小小的青春鞋帽厂怎会在短短数年之间快速发展壮大起来？！

　　但是，在数年经商办厂的过程中，张华荣真真切切感受到了，自己以诚待人，同样换得了别人对他的真诚相待。

　　如此，张华荣始终认为，是别人回报给他的真诚，才让自己一步步有了今天。

　　是啊，自己对台商叶先生始终百倍真诚地相待，甚至为此而责备自己身边的善意提醒者，可是，最终的结果竟然是一场骗局……

　　想到这些，张华荣的内心五味杂陈，仿佛感到心口有一阵阵利器刺过一般的生疼。

　　这是让人难以承受的突如其来的变故打击。这变故，不但意味着自己多年苦心经营的所得实际上已荡然无存，而且从此将背负沉重的债务……

　　精神和经营上的双重打击，让张华荣在一段时间里整日处于恍惚的状态。

　　然而，摆在面前的现实，张华荣必须要去接受并做出何去何从的决断。

　　"自己现在究竟该怎么办？！"

　　"是坚持下去，还是放弃？"

　　…………

第四章
不堪回首的从头再来

正如在世界奥林匹克的竞技场上，每一位参与者都有希望登上颁奖台。在市场经济的大舞台上，每个竞争者都有可能成为财富英雄。

然而，成功的大企业家，不少是从起初的一路失败与挫折中坚强前行而来。那些真正的财富英雄，几乎没有一个不是深怀"跌倒了再坚强站起来"巨大勇气的人。

面对"江西华坚"陷入进退维谷的境地，张华荣始终紧咬牙关。他坚信，"坚持前行，就有寻找到成功路径的可能，而放弃，那就只有失败这唯一的结果。"

但这是一次无比艰难的坚守，更是一次不堪回首的从头再来。

在绝境中实现逆转，总是那样惊心动魄。而其间，企业家的创业胆略与商道智慧，往往又被展现得淋漓尽致。

在千方百计寻求企业起死回生之路的过程中，张华荣历尽了百转千回般的苦累辛酸与暗淡迷茫。但最终，他为"江西华坚"找寻到了成功走出困境的路径——进入鞋业外贸订单生产领域。

对于张华荣来说，这是一次惊涛骇浪般的冒险行进。

正是因为有了这一次惊涛骇浪般的冒险行进，才成就了后来成为中国乃至世界制鞋领域里当之无愧的翘楚，也正是因为有了这一次惊涛骇浪般的冒险行进，才赋予了张华荣后来在更大困境中直面挑战的坚强与勇气。

"欲求创业之成功，难免不经历深处困境中的痛苦甚至是绝境，最为重要的是，一旦遭遇困境甚至是绝境，创业者须有直面挑战的激越而开阔的勇气。"对这句话的理解，在走过那段不堪回首从头再来的艰难路程后，张华荣总是百感交集。

且看，张华荣是如何在坚守中让"江西华坚"走出生存绝境的。

第一节　痛苦而艰难的选择

在某种程度上，一个人从百万富翁一夜间变成穷光蛋的故事，和一个人从穷光蛋一夜间变成百万富翁的故事，对人们是具有同样吸引力的。

世上没有不透风的墙。

尽管，张华荣独自承受着巨大压力，没有向外界透露江西华坚的实情，但消息还是很快在社会上不胫而走。

关于张华荣的遭遇，很快就成了各种不同圈子里人们茶余饭后谈论的事情。

"这下好了吧，辛辛苦苦几多年，一下又回到了解放前！"

"怎么不事先把情况了解清楚就……这真是太冒失了！"

"一个人的心不能太大，都成了百万富翁了，还不知足，现在非但原来赚的钱鸡飞蛋打了，还欠下这样多的债。"

"这下看来，张华荣是爬不起来了。"

"就是对方合作是真有其事，那也不应该一步就把厂子的规模搞得这样大嘛，产量和销售有把握吗？运转资金能跟上吗？"

…………

纷纷扰扰的传言和议论中，不乏夸大其词、捕风捉影之言，传到张华荣的耳朵里，个中滋味五味杂陈。

然而，已经顾忌不了这些了，也没有精力去计较这些了，这些也不再重要了。

在起初的很长一段时间里，张华荣深陷于苦苦的思索之中。

摆在面前的，是在脑海中纠缠不休的一个问题——"接下去该怎么办？！"

种种设想开始在脑海里不断冒出来，权衡又否定，否定了又苦思冥想。然而，种种设想又乱七八糟地再纠缠一起，一时千头万绪。

内心渐渐平静下来，张华荣深知，自己已没有了所谓的是放弃还是坚持这样的选择了，自己所处的现实处境已骑虎难下了，唯有直面这现实的困境，才有走出困境的可能。

因为，最大的现实问题就是，自己不可能当"甩手掌柜"，为办厂借来的那么多钱是要还上的，如果鞋厂不办了，那将拿什么去还债？！

然而，走出如此始料不及的巨大困境，出路又在何方？

夜深人静，张华荣时常久久伫立于"江西华坚"空荡荡的厂房与车间，深秋的夜风寒意袭人，张华荣在静默中望着寂静萧瑟的厂区，心底更是荒凉。

"只要工厂还在，那就一定会有走出困境的希望！"镇定冷静之后，张华荣告诉自己，必须坚强去面对这残酷的事实，同时，又绝不能坐以待毙。

迎着风雨而立，张华荣暗自下定决心，自己绝不能后退也更不能放弃。无论有多么的艰难，自己一定要一切重头再来！

在张华荣心里，有一种万分急迫的巨大危机感。

"必须要尽快找到让公司走出困境的路！"

张华荣心里十分清楚，有关华坚公司面临倒闭的各种传言已四散而开，那很快接踵而来的，便是自己多年来辛辛苦苦打开的市场将随之失去，还有就是别人很快会开口向他要求偿还债务。如果这些一齐袭来，那无疑将是压垮"江西华坚"的最后一根稻草。

张华荣一边在内心咀嚼着无尽的伤痛，一边努力强行使自己头脑冷静下来。

"根据华坚公司当前的情况，已到位的一部分机器设备先进，生产管理队伍基本稳定，正常生产没有任何问题，而且还具备大量生产的能力……"

张华荣的思路，开始朝着启动生产、解决困境的方向延伸。

"只有坚守住并尽快开张，才能让江西华坚公司摆脱这不利的局面。而且也只有将公司办起来，那才是唯一的出路！"

尽管不知道将来公司如何生存下去，但张华荣却已在痛苦而纷乱的思绪和境况中做出了自己的抉择——把江西华坚鞋业有限公司办下去，而且还必须把公司办起来！

第二节　绝处逢生的外贸订单

如今，张华荣已不记得是在那一年的哪个具体日子，江西华坚鞋业有限公司开启了那标志着巨大决心的逆境前行步伐。我们在有关华坚集团的资料中，也没有找到这个日子的记录。

其实，深思之后，这不难理解。

因为，没有实质性业务的开展，对于江西华坚鞋业有限公司而言是没有多大现实意义的。

"依靠原来厂里的生产与销售规模，肯定行不通，因为时间拖得越久，那资金原材料必定跟不上。"张华荣最后认为，能解"江西华坚"燃眉之急的方法只有一个，那就是，要在一定的时期里获得稳定的订单。

而且，这稳定的订单还必须是大宗量的订单。

到哪里去找这样的订单呢？

最终，在苦苦的辗转寻找中，机遇却神奇地眷顾了始终坚守不退的张华荣，给了华坚一次起死回生的机会——一个偶然的机会，张华荣获得了鞋类外贸加工订单的机会，并由此成功转向外贸加工领域。

一天，张华荣在为公司业务奔波的过程中，遇到了一位制鞋厂的同行。

"我建议，你可以考虑将公司业务从外贸订单这个方向上去努力。"而且，这位同行还向张华荣提出，要前往广交会上去寻找商机。"我们国家搞改革开放十多年了，现在每年的广交会越办规模越大，商机也越来越多。在鞋类贸易中，通过广交会签订的制鞋业务贸易也越来越多了，而且每一单外贸业务的订单数量都十分可观……"

这是张荣华第一次听到有关广交会的情况。

新中国成立初期，中国的对外关系刚刚起步，部分西方国家对中国实行经济封锁。为解决国家大规模经济建设急需进口多种物资的需要，1956年，在广州原中苏友好大厦试办中国出口商品展览会取得成功的基础上，中国出口商品交易会于1957年春创办，简称广交会。

从1957年起，广交会每年春、秋两季定期在广州举办，从未间断。

特别值得一提的是，广交会创下了在"文化大革命"中不间断的奇迹，并撑起中国外贸出口的半壁江山，成为中国对外贸易、对外交流的重要窗口。

1984年党的十二届三中全会通过了《中共中央关于经济体制改革的决定》。从此，中国经济体制改革进入了一个全新的阶段，而这一时期的外贸体制改革也是一个热点。这一年，国务院提出了"政企职责分开，工贸结合，推行代理制"的外贸体制改革指导思想。到1991年，国家全面取消了财政的补贴，通过外汇留成额度支持出口，而1994年，以汇率并轨为主要内容的汇率制度改革开启了新时期外贸体制改革的序幕。

此时的广交会，从参展规模到交易规模迅速发展，成为国内规模最大、商品种类最全、到会客商最多、成交效果最好的综合性国际贸易盛会。

客商也学会了不找市长找市场。

在 1993 年和 1994 年，广交会对过去根据商品大类划分交易团和安排展位的传统组展方式，做出了两次重大的改革，采用了"省市组团，商会组馆，馆团结合，行业布展"的组展方式，贯彻市场多元化、以质取胜、科技兴贸和大经贸发展战略，到会采购商人数和成交额，更是稳步上升。

广交会有国内外两个市场。生产企业要安排生产需要订单，到广交会来展销。外商云集，成行成市，凡是来询问的都是有兴趣的。最重要的是获得贸易机会，获得信息。

有参展企业这样形象地说："万一不能成交，我带着一把名片回去，就是收获。"

"买主是全世界商家，就算是你只带一大把名片回来，那也是很大的收获！"那位同行力劝张华荣去广交会看看。

"这个消息太重要了！走，今晚就赶去广州……"张华荣决定，和公司业务部门的负责人一起，连夜赶往广州。

一天一夜后，火车终于到达广州市。

张华荣和公司的业务经理，此前都没有到过广州，走出火车站，他们一路问到了广交会的场馆。

眼前气派和喧嚣的情景，是张华荣没有见过的：偌大的展览交流场馆建筑，一幢接着一幢，让人一眼望不到尽头，整个展馆四周全都是摩肩接踵的人群，往来的车辆汇聚成川流不息的车流……

"展馆的进口在那边，我们快进去！"顾不上疲惫，两人径直朝一个展区的进口奔去。

"对不起，两位先生，请出示你们的证件。"一到门口，场馆进口的保安人员就把张华荣和业务经理给拦住了。

"怎么进去还要证件啊，可我们没有哇。"张华荣一脸疑惑。

"是的，按照规定，没有证件的人员，是不能进入展馆内的，先生。"保安人员礼貌地回答道。

"我们是从江西来的，因为是第一次来参加广交会，又是临时决定来的，所以没有证件，也不知道怎样办进入的证件……"张华荣耐心地向保安工作人员解释起来。

但是，无论张华荣怎样解释，保安人员丝毫没有通融的意思。

张华荣他们这才从场馆工作人员那了解到，要在广交会上争取展位可不是件容易的事。参加广交会，不是你做贸易或企业就能参加的，参会者都需具备一定的条件，才可提前申请，申请获得通过后，方才可以在广交会举办期间获得入馆资格。

而且，参展名单是由外经贸主管部门统筹考虑提名，对参展企业发出邀请。

如果在 80 年代以前没有参加广交会，那是因为没有资格，如果在 90 年代没有参加广交会，那是因为没有实力，参展企业都要年最低 100 万美元出口额的门槛！

"我们就是想进去，那也没有资格啊！"业务经理一听，顿时很是灰心。

从大老远辛辛苦苦跑来，没想到是被拒之门外的结果。在广交会场馆外闲逛的张华荣，心里有一种说不出的滋味。

"怎么也要想办法进去！"张华荣实在不甘心就这样空跑一趟，他脑海里不停地琢磨着能进入场馆的办法。

"有办法了，跟我来！"

突然，张华荣拉着业务经理沿着场馆外一直走，这让业务经理摸不着头脑，不知张华荣究竟是要做什么。

"看，我们可以从那里爬围墙进去。"张华荣指着不远处一段高度较低的围墙，对业务经理说道。

原来，张华荣是要带着业务经理，翻爬围墙进到广交会的场馆里去。

"我先来，进去之后，再接应你。"张华荣把手里的包往肩上一挎，迅速走到墙根，攀墙而上。对于在部队勤学苦练的张华荣而言，攀墙而入并非难事!

"咚"的一声,张华荣双脚稳稳落地,顺利进入场馆之内。

"站住,干什么的……"张华荣心里正喜,刚准备要在墙内接应墙外的业务经理,突然身后传来一阵大声的呵斥。

馆内的保安人员发现了攀墙而入的张华荣!

"这下完了!"张华荣心想。

"到了广州以后广交会进不去,我们就爬围墙进去,给保安发现以后呢,保安说,以后不要爬围墙,多危险啊。"

"中国第一展,果真名不虚传啊!"张华荣被眼前的场景惊得愣住了。

一进到会场张华荣就直奔江西省的摊位,在摊位前拿起一只样品鞋,声称他也能做。

市场经济真金白银,不怕不识货,就怕货比货。

"这个鞋子你给我,我五天之内给你打个样出来……"

"别说瞎话和梦话了!"张华荣的话刚一出口,立即就被展位里的一名工作人员给打断了。

"这个鞋子要是你也能做,那现在你的鞋子就应该是摆在这个展位上了!"展位里紧接着又向张华荣"飞"过一句话来。

很明显,这话语里充满着不屑和质疑。

猛然之间,张华荣好像真切地感到自己的内心被深深地刺痛了。

"只要你把这双鞋给我,我五天就回到这里来,保证带着我做出的鞋子回来,到时你们再看!"张华荣并没有对那充满不屑和质疑的话进行争辩,而是语气坚定地说道。

"完全可以,只要你做得出这种鞋子而且确保质量,那我们就和你签订生产订单!"展位里的一位负责人起身,对张华荣友善地说道。

"您说的是真的?!"张华荣再次确认。

"是真的!"对方示以肯定。

"那太好了！"得到肯定答复的张华荣，喜出望外。

这可是转瞬而来的天大喜讯，如果由此而获得生产订单，那"华坚鞋业"就将有可能获得起死回生的机会！

接过展台里工作人员递过来的样鞋，仿佛有一股巨大的暖流流遍全身，张华荣内心激动不已。

时间紧迫，不容在广州有片刻的耽搁。于是，张华荣立即决定，赶紧乘坐飞机返回南昌。

从广交会展馆一路小跑出来后，张华荣拦下一辆出租车，直奔广州白云机场。

一赶回公司，张华荣召集包括采购、技术及生产车间等部门骨干人员，召开紧急会议。

得知消息，每一个人都兴奋不已。

对于公司所有职工而言，张华荣带回来的不是一双样品鞋，而是一个振奋人心的希望！

"一定保证在最快的时间里赶做出来，而且，质量要比这双样鞋的质量还要好！"会场里的每一个人，心里都只有这一个目标。

会议一结束，负责各道工序的人，立即按照各自的分工行动起来。

而从采购原材料到鞋楦制作再到制作工序，张华荣一一亲自把关。他担心啊，担心其中任何一个环节出现纰漏，哪怕是很小很小的问题。

两天之后，根据样品生产的几双休闲布鞋终于出来了，比原定时间还提前了半天。

"从鞋型到做工质量，完全没有任何问题！"几乎两天两夜没有合眼，所有工序自己亲自把关，张华荣当然心中有数。

随后，带上这几双鞋，张华荣立即启程赶赴广州。

当张华荣再次出现在江西省的外贸展位前，将按照样品制作出来的鞋摆在展台上时，工作人员感到无比惊讶。

"你们自己厂里做的？"在拿起几双鞋，一丝不苟地一一检验过后，那位展位的负责人望着张华荣问道。

"的确是我们江西华坚鞋业公司自己赶做出来的。"张华荣自信地回答道。

"质量很不错……你们的鞋做得比我们的样品还要好，完全符合外贸出口的质量标准！"那位负责人在向张华荣连声赞许的同时，伸出了大拇指。

负责人肯定的话语和赞许的举动，接下去会意味着什么喜悦的结果，张华荣心里十分清楚。

果然不出所料，这位负责人当即告诉张华荣："我们会跟你公司签订这款鞋的外贸生产订单！"

原来，这位负责人是江西省轻工业局派往广交会的负责同志。

"广交会结束回到南昌后，我们会建议局里前往你们江西华坚鞋业有限公司进行实地考察，如果公司各方面条件符合要求，你们公司将成为江西鞋类外贸订单的定点生产厂家。"这位负责人又向张华荣补充道。

真是绝处逢生的转机！

没有什么比这更令张华荣激动兴奋的结果了。这意味着，如果江西华坚鞋业公司能获得江西省轻工业局的外贸订单业务，那就有了走出困境的希望。

那一刻，张华荣长久以来焦忧不堪的内心顿时豁然开阔。

张华荣走出广交会展馆，就近找了一家简单的旅店，一连数日完全忘却一切的紧张工作和焦虑，让他已无限疲惫，到现在终于可以好好休息一下了。

1994 年度的广交会如期结束，成交额首次突破 100 亿美元大关。

在这一届广交会上，江西省轻工产品获得的外贸订单，无论是在订单的数量上还是在金额上，都可谓是创下新高。

广交会结束后不久，江西华坚鞋业有限公司终于迎来了江西省轻工业局的一行实地考察人员。

实地考察的结果，出乎江西省轻工业局一行考察人员的意外：江西华坚鞋业有限公司各方面的条件都十分完善，无论是技术设备还是公司管理，江西华坚鞋业有限公司都与浙江等地的规模鞋厂不相上下，其中管理有些方面，江西华坚公司还超过一些外贸业务的定点鞋厂。

随后，江西华坚鞋业有限公司获得了意外的惊喜——通过江西轻工业公司，公司接到了一批数量巨大的鞋加工的外贸订单。

第三节　东山终又重渐起

一切都由外贸订单的成功签订而破局。

手握数量巨大的鞋加工外贸订单，张华荣欣喜地发现，江西华坚鞋业有限公司岌岌可危的现实处境立刻得以迅速改变。

首先就是债务和生产启动资金这个最为关键的难题，得以迎刃而解。

外贸订单，让人们看到了江西华坚公司实实在在的希望。

因而，此前催促张华荣还债的一些人放心了，同时，因为手中握着外贸订单，使得生产原材料供应商甚至主动向江西华坚公司赊购大量原材料，等外贸订单完成结算后再付款。

有了生产原料，外贸订单的生产随之展开。

原先一片沉寂的车间里，顿时紧张而有序地忙碌起来，江西华坚鞋业有限公司阔大的厂区里开始异常热闹起来。

喜悦的神情洋溢在每一个人的脸上，江西华坚鞋业有限公司里好一派蓬勃朝气！

面对此情此景，张华荣内心可谓百感交集！

"这可是公司起死回生的转机呵！"每一位江西华坚鞋业有限公司的员工都深深懂得，这一切来之何其不易。为此，大家都铆足了劲地投入到生产之中。

张华荣更是不敢有丝毫的松懈和怠慢。从生产到质检的每一个环节，他都认真仔细地亲自把关，唯恐这批订单中的任何一件产品出现质量问题而影响到整批货的交付。

一连数月，张华荣和公司全体员工艰辛的付出终于迎来了喜悦的收获：这批外贸订单的鞋制品如期完成，全部质量检测合格，顺利交货结算。

走外贸这条路径，让江西华坚鞋业有限公司很快起死回生。

随后让张华荣更为惊喜的是，由于江西华坚鞋业有限公司在履行合作过程中的突出表现，给江西轻工业公司及外商留下了深刻印象，所以，随后又将第二批、第三批鞋业外贸加工订单业务交给了江西华坚鞋业有限公司。

在接下来承接的这两笔外贸订单中，江西华坚鞋业有限公司无论在产品质量还是在按时交货和相关服务流程中，都给江西轻工业公司和外商留下了良好的印象。

也正是在这一过程中，江西华坚鞋业有限公司逐渐成为江西轻工业公司极为重视的江西外贸鞋业订单加工企业。

与此同时，对产品质量与服务各方面的认可，让江西轻工业公司开始把江西华坚鞋业公司列为江西省重点外贸服务单位。此外，江西轻工业公司还陆续给予江西华坚鞋业有限公司相关政策上的鼓励和支持。

越来越多的外贸订单开始纷至沓来，江西华坚鞋业有限公司非但没有缺订单业务的担忧，反而因为外贸订单的量大而日夜加班加点地赶制生产。

此时，江西华坚鞋业公司购置的现代化制鞋机器设备，显示出强大的优势来，这些高效率的生产机器设备不仅确保了每一批订单的供货时间，而且也保证了产品质量十分稳定。

外贸订单生产一派红火，给江西华坚鞋业有限公司带来了丰厚的利润。

就这样，原本处于进退维谷之中的江西华坚鞋业有限公司，在张华荣坚守不弃的苦苦寻找中，终于找到了一条走出困境的路。

不到两年的时间，张华荣终于偿还清了所欠下的巨额债务。无债一身轻啊，历经困苦煎熬的张华荣终于长舒了一口气！

轻装好上阵。在这样的情况下，张华荣决定扩大生产能力，公司不仅承接外贸加工订单，而且恢复了原来省内外市场产品的生产。由此，江西华坚鞋业有限公司开始形成国内国外两大市场同时发展的格局。

峰回路转，江西华坚鞋业有限公司的发展形势呈现出一派生机！

第四节　从外贸"滑铁卢"中果断撤退

事实上，江西华坚鞋业有限公司绝处逢生并非是偶然事件。

20世纪80年代末到90年代中期，全球制鞋工业正在发生根本性的变化。

在这10年中，全球鞋业制造的重心逐渐发生变化，中国大陆正成为越来越受到瞩目的鞋业生产加工新基地。1990年，中国大陆鞋类加工生产的年产量已达到了26.8亿双，到1994年年产量增至38.9亿双，1995年产量跃升到了57.3亿双。

5年间，中国制鞋业完成了精彩的"三级跳"，开始跃升为备受全球瞩目的世界鞋业制造新中心。与此同时，中国鞋类贸易出口快速增长，一跃成为世界上鞋类生产和出口的第一大国。

因此，在江西华坚鞋业有限公司开始走进外贸这一领域时，赶上的，正是当时中欧鞋帽贸易发展的"黄金时期"。

无比幸运的是，张华荣及时发现并果敢地抓住了这一"黄金时期"中的机遇。如此，江西华坚鞋业有限公司才快速从生存的绝境中走了出来，并快速走向发展的快车道。

在国家改革开放政策尤其是外贸出口政策的不断支持鼓励下，1995年前后，江西省委、省政府也出台一系列鼓励措施，以促进全省外贸加快发展。

从1994年下半年开始承接第一笔外贸订单，到1996年初，在不到两年的时间里，外贸业务的大额订单，让"江西华坚"迅速走出了困境，到1996年初，张华荣已还清了公司所有的债务。

此时的张华荣信心倍增，轻装上阵的他，对新的一年充满了无限期待。

按照1995年全年的发展情况和年底的意向性外贸订单，那么，完全可以预期，1996年将是江西华坚鞋业公司在外贸业务上获得盈实丰收的一年。

果然，一切都如预期的那样，1996年初，"江西华坚"所承接的外贸订单业务量已十分可观。

与此同时，在对中国鞋业外贸全面而深入的了解过程中，张华荣也看到了广阔的前景。

制鞋行业是典型的劳动密集型行业。从全球化的视野来看，这个行业的产能总是向着劳动力成本低廉的国家和地区迁移。

中欧贸易是我国对外贸易中的重要组成部分，尤其是近年来，中欧双方均将彼此视为国际经济舞台上最为重要的经贸合作伙伴之一，合作规模不断扩大。

中国鞋物美价廉，深受世界很多国家喜爱。在中国和欧盟的贸易往来中，"中国制造"的大宗产品之一皮鞋，在欧洲国家的销量逐步增加。

也正是在5年里，欧洲国家开始逐渐发展成为中国鞋类最大的进口商。

在此背景下，中国鞋类产品对欧盟一些成员国相关产业及劳动力就业市场造成了巨大冲击，

欧盟一些国家视之为"洪水猛兽"。

一个国家的外贸出口的迅速增加，往往会导致国外反倾销投诉随之增加。不仅中国如此，其他国家也曾面临这样的局面。因为一个国家商品出口到另一个国家，常常会影响甚至损害对方的产业。

以前各国是靠高关税来保护本国产业，现在关贸总协定和世贸组织通过八轮回合的多边谈判，降低了关税门槛，为了继续保护国内产业，各国越来越多地采用了反倾销、反补贴等保护性措施。

美、英、德、法、意等老牌制鞋大国大幅减产，东欧一些制鞋强国如捷克等也由于国内政治危机和经济转轨而产量锐减，世界制鞋工业的中心开始转移到人口众多、市场潜力巨大、劳动力和原材料丰富且价格低廉的中国等亚洲发展中国家。

据统计，1985 年我国鞋类总产量为 16 亿双，1995 年增至 57 亿双。这种跳跃式的发展带动了我国鞋类出口的快速增长。

自 20 世纪 90 年代初开始，欧盟逐步开始采取多种贸易保护措施，以限制从中国进口鞋类。

随后，一些产品在不得不自己"消化"，让许多制鞋企业痛心不已。

但是 1996 年欧盟的一纸决定粉碎了他的希望。

一切变化来得没有任何征兆。

自 20 世纪 80 年代开始，反倾销政策和措施已被欧美国家广为运用。

在一些国家，反倾销措施名为保护公平竞争，实际上却成了一些国家保护本国经济利益，限制进口的非关税壁垒。

90 年代，我国对外贸易迅速发展，但与此同时，我国的出口商品遭到世界各国越来越多的反倾销指控。

1995 年底开始，欧洲国家相互联盟，以保护本国鞋业产业、维护价格之名，突然联手发起限制中国鞋业进入欧洲的"壁垒行动"，向中国举起了"反倾销"大棒——随即对来自中国进口的部分鞋类产品进行数量限制，与此同时征收高额的反倾销税。

连锁反应如飓风而至。

最开始，是欧盟向中国的鞋类产品进口订单逐步锐减，然后发展到原签订的贸易订单也纷纷被取消。

这样背景下的连锁反应也随之而来。

1996年8月前后，"江西华坚"连续接到通知，原签订的所有外贸订单陆续被全部取消。

外贸订单全部被取消，车间里日夜运转的机器戛然而止。

又一次面对静悄悄、空荡荡的厂房，张华荣沉默无语。

他知道，这一次"江西华坚"所遭遇到的外贸"滑铁卢"，绝不仅仅是一个企业的困境与挑战。

在这场涉及国与国之间贸易争端的现实面前，单个企业和行业无力做出任何扭转格局举动。

看来，一切只能静待事态发展的走向。

"面对贸易壁垒，只有联合才有出路，只有合作才有发展。"

面对越来越大的"反倾销"压力，制鞋企业应该建立共同应对国际贸易壁垒的组织，共享信息、共担资金，共同表达自己的合法诉求。在欧盟开始对中国鞋企征收高额"反倾销"税时，1200来家涉案中国鞋企有相当部分企业情绪低落，信心"破产"。

起初，与几乎所有的外贸鞋业企业一样，张华荣期待着同行业的共同应对能使僵局尽快被打破。

与此同时，在商务部和中国皮革协会的支持鼓励下，全国有1000多家鞋业制造企业愿意共同应对欧盟的"反倾销"调查。

然而不久，情况却渐渐发生了变化。

许多企业看势头不妙，认为前途渺茫，思想悲观，纷纷退出，甘愿被动挨打，敢应对的企业从1000来家锐减至30来家，后来又进一步缩减，仅有奥康等5家企业真正反抗诉讼。

业界内外感叹，这是中国企业参与国际市场竞争的"信心软肋"。

欧洲制鞋外贸订单全被取消，几乎整个中国鞋帽服饰外销行业都陷入了深深的泥潭之中。

与所有鞋帽服饰外贸公司的情形一样，张华荣外贸公司的业务量也是急转直下，很快便难以为继。

局面的改变，似乎只有等待欧盟取消"反倾销"从而才能迎来中国鞋业外贸的复苏。此外，就是等待以中国鞋的优点以及知名度，选择或者开发其他国外市场。

然而，这一切都需要时间，没有人知道，这其中需要多长时间的漫长等待。

张华荣十分清醒地意识到：以江西华坚鞋业有限公司目前的实力，如果被动去等待不知何时才能复苏的外贸市场，那存在着巨大的风险。

等不起，也耗不起。

那就当果断作出抉择！

这一次，张华荣不再有任何的犹豫，他很快做出了决定——果断地从外贸行业撤出，全身而退。

但值得庆幸的是，由于张华荣判断准确，退出果断，并没有在鞋帽服饰外贸业务形势变局后出现巨额亏损。

然而，又一次与渴望中的成功失之交臂，这也再度让张华荣的内心充满着无限的惆怅与失意。

第五章
非同寻常的逆转之机

从外贸"滑铁卢"中果断撤退后，摆在张华荣面前的，其时有两条明智与稳当的路径：一是彻底放弃继续办企业，从此过上平静和相比乡村农民来说足可算得上是惬意舒适的生活，只要他捏紧手里尚存的钱财完全可以如愿。另一条，就是以外贸所赚的钱，转行做别的行业，避开继续办鞋厂将极有可能还要遭遇到的艰难，况且，20世纪90年代末民营经济正呈现繁花竞放之势，商机处处皆是。

走做外贸订单业务的路径，让进退维谷的江西华坚峰回路转，且前景豁然开朗。然而，又因外贸订单业务的戛然而止，让江西华坚前路再度暗淡。

张华荣决定另辟路径，再寻机遇。

从20世纪80年代起，包括东莞、广州、深圳、佛山等在内的珠三角经济区，凭借一系列改革开放政策，以及地理优势和廉价劳动力等有利条件，使得当地的加工制造业迅速繁荣起来，到90年代已成为中国内地制造业最具活力的地区。

这其中，东莞堪称是"珠三角模式"最具典型的代表性城市。

从最初的"三来一补"到后来的委托生产加工，东莞市逐渐崛起成为辐射全球的"世界加工厂"，以至于民间有戏言称："东莞堵车，全球缺货。"

梦想依旧的张华荣，也把目光投向了处在中国改革开放前沿阵地的广东。在辗转奔波于广州、深圳、惠州和汕头等多个城市之后，最终他来到了广东东莞。

在东莞厚街镇白濠工业区，张华荣租下了一家当时倒闭的台资鞋厂，正式挂牌成立了东莞华坚鞋业有限公司。他心怀无限期待，渴望在东莞这片创业热土上实现自己人生与事业的逆转。

第一节　在东莞厚街发现新天地

张华荣又一次站在了考虑何去何从的十字路口。

这　次，摆在张华荣面前的，有两条明智与稳当的路径：一是彻底放弃继续小企业，从此过上平静和相比乡村农民来说足可算得上是惬意舒适的生活，只要他捏紧手里尚存的钱财完全可以如愿。另一条，就是以外贸所赚的钱，转做别的行业去避开继续办鞋厂将极有可能还要遭遇到的艰难，况且，20 世纪 90 年代末民营经济正呈现繁花竞放之势，商机处处皆是。

然而，在一番深思熟虑过后，张华荣却没有选择这两条看似明智与稳当的路径。

更出人意料的是，他最后选择的是被不少人看来"不明智与不稳当"的路径——继续做鞋，继续办鞋厂！

"当年的这样选择，在当时的确是'最不明智与不稳当的'，因为且不说当时遍地都有各种赚钱的好机遇，而且就江西制鞋业所面临的现实状况来说，继续走做鞋、办鞋厂的路是有着令人担忧和很不确定前景的。"此后经年，在一起谈及自己创业历程中的这一次选择时，张华荣也这样坦诚而言。"如果说一定要解释当时为何做出那样的决定，可能只有一个原因，那就是我心底放不下和鞋打交道的这份深厚情结……"

是的，或许自从 1984 年偶然与鞋结缘开始，仿佛就注定了张华荣今生要将自己的全部人生希望和目标紧紧系于制鞋这一普普通通的行业。但在心中，他仿佛又认定了这普通平凡的制鞋行业里一定有自己人生的大成之希望！

于是，在果断停止走外贸订单业务的这一方向后，张华荣又开始为寻求江西华坚鞋业有限公司生存发展的新路而奔波忙碌。

这一次，站在江西而环视全国整个制鞋市场发展的情势中，张华荣的目光最终落定在了广东省东莞市。

"东南西北中，发财到广东。"

1980年代，家庭承包经营责任制在中国农村普遍推行，农民获得土地经营自主权，劳动积极性空前高涨、农业劳动力得到极大释放。与此同时，农村剩余劳动力逐年增加，对于收入增长缓慢的农民来说，外出务工能够得到更多的收入。于是，从80年代中后期，一部分农民自发地进入城市，寻求工作机会。

而得中国改革开放发展之先机的广东省，在历经改革开放第一个十年强劲的发展后，正快速崛起为全国经济发展的先行区、引领区和最发达省份。

工厂林立、公司遍地。全国各地农村劳动力纷纷涌向广东的同时，也折射出了广东各地制造业蓬勃发展的状况。

东莞，就是广东制造业从蓬勃兴起到磅礴崛起的一个缩影。

1978年，东莞仍是一个有着111万人口的农业县。整个东莞的农村居民人均纯收入仅为149元。当地人回忆那时的景象，这样说道：那时的东莞"青年跑光，田地撂荒；老人心慌，干部难当！"

20世纪70年代后期，受国际产业调整趋势的影响，中国香港、中国台湾地区的制造业正准备向中国大陆转移，同时积滞港台的大量资本也在谋求投资出路。

当时，香港商人张子弥敏锐觉察到，中国内地正在悄然开启对外开放的大门，出台一系列重大举措，热切欢迎外资投资中国内地。于是，张子弥最初抱着投石问路的想法，选择了靠近香港、水陆运输方便、劳务费便宜的东莞，决定在那里开办一家手袋厂。1978年8月30日，当时的东莞县二轻局与香港商人张子弥的香港信孚手袋制品厂签下了东莞第一宗来料加工企业合作合同。合同规定：由港方提供设备和原材料，并包产品外销（俗称"两头在外"），东莞则提供厂房和劳动力。仅仅十多天后，香港美孚手袋厂以"粤字001""三来一补"企业落户东莞。当年9月15日，坐落在东莞虎门的由原东莞太平竹器厂改造而成与港商合作的东莞第一家（也是全国第一家）对外来料加工厂——东莞太平手袋厂，正式开工生产。

这是第一个敢吃"螃蟹"的外资投资内地之举。这个厂来料加工第一年，就赚得了加工费100万元人民币，创汇60万元港币。

正是由此，东莞点燃了利用外资的星星之火，"三来一补"（来料加工、来件装配、来样加工、补偿贸易）企业在东莞像雨后春笋般发展起来。

东莞利用境外的资金、设备、原材料、元器件、技术等条件，兴办"三来一补"企业，以此作为带动经济起飞的突破口，大力发展对外加工业，走发展外向型经济的路子，迅速从一个落后的农业县发展成一个以国际加工制造业闻名的新兴工业城市，创造了令世人瞩目的"东莞奇迹"，成为中国改革开放一个精彩而生动的经典缩影。

从20世纪80年代初开始，东莞就通过提供优惠政策、营造宽松商贸环境、完善配套设施等有力措施"筑巢引凤"，积极承接世界鞋业产业的国际化再分工和梯次转移，大力引进和发展鞋业产业。

地处东莞西南部的厚街更是东莞鞋业的主力军，也是全球最大的鞋业生产集中基地。

自80年代初开始，台商投资以与其地缘、文化更接近的福建省为主，到1990年开始，台商对珠江三角地区投资大幅增加，台商制鞋业进入东莞，并渐渐成为中国制鞋业的一支主力军。

整个90年代，外商投资和东莞本地兴起的制鞋企业如雨后春笋般增长。

其中的鞋业制造领域，更是皮革、鞋机、鞋材、五金配套、鞋业化工、贸易商家生产企业云集。东莞作为制鞋业来料加工的重要基地，其地位也越来越引人瞩目。

制鞋业是劳动密集型的产业，其发展和转移受到土地资源、劳动力成本、原材料供应、环境保护以及销售市场等多方面因素的影响和制约。由于全球主要消费市场和鞋业制造商、批发商及零售商对利润最大化的追求，必定要考虑上述几方面的因素，使得全球制鞋业的重心在不断转移。早期的全球制鞋业的中心在欧洲的意大利、西班牙、葡萄牙等国家，20世纪六七十年代开始转移到成本相对低廉的日本、韩国等国家和我国香港、台湾地区。20世纪80年代末、90年代初，又转移到了土地劳动力成本更低廉，产业资源更丰富、投资环境更完善的中国大陆沿海一带。

同样引人瞩目的是，在这一轮世界制鞋业加工生产向着中国大陆沿海一带转移的过程中，广东东莞渐成世界鞋业品牌加工生产的基地。

市场成熟的企业，尤其是跨国公司，只进行少量硬资产投资，通过输出管理、技术和品牌获取利润，自己则专注于产品研发、销售、服务与品牌推广的赚钱策略，这种策略在国内催生一批只专注制造、加工环节的"代工"企业。

与全球制鞋业产业转移路径的迁徙一致，服务于生产商与销售商之间的鞋业外贸服务公司，追随着全球产业链转移的脚步也从未停止过。

在这一进程中，东莞已逐步建立起了比较完善的上下游产业链，形成了各种鞋类生产的产业集群，建立完善的鞋业成品和鞋材市场以及鞋类的研发中心和资讯中心。

到1996年，中国已成为世界鞋类生产和出口第一大国。

在为寻求企业生存发展新路而向远方投以热切目光的过程中，最终，张华荣将目光落定在了广东东莞。

随后，一个大胆的设想也随之在张华荣心中产生——是否可以考虑，将江西华坚鞋业有限公司整体搬迁到东莞去发展！

1995 年 5 月中旬的那一天，这是张华荣在成就人生事业历程中永远值得铭记的一天。

这一天，怀着忐忑不安心情，更怀揣着宏大梦想的张华荣，踏上了广东省东莞市这块彼时中国制造业的激情热土。

一踏上东莞这座陌生而又新鲜的城市，繁华映入眼帘，活力与激情也向着张华荣扑面而来。

此时的东莞市厚街镇，已成为中国乃至全球最大的鞋业产业集群所在地。

一到东莞，张华荣便直奔考察的目的地厚街镇。

在这里，耳闻目睹的一切景象，令张华荣兴奋不已——大大小小的鞋厂和公司一家挨着一家，在一眼望不到尽头的鞋类批发市场内，肤色不同的鞋商摩肩接踵，往来步履匆忙，车流人流川流不息。

果然名副其实，气势非凡。这里就是鞋业制造的世界工厂啊！

厚街，始建于北宋徽宗宣和中期，距今已有 800 多年的历史。最初因选址"军铺"（随军眷属圩场），故名"后街"，后来取生活"丰厚富足"之寓意，改名为"厚街"。

在改革开放前，东莞厚街镇以穿越全镇的莞太路为界，路东大面积地带种红薯，路西一小部分水田种水稻。完全以农业为主的厚街人在年成好的年份里勉强能填饱肚子，而在年成不好的年月里，缺粮少食就是常事了。

厚街巨变，始于 80 年代中期前后。由于来厚街投资办鞋厂的台商鞋类企业越来越多，这里渐渐形成了鞋业的生产和配套产业。

在来东莞厚街之前，虽然张华荣已对这里制鞋业发达的情况有所耳闻，然而，当自己亲身穿行于厚街镇，目睹着这里制鞋产业的繁荣程度时，他被眼前宏大的情景深深地震撼了。

整个村、整条街，全是做鞋子的工厂，经营鞋子的公司，还有就是和制鞋相关的工厂，望都望不到边，那简直是鞋的世界、鞋的海洋……在厚街镇，张华荣那样强烈地感受到，鞋子在这里的大街小巷里涌动，财富在这里流淌。

接下来几天时间里，对市场的走访与调查更是让张华荣深信，自己果断做出将公司搬迁到东莞来发展的决定，是极其正确和及时的。

"做个直观的说明，这样跟你说吧，全世界每 10 双鞋中，就有 1 双产自我们东莞厚街镇，这是什么概念，你说这里有多大的机遇市场！"厚街当地人告诉张华荣的这一情况，让张华荣惊讶不已。

同时，张华荣还从侧面了解到，在东莞市委、市政府的大力支持下，厚街镇在 90 年代初已将加快鞋业制造作为推进全镇经济发展的重要产业方向之一。为此，厚街镇出台了一系列强有力的优惠政策，以全力加快鞋业制造企业以及相关产业聚集和快速崛起。

…………

"在东莞厚街镇，世界各类品牌鞋业的委托加工代理商云集，制鞋企业的外贸订单机遇众多，围绕制鞋业的各种相关配套服务产业完备。因而，在一段时间里，公司迁至到这里之后求得生存是不存在多大问题的。只要公司能在东莞厚街镇生存下来，那今后寻求发展也就有了机会。

"找对了地方！找对了方向！"张华荣对自己这样的认定十分自信。

至此，张华荣做出了到东莞厚街去办鞋厂的决定。

第二节　始料不及再陷困境

方向既定，1996 年 6 月始，张华荣为企业整体移师东莞的筹备随即展开。

到 90 年代中期，制鞋产业已是东莞厚街镇具有举足轻重地位的一个产业，被镇里列为与家具行业并列重点扶持发展的两大产业，制鞋厂商自然也就成了厚街镇重点的招商对象。

对于张华荣将企业整体搬迁到厚街镇来谋求发展的决定，厚街镇负责招商引资的部门十分热情，也希望帮助他尽快在厚街镇将制鞋企业办起来。

鉴于江西华坚鞋业有限公司的实际情况，张华荣决定，先在东莞厚街镇设立一个办事处。一是开始接触品牌代加工商家，摸清他们代加工产品的情况，进行开发打样，二是希望能为承接订单做准备，待企业进入厚街镇开始运营后能很快投入实际运营。

仿佛有一种时不我待的紧迫感催促着张华荣。

他心里那样自信地认定，江西华坚鞋业有限公司搬迁至东莞厚街镇、正式投入生产经营的那一天，也必将是走向全新发展开端的那一天！

1996 年 10 月，张华荣得到一个消息，位于厚街镇白濠工业区的一家台资鞋厂倒闭了，正对外寻找能将厂子盘下来的厂商。

得此消息，张华荣立即从江西赶到东莞，与那家台商进行商谈。

最后，那位台商向张华荣开出了十分优惠的价格，由张华荣出资 100 万，把工厂连同机器一起全部盘下来，但要求一次性付清全款。

开出这样的价格，确实已很优惠。

然而，在江西的公司资产还没有处理，张华荣一时又拿不出这么多资金来。

"那就先付一部分，另外的欠款，可以用你在江西的厂房设备作为抵押，等你处理之后再付给我。"几番接触下来，那位台商对张华荣表现出十分的信任，加上他急于要将已倒闭工厂盘出去，便向张华荣提出了折中的付款方式。

正在为资金犯难之际，难题就这样迎刃而解。随后，张华荣顺利将厂房和机器设备全部盘了下来。

至此，江西华坚鞋业有限公司整体搬迁至东莞厚街镇，可谓水到渠成。

值得一提的是，张华荣也是第一批进入东莞鞋业制造领域的大陆厂商。

人生与事业的又一次从头再来，张华荣将这视之为"非同寻常的开端"。

在机声隆隆、一派忙碌的东莞厚街镇白濠工业区，人们是无暇去关注这样一家小小新公司的诞生挂牌的。因为，像这样一块公司的牌子刚摘下、随后另一块新公司的牌子旋即又挂上的事情，在这里是再也平常不过了。

只是，谁也不曾料到，有朝一日，这块牌子上写着的"东莞华坚鞋业有限公司"，不但成为东莞乃至将成为世界鞋业制造的巨头企业，而且还将引领全球女鞋制造的浪潮。

更没有人会料到，后来被誉为"中国女鞋教父"的行业领袖人物，竟会诞生于这里。

与无人料到"华坚"有朝一日在东莞神奇崛起一样，张华荣同样没有料到，满怀憧憬的开端之后，等待他的将是一场无法想象的艰难严酷现实。

…………

张华荣认为，东莞华坚鞋业有限公司要站稳脚跟，必须要达到一定的规模，而这主要是体现在公司的生产能力上。

根据这样的发展预想，张华荣把公司的员工人数定在500人左右。

接下来是设备的采购，流水线的建设，——与公司的员工数量相对应，以确保公司的生产规模和能力。

经过几个月紧张而有条不紊的工作，拥有500余名员工、二条生产流水线的东莞华坚鞋业有限公司呈现在人们面前。在其时的整个东莞制鞋业企业中，这属于一家中等规模的企业。但实现这样的规模，已让张华荣的承担能力达到了极限。

随后，包括原料供应商洽谈在内的一切前期准备工作，皆已就绪且顺利。

只是，公司的投资规模远远超过了当初的预期，超过了1000万，融资规模过大，的确对张华荣产生了很大的压力。

但张华荣认为，暂时承担这样的资金压力是十分有必要、也是值得的。因为，如果自己的企业规模太小，那势必会在承接业务等方面处于弱势。

万事俱备，只欠东风。

立于东莞华坚鞋业有限公司的大门前，张华荣信心满满。他想象和期待着在承接到订单后公司随即而来的一派忙碌、热闹红火的景象，亦如几年前在拿到江西省轻工业局的第一笔外贸订单业务后那样的情景。

然而，想象和期待的情景却总不见来。

更让张华荣始料不及的是，直到整整半年时间过去了，东莞华坚鞋业有限公司不要说承接到哪怕是一笔小业务的外贸加工订单，就是连一张意向性订单的影子也不曾出现过！

"怎么会出现这样的情况？！"对此，张华荣百思不得其解。

在接下来的一个多月时间里，张华荣终日备受煎熬，眼窝深陷，形容枯槁，整个人憔悴与消瘦得变了形。

因为，他已越来越感到自己内心所承受的巨大压力正在日渐沉重。

…………

终于，张华荣又再次面临着人生与事业前所未有的危机——公司已是债台高筑，现实的境况愈来愈难以为继。

一天，公司财务部门负责人悄悄告诉张华荣，公司已经连食堂买菜的钱都快支付不出了。

这个消息让张华荣心里大惊！

张华荣只知道，公司包括向外的借款和所欠的机器设备款、原材料款等在内，已是一笔数目庞大的债务，但具体庞大到什么程度，他却还没来得及去汇总。

"赶快把公司在外的一切总债务数目汇总出来！"张华荣立即吩咐公司财务负责人。

此时，张华荣清醒地意识到，问题已到了十分严重的地步，自己必须做好应对处理的准备。

"公司总计已欠的外债额度，超过了500万元。"财务部门很快把公司债务汇总的情况报给了张华荣。

这简直是一个天文数字啊！

张华荣大吃一惊。

望着眼前公司财务报表上的债务数字，张华荣仿佛觉得自己已站在高高的债台之上，直感到目眩头晕，胆战心惊，大脑中空荡荡的一片空白。

再过两个来月就要近年底了，借款到期的本金要还、利息要付，所欠的材料款、机器设备款要结清。

时间紧迫，必须要提前想办法和做出还债的安排。否则，到时一旦无法偿还债务而造成各方债务"挤兑"，那后果不堪设想。

对此，张华荣很清楚产生这种结果的可能性。

这么长时间里的坚守和苦苦支撑，能借到钱的地方都已借遍了。显然，要提前做好应对偿还债务的准备，想通过再借钱来还债的可能性几乎是没有了。

于是，张华荣想到了向银行申请贷款。

这也是最后唯一有一线希望取得资金支持的途径。

然而，在各大银行马不停蹄地辗转奔波一段时间下来之后，张华荣失望至极——各个银行在对"东莞华坚"的情况进行调查了解后，出于信贷业务风险把控的原因，没有一家银行同意向"东莞华坚"发放贷款。

取得银行资金支持的路径没有可能了，这让张华荣随即变得无比焦虑和紧张起来。

转眼离年底越来越近了，一种隐隐不安的焦躁，好像让张华荣意识到了即将要到来的危机风暴。

张华荣似乎意识到，要化解这一次的危机，远比当年"江西华坚"转危为安要艰难上百倍千倍。

但这一道坎又一定要跨过去，否则，所有的一切都将付诸东流。

每天既要为公司走出困境投入大量时间精力，还要在心里忍受债台高筑的巨大压力。在无限的疲惫之中，在白天与黑夜的混沌中，张华荣苦撑着"东莞华坚"的危局，一天天艰难前行。

最为焦虑和担忧的事情，终于还是来了。

首先，向"东莞华坚"赊购了材料和机器设备的材料供应商、机器设备方，他们催款的电话来了。

其次，一些借了款给张华荣的人，陆续要求归还借款。

只有解释，其他暂时别无他法！赔笑脸，道歉，在一天又一天的反复解释中，张华荣感到自己越来越疲惫不堪、心力交瘁。

他也知道，这终究不是办法，但却实在又没有任何更好的办法。

终于，各路突破了耐心底线的材料供应商、债权人，再也听不进张华荣任何解释，再也不理会张华荣的任何道歉了。

这些债权人中的大部分人都这样认定："东莞华坚"已不可能有翻身的机会了，张华荣所有的解释，都只不过是拖延时间和编造谎言的借口而已。

他们中有的人，已开始通过中间人传话给张华荣："如果再不还钱，那就不要怪我们不客气了！"

这一天，又有几拨债权人先后来到张华荣办公室。

"实在是对不起各位啊……我们还在想办法，还要恳请各位再宽限一段时日……"张华荣不停地向每一拨债权人热情递烟，一边尴尬地耐心解释。

"张总，你不要再解释了，再多的解释和道歉都没有用了。今天，我不是来又听你的解释和道歉的，今天是来跟你最后一次谈还钱期限的。"

突然，其中的一位债权人打断了张华荣的话。

"今天，这是最后一次了，只给你一个星期的时间，一个星期之后你必须要还钱！"

随后，这位债权人以不置可否的语气，向张华荣提出了他的最后还款期限。

"对！我也再不听你的任何解释了，我也最后给你一个星期的时间，7天过后你必须把材料款给我结清！"

"我也一样，7天过后来你这里结款！"

"就这样，我们大家一起，一个星期之后的今天，一起到张总这里来结账！"

…………

率先开口的那位债权人提出的条件，激起了在场每一位债权人的共鸣，他们一起向张华荣发出了还款最后"通牒"。

张华荣也仍试图再一次地希望和大家诚恳相商，然而，他的声音很快就被在场所有债权人的声音给淹没了。

张华荣知道，自己没有必要再做解释了，除了拿出钱来还给各位债权人，其他的任何言语和做法都无济于事。

一个星期之后的情形，可想而知。

债权人有向法院起诉的，有委托"讨债公司"的人上门讨债的，甚至还有来公司要运走机器设备抵债的……

长久无比冷清的"东莞华坚"，一时间突然变得热闹喧嚣起来。

局面开始失控，张华荣感到自己已无力去应对。

如此局面所引发的连锁反应，又很快导致了"东莞华坚"公司内部开始出现人心不稳，从管理层干部到车间员工，在得知公司的实际状况后，不少人对继续留在公司产生了动摇。

来自内外的双重压力，使"东莞华坚"处于岌岌可危的境况，面临着全线溃败的险境。

张华荣夙夜难眠，内心里承受着令人无法想象的巨大压力。但他必须竭力控制住自己的情绪，他必须去应对这一切。

"什么是度日如年的滋味？这就是度日如年的滋味啊！"张华荣体味之深切，可谓刻骨铭心。

这一切来势之猛，实际上远比张华荣之前料想的还要严重。

排山倒海一般的压力，让张华荣渐渐有了独木难支的无助，他仿佛感到自己正陷于黑夜里空旷无际的大荒原，无论朝着哪个方向突围，都无法走出巨大的边幕，无论自己怎样的嘶声呐喊，旷野里都没有回音。

寂静的深夜里，张华荣情难自禁地陷入无限的感伤之中：

满怀激情和期望，带着大家从江西远道而来，渴望在东莞厚街这片创业的热土上成就一番事业。为此，自己不惜代价想一切重新再来，哪会料到，东莞这块创造财富与奇迹的土地，对自己却是这般的冷酷无情……

十多年的艰辛打拼，历经了从希望到幻灭，从幻灭到希望再到幻灭，张华荣绝非是那种经受不住挫折与打击的人。只是这一次，他仿佛感到自己面前的，是一道跨不过的深深的坎，继续往前走，是窥不见底的万丈深渊。

第三节　逃往俄罗斯计划

又是一个无法入眠的深夜，张华荣久久地伫立窗前，他第一次真切感受到，莞城冬季里的子夜竟然也如此寒冷。

大脑里片刻的空白过后，所有的困顿又都一齐涌进了上来，缠绕纠结得大脑好像要爆炸一般。

"不行，再这样继续下去，那就是死路一条了！"

摸爬滚打这多么年，竟然到了如今这般田地。一种无法言说的巨大失败感，在张华荣的内心深处激荡回旋，落寞笼罩周身，他脑海中充斥着万般的无奈。

"可是，实在无力去面对了，再也不想面对了、也无法承受了，自己已竭尽全力了。"张华荣喃喃自语，怅惘无奈，孤独而又无助。

他有坠入冰冷河谷里的感觉。

天亮后要面临的，又将是新的煎熬的一天。

想到这里，突然间，一股莫名的恐惧陡然在张华荣心底升起，他仿佛真切听到了内心深处最后一根脆弱心弦的猝然而崩，繁乱而古怪的种种念头如决堤洪水，恣意狂奔。

那一刹那，一个可怕而大胆的念头，突然从张华荣的脑海里一闪而起："快刀斩乱麻，不如一走了之！"

这念头一闪而起的瞬间，张华荣惊讶得连自己都难以相信，为何自己竟会生出这样的念头来——这就是要偷偷地跑路逃债，溜之大吉啊！

惊讶过后，张华荣又让自己的大脑冷静下来，心里也异常平静下来。

"自己绝不能去做出这样的事来，这是对所有债权人极端不负责任的事，也是要负法律后果的啊！"张华荣断然否定了这个念头。然而，很快就在转念之间，他又一遍遍地在心里反问自己："如果不这样做，那难道还有其他办法么？！"

答案是肯定的——没有！

…………

在极度理智和情感的反复纠葛过程中，在巨大的内心压力下，最终，张华荣还是下定决心，痛苦地做出了"一走了之"的决定。

"又能往哪里跑呢？！哪里还有我的路？！"

在深邃无边的暗夜里，张华荣的脑海里开始异常活跃起来，对"一跑了之"的具体去向进行严密而冷静的思索……

忽然，张华荣想到了一个地方——俄罗斯。

伴随着中国的改革开放与苏联的解体，在中国、俄罗斯两国边境线上，从 80 年代末、90 年代初开始，边贸生意开始勃兴。数以万计的两手空空的心怀淘金梦的中国商人，从福建、浙江、江苏、黑龙江……从中国每一个偏僻角落如潮水般涌入俄罗斯，去那里实现他们的掘金梦。那时，俄罗斯激起多少渴望改变命运、实现财富梦想的人们心中的激情并为之义无反顾奔向那方广袤的异邦国土。如果后来不是内心深切的情结牢系于制鞋这一方向，张华荣极有可能奔向了异国他乡的俄罗斯。

"对，就往俄罗斯跑！"张华荣暗下了决心。

之所以最终选择俄罗斯，张华荣心底全部的想法和打算是：因为无法偿还如此巨额地债务、无法面对所有的债权人，那就不如现在悄然离开，到俄罗斯去做边贸生意，跟很多两手空空的心怀淘金梦的中国商人一样，默默打拼，等赚到了钱，再回来把债务偿还掉，自己一切重头再开始。

在张华荣的内心深处，从来就不曾有过丝毫弃债不顾、置他人利益于不顾的念头。如今，要行如此下策，他是想为自己寻找到偿还债务的时间与空间。

该深思熟虑的，全部都想明白了，一切已似乎没有什么再犹豫的了。接下来，就是悄悄按照计划好的去做了。

在之后几天不动声色的准备中，一些必须要处理妥当的事务全部处理妥当。

"现在可以走了！"这天深夜，张华荣决定第二天就悄悄离开。

但此时，他想到了自己还必须要做的最后一件事——将实情告知父母一声，告知家人一声，让父母和家人知道自己的去向，否则，父母和家人将不知如何面对自己突然消失的现实啊！

那是张华荣今生都刻骨铭心的打给母亲的一个电话！

张华荣咬紧牙关向母亲禀告实情后，母亲惊讶得一时说不出来！

待母亲缓过神来，张华荣已挂了电话。焦急的母亲，对着话筒一遍遍地大声说着："孩子，不管有多么大的难关，你可都不能走这样的路啊……

再大的困难，家里就是砸锅卖铁来帮你渡过难关！"

深夜里母亲焦急万分的声音，惊醒了隔壁屋里的张华荣的哥哥。

赶紧跑到母亲屋里的张华荣的哥哥，随后从母亲的讲述里得知了情况，顿时也惊出了一身冷汗来。

张华荣的哥哥随即拨打电话过去。

第一遍，电话通了，可张华荣不接电话；再拨，第二遍、第三遍、第四遍……张华荣的哥哥不停地拨打电话。

终于，张华荣接电话了。

"男子汉大丈夫，遇到再大的困难，可以想任何的办法，但万万不可这样当甩手掌柜啊！你这样做，对不起父母的养育深恩不说，也将彻底毁掉你这么多年来苦苦打拼来的事业，而且这也是对全公司员工不负责任的做法……"接通电话，哥哥对张华荣言辞激烈，毫不留情面。

电话那头，张华荣沉默不语，静静地听着。

哥哥的每一句话，都重重地敲击着张华荣的内心，他渐渐感到自己的头脑开始慢慢清醒了起来！

"是啊，自己怎么会做出这样愚蠢的决定来呢？！"深深的自责感开始涌上张华荣的心头。

"过去你贩鞋卖，在家里办鞋厂，吃尽千辛万苦，多少困难你都解决了，多少艰辛你都扛住了……现在你遇到的困难确实是很大，但相信你一定会想出办法来解决的，只要勇敢去面对，总是会有办法来解决困难的……"哥哥转而以深切的兄弟手足深情，安慰和鼓励着弟弟张华荣。

…………

哥哥的一番话，理深情切，张华荣的内心感触如此之深。

"我不会这样做的！我要拿出勇气来面对现实！"终于在那一刻，张华荣说出了这句坚定的话语。

陷于进退维谷处境中的张华荣，最终作出了咬紧牙关、继续坚守的决定。他决心背水一战。

彻底清醒过来的张华荣，又重新将思维拨向了正确的方向。

此时的张华荣，深知放弃是最快的选择，但他同样深知——这种选择实际意味着，从此对于人生事业自己也没有了多少选择！对于华坚而言，不迈过这道"坎"，就无法真正参与鞋业制造的竞争，因而也就无法在东莞这块中国最大制造业基地获取生存的立锥之地。

幸运的是，受到重创的张华荣，除了缺钱外，似乎什么都不缺。尤其是"华坚"核心管理层，在最困难的时候依然不离不弃，没有一个人离开。

背水一战，最终将会是什么结果，张华荣不可能知晓。

或许，唯有坚守不弃，有可能让"东莞华坚"走出泥沼，走向希望！

但在作出这个决定的同时，张华荣也同时做好了最坏的打算——如果公司倒掉了，那就去坐牢，或跳楼自杀，一了百了！

"成功的转机，往往就蕴含在坚持不懈的努力中。"忆念当年，张华荣感慨万分，在"江西华坚"处于进退无路的日子里，倘若那时不是在极度困顿中的执着坚守，又何来今天的"东莞华坚"？！

第四节　生死攸关"第一单"

"我一直相信方向对了，就不怕路远。"陷于进退维谷处境中的张华荣，最终作出了咬紧牙关、继续坚守的决定。他决心背水一战。

永不放弃、永不言败的信念，再次成为华坚人在困境中的强大精神支柱。

而这一次坚守，不但让华坚鞋业赢得了生死攸关的转折机遇，更成为华坚鞋业稳健快速崛起于东莞鞋业制造企业之林的重大开端。

既然下定了不怕坐牢甚至跳楼这么坚定的决心，还会有什么困难可以惧怕？

在东莞这片工厂林立的商场，"华坚"接下来要去直面的，将是一场异常艰难的大突围，而张华荣，就是这场"突围之战"的决策者。

张华荣心里十分清楚，想要让公司起死回生，那接下来将要做的事千头万绪、困难重重。然而，这其中最为重要和迫在眉睫要解决的，首先就是要留得住公司的人，尤其是从江西带过来的一帮老乡，这些可都是当年华坚公司在江西创业的骨干力量。

只有留住了人，才能留住希望啊。

"张总，大家不是不愿意与公司共同支撑、共渡难关，只是再不发工资，大家实在再无法继续坚持了，毕竟每个人都是家中经济的顶梁柱……"公司一位经理向张华荣直言。

"公司内部阵营的轰然坍塌，往往是最为致命的，很多遭遇到生存困境的企业，当费尽心力解决了资金困难和业务困境时，公司内部却早已人散厂空。"公司经理的这一席发言，让张华荣猛然意识到，华坚眼下所面临的困境，可谓内忧外患，而最为紧迫的就是公司内部人心稳定的问题。

靠借钱来给员工发工资以稳住员工的心，这个方法已经是不可能了。因为，所有能借到钱的地方，张华荣都借遍了。

那么，在这样的困境之下，究竟靠什么才能留得住公司员工呢？

张华荣和公司各个部门的负责人，集体陷入了苦苦深思之中……

"我有办法了！"在某一天召开的公司管理干部会议上，张华荣向大家宣布的稳住公司员工的办法，让大家感到不可思议！

"人生最大的冒险，就是从不去冒险。"是的，正是这句美国华尔街人人皆知的名言，最终促使张华荣下定决心要做一件"匪夷所思"的事情。

"靠希望，我们要给员工们一个希望！"沉默良久的张华荣突然起身，大声说道："我们自己给自己下订单，只要生产一继续，员工就会认为公司拿到了订单，信心就会重起。这样，我们既是让员工看到了公司起死回生的希望，同时，也是给公司赢得了继续寻找客户和业务回旋余地的希望……"

"什么，自己给自己下订单？"张华荣话音刚落，举座哗然：

"这样做太冒险了，而且，如果万一生产出的产品又卖不出去，那公司演戏的真相就会很快暴露，如此一来，今后员工还怎么相信公司？！"

"这是'驼子挖井，越挖越深'啊，绝对不行。"

"就算我们敢冒这个险，那购买生产原材料的钱又到哪里去弄？"

…………

此举，无异于拿公司的生死存亡孤注一掷。几乎所有华坚公司的高管层都认为，张华荣如果真这样做，那即是饮鸩止渴。

面对这样的质疑和反对声，张华荣如何决断？

很快，张华荣做出了一个大胆而冒险的决定：自己给华坚公司"下订单"。

"恐怕这是企业老板们闻所未闻的，这是不是荒唐透顶的行为……"实际上，在张华荣内心深处，对于自己作出的这个决定也是反复思酌。

但权衡之下，张华荣还是决定这样做。因为，实在没有更好的办法了。

"公司已接到客户下的'订单'了，而且一下就是5个货柜的订单！"在华坚公司全体员工大会上，张华荣"兴奋"地宣布这一消息。

经过漫长的等待，员工终于等来了好消息，寂静的工厂又重新热闹了起来，员工们都在纷纷议论："出了这批货，大家就都可以拿到工资了！"

"我们很快就能走出困境了，大家一定要坚持，对公司一定要有信心！"为了稳定员工们的心，张华荣不得不在几百号员工面前这样"公然撒谎"。

然而，站在厂里仿佛能感到寒意阵阵袭来的空旷场地上，讲完这番话之后，回到办公室的张华荣发现，自己背上的内衣几乎被汗水给湿透了。

那是因为，心里异常紧张而导致背上直渗冷汗——面对着公司全体员工，从来就是言诚行真的张华荣，竟然在大庭广众之下，面对着公司的数百号员工撒下这样的弥天大谎。

既然已向公司全体员工宣布了"接到了业务的好消息"，那接下去，就是必须要假戏真演了。

"戏"一开始，张华荣就感受到了这假戏难演的艰难程度！

公司投入生产，首先就是要解决原材料的难题。

为此，一连多日，张华荣和采购部门的经理费尽心思、焦虑不堪，却依然束手无策。

"必须要说服一家原材料供应商，使得我们能够从那里赊购原料！"张华荣以军人的坚决语气，给公司采购部经理下达了完成这一任务的命令。不到万不得已，张华荣是从来不会对公司干部员工这样说话的。

"叮铃铃……"这天下午，一阵紧促的电话铃声，打断了张华荣深陷痛苦思索中的思绪。

"张总，不管我怎样都说不通呀，人家一定要现钱……"张华荣刚一抓起电话，听筒那头传来的这句话就让他眉头紧蹙。

电话是公司采购经理打来的。

就在头天晚上，张华荣与采购经理商谈到深夜，因为再不开工就真的没法留住员工了，所以必须要"安排"公司生产，但前提是原料要到位。

可是，华坚在几乎所有的原料供应商那里，都有数量不一的欠款。不说现在，就是早在几个月前，几乎所有的原料商都对华坚停止了供货业务，要想从原料供应商那里赊购原料，是断然不可行的。

张华荣十分清楚，眼下公司购买原材料的钱，是无论如何也想不出办法来了。

"你一定要想尽一切办法，给人家耐心地说好话，让人家把原料赊给我们应急……"和公司采购部经理在电话里商量来商量去，最后，张华荣决定自己亲自过去商谈。

张华荣到场之后，与自己公司的那位采购部经理一起，好话说尽，可对方就是不肯答应赊购原材料。

"这样，我把车给你，你把货给我，等我到钱以后，我就把钱给你。"情急之下，张华荣指着身边自己的车作抵押。与此同时，张华荣把车钥匙放到了这家原材料供应商经理的桌上。

这是张华荣此时唯一能支配的财产了，此举可谓是孤注一掷。

"张总，你别生气，别生气，我这手下他不懂事，还请多包涵……"正僵持之际，这家原料公司的董事长急急忙忙跑了过来。

"哎呀，张总，你快把车钥匙拿回去，拿回去……"董事长边把车钥匙用力往张华荣手里塞，边一个劲地向张华荣赔着不是。

"这……这怎么好啊，我说出去的话要算数的……"

见这家原料公司的董事长这样处理，张华荣反倒局促不安起来。

"没关系，你这个小伙子，这么讲信义，这么有决心，将来迟早有一天是肯定会把公司生意做好的！"董事长拍了拍张华荣的肩膀，一脸认真地对他说道。

在这样的人生与事业境况下，能得到这样的信任，这是何等的珍贵和感慨。那一瞬间，一股强大的暖流涌上张华荣的心头。

制鞋原料随后很快就到位了。

但公司员工们谁也不知道，这些原材料都是张华荣从上游供货商那里赊来的。

承受着常人难以想象的巨大压力，张华荣纵使整日心力交瘁却从未曾再言放弃，他在苦苦坚持中守望着华坚时局的转变。

在为稳定军心而自己给自己下"订单"的过程中，张华荣痛定思痛，他苦苦的思索：公司承接不到订单的关键原因在哪里？自己的决策究竟失误在哪里？

"在江西，我们以做布鞋为主，而在东莞，这里鞋业加工的主要业务在女鞋！"张华荣从东莞整个鞋业加工的业务构成着手，全面深入分析后认为：由于公司在主要业务定位上一开始想突出差异化，以布鞋加工业务为主要方向，以避开激烈的市场竞争。但是，这样的业务定位恰恰让公司偏离了东莞鞋业加工市场的主方向。如此，东莞华坚鞋业有限公司在外贸加工委托方那里，印象中就是一家以生产布鞋为主要业务的公司。正因为如此，也就没有哪家外贸加工委托方会考虑和东莞华坚鞋业有限公司进行业务合作了。

终于找到了问题的症结所在！

随后，张华荣在公司管理层会议上提出，围绕主要业务定位这一核心重点，实行公司全方位的定位调整。

这是一项系统而又艰难的工作。在张华荣的决策之下，东莞华坚鞋业有限公司克服重重困难，悄然实现着从内部生产结构到外在形象等各方面的调整，朝着东莞女鞋加工这一主市场方向对接。

…………

也就是在东莞华坚鞋业有限公司悄然实现全面调整的过程中，张华荣全然没有意识到，在整个东莞鞋业加工的巨大市场里，正有一家具有举足轻重地位的国际女鞋加工贸易公司，已将其意向性的青睐目光投向了华坚公司。

这家鞋业跨国贸易巨头公司，就是东莞派诺蒙鞋业服务有限公司。

东莞派诺蒙鞋业服务有限公司，前身为曾设在台湾的 GLOBALBUYER 公司。这是由巴西投资的一家大型外资鞋业贸易公司，从最初承揽少数几家国际品牌女鞋的加工生产，后来逐步发展成为众多国际品牌女鞋的委托加工生产业务，其中包括 BCBGGIRLS、CLARKS、COACH、CALVINKLEIN、EASYSPIRIT、ENZO、FRANCOSARTO 等著名国际品牌女鞋。

东莞派诺蒙鞋业服务有限公司，相当于为国际女鞋品牌厂商与东莞鞋业加工生产企业之间提供"中间服务"角色的定位，即为国外订货商和东莞代加工制鞋厂提供承接生产订单的厂家，对生产过程中的产品质量进行监控等工作。

手中掌握着如此之多著名国际品牌女鞋的委托加工生产业务，更为重要的是，这些业务具体交由哪些企业进行生产其拥有决定性的话语权。如此，就难怪东莞派诺蒙鞋业服务有限公司在整个东莞制鞋界里声名显赫了。

在东莞，派诺蒙公司对于几乎所有鞋业代加工生产企业而言，其举足轻重的地位，在业界中一直有着这样的说法："派诺蒙公司若与哪家制鞋公司进行业务合作，就意味着这家公司开始走向发展的辉煌。"

就东莞华坚鞋业有限公司而言，对于承接派诺蒙公司的业务订单，是想都不曾去想过的。

事实上，也是不敢去想。

要知道，在厚街镇甚至在整个东莞，多少有实力、有名气的制鞋大企业对承接派诺蒙公司的业务订单趋之若鹜。刚来东莞立足的东莞华坚鞋业，一开始也只把承接外贸业务的目光，重点放在一些二、三线国际品牌女鞋的加工生产上。

然而，这不曾去奢想的业务，就这样悄然而来了。

1997年10月，当机遇来的那一天，张华荣和公司全体同仁们没有丝毫的心理准备，以至于一时难以置信：

"张总……张总……刚才接到派诺蒙公司打来的电话，说是他们要派人前来我们公司考察。"这一天，公司行政办公室主管突然接到东莞派诺蒙鞋业服务有限公司的电话通知，立即向张华荣报告。

"派诺蒙公司要来我们公司考察？！"听到公司主管的报告，张华荣突然一下子从办公椅上站起来。

"你确定没有听错？"张华荣随即又问道。

"没有听错，确实是派诺蒙公司打来的电话，他们派的人明天上午就来我们公司考察！"公司主管回答道。

"好……好，这太好了！这真是太好了啊……"

得知并证实了这消息，张华荣竟然愣在原地，只是一遍遍重复说着这简单的一句话："好……好，这太好了！这真是太好了啊……"

是的，听到这个消息，他一时不知所措！

张华荣不知道，东莞派诺蒙鞋业服务有限公司打来的这一番电话到底意味着什么？

"难道，派诺蒙公司是有业务意向，要将其所承接的世界女鞋品牌部分生产业务交由华坚公司生产吗？"一阵欣喜从张华荣脑海里闪现而出。

但是，张华荣很快就自我否定了脑海中的这个一闪而起的念头。

是啊，一方是掌控着全球女鞋巨大数量订单、拥有国际知名度的著名贸易公司，而另一方却是其时在东莞鞋业代加工制造企业里一文不名、风雨飘摇的小公司。

倘将两者关系联系起来，不但让东莞各鞋业制造企业认为"简直是天方夜谭"，而且，就连张华荣听了，也一定会以为对方是在"拿华坚穷开心"。

但是，随后而来的的确是出人意料的巨大惊喜——东莞派诺蒙鞋业服务有限公司派员来东莞华坚考察，就是有意合作而来的考察。

在对东莞华坚鞋业进行考察之后的两天，东莞派诺蒙鞋业服务有限公司即做出决定，将准备交付台资鞋厂生产的一笔品牌女鞋外贸订单业务交给东莞华坚鞋业进行生产加工。随后，东莞派诺蒙鞋业服务有限公司把这一决定电话告知东莞华坚鞋业。

事先不跟委托生产的对方在合作价格、交货期限等方面有多少磋商，几乎是单方面确定了生产加工方之后，东莞派诺蒙鞋业服务有限公司随即通知合作方准备签订合作合同。

东莞派诺蒙鞋业服务有限公司有这样的底气！

那一天，当东莞派诺蒙鞋业服务有限公司要将一笔品牌女鞋外贸订单业务交给东莞华坚鞋业进行生产加工的消息传来，张华荣的内心百感交集。

但他没有料想到，这笔业务订单的数量一签就是 30 万双！这大大出乎张华荣意料，也出乎所有人意料！

"张总，我们希望能达成与贵公司的合作。"当东莞派诺蒙鞋业服务有限公司的业务经理将合同订单摆在张华荣面前时，他知道，东莞华坚鞋业起死回生的重大转折点来了。

奋力签下自己作为公司法人代表的"张华荣"三个字，签约现场顿时响起热切的掌声。

由此，东莞华坚鞋业有限公司与东莞派诺蒙鞋业服务有限公司，这两家在业界看来知名度和实力极为不对等的合作方，就这样第一次成为合作双方。

历经那样长久的困顿，终于等来了巨大机遇与幸运降临，这或许是张华荣的执着坚守，深深打动了久久都不曾将眷顾目光投向他的幸运之神。

然而，这样生死攸关转折的业务第一单来得实在太突然了，张华荣的内心又岂能在短时间里平复啊！

甚至，张华荣还是有些难以置信。

这一天，当 30 万双女鞋代加工的业务订单合同，真真切切握在了张华荣的手里，他把自己关在办公室里，对着这份盖有双方公司公章的合同，不停地仔仔细细地看了一遍又一遍。

"别再看了，张总，合同签订了，要赶紧商量和布置生产的事情了！"直到主管生产的公司经理推门而入，张华荣才确信，自己眼前的这份合同是千真万确的。

公司终于接到第一单业务了！对于"东莞华坚"来说，这是一单怎样的业务订单啊——这可谓是在公司生死攸关的当口，带来起死回生希望的一份订单！

得知这一重大喜讯，整个东莞华坚鞋业有限公司从公司管理层到基层员工，无不欢呼雀跃，奔走相告。

手捧着这份沉甸甸的订单，张华荣更是激动得热泪盈眶！

对于张华荣而言，自己手里的合同，又何止是一份业务订单，那更是"东莞华坚"走向全新未来的希望啊！

第五节　百感交集的大逆转

这是东莞华坚公司起死回生、走向全新未来的一笔业务订单！

是的，这的确是公司起死回生、走向全新未来的一笔业务订单。因为，待内心终于完全平复下来、再逐条细看和推敲合同条款之后，张华荣已十分清楚地明白，与东莞派诺蒙鞋业服务有限公司签订的这一单合作业务，并不能在多大程度上让东莞华坚鞋业有限公司走出经济困境。关键的原因是，合同价格太低。

事实上，张华荣后来才得以知晓，东莞华坚鞋业有限公司之所以突然得到了来自东莞派诺蒙鞋业服务有限公司的业务大订单，背后有一个重要原因：在东莞厂房林立的制鞋企业中，从80年代末期至90年代中期，台资制鞋企业无论在数量上还是在实力上都一直居于绝对优势地位。东莞派诺蒙鞋业服务有限公司的业务，也一直是交给台资制鞋企业，鲜有中国内地制鞋企业能承接到东莞派诺蒙鞋业服务有限公司的业务订单。

让我们来完整回顾东莞制鞋业的发端和崛起历程：

1979年，党的十一届三中全会释放的春风，正吹拂着东莞厚街镇的大片农田。镇上虽然没有一个鞋厂，却有3户从事补鞋手艺的店铺。3个补鞋铺，连老板加伙计，一共只有5个人。他们没有想到，这一年，在自己的小镇上，在自己的行业里，发生了一件大事：当年跑往香港的厚街人，"响应国家号召"，回来"建设家乡"了！

如今没人记得这个厚街人的名字，只知道他办的鞋厂叫行乐鞋厂。行乐鞋厂在厚街珊美村租赁场地,雇用了60多个本地人,搞起了"三来一补",主要是生产男式皮革鞋。这也成为传闻中的东莞第一家"三来一补"鞋厂。

有了行乐鞋厂探路,一些原籍厚街的港商当年就紧随其后进入东莞。1979年,厚街镇就多出了几家鞋厂和配套厂家,如厚街广进制品厂、珊美艾美皮艺厂、寮厦金鼎塑胶皮类制品厂等。

看到港资鞋厂老板一天天发达起来,厚街镇政府看到了商机。1980年,厚街镇党委、政府开了个会,决定由镇加工办牵头,自筹资金兴建厂房,开办厚街利通鞋厂。利通鞋厂主要加工生产运动鞋,当年员工人数高达587人,年总产值370.80万元,发展速度之快甚至超过了厚街镇领导的预期。

政府做起了生意,老百姓也不甘落后。

当地老人记得,20世纪80年代,厚街农民纷纷"洗脚上田",开起了小作坊式的鞋厂。当时主要产品是男女凉鞋、皮鞋,产品主要销往广州、珠海和内地的四川、重庆、青岛、大连等地。

官民齐上阵,虽然没有巨额资本的撬动,却也开始了东莞鞋业的"启蒙运动"。有资料记载,到20世纪80年代中期,厚街镇的港资鞋厂和本地鞋厂加起来,已经有100多家。

这时,一股新的力量挤了进来,开始牵引着东莞走向"世界鞋都"的发展格局,并奠定了延续至今的东莞鞋业格局。

这股新的力量,就是台资制鞋企业。

而说起东莞台资制鞋企业,就避不开台湾人蔡其瑞。

蔡其瑞,1940年出生于台湾中部的彰化。1969年,蔡家集体出动,以家庭作坊的形式生产雨鞋和拖鞋,逐渐积累资本。到1980年,蔡家在鹿港小镇旁兴建了一个大工厂,员工1万多人,接下了ADIDAS的订单。这就是后来演变为全球第一制鞋企业的宝成鞋业。

1988年,由于台币升值,台湾制造企业严重感觉到赚到的外币不值钱了。台商不得不外出寻找代工成本更为低廉的生产基地。于是,蔡其瑞来到珠海，创办了宝成在大陆的第一家工厂。第二年，又选择了制造业基础更好的东莞。相对制鞋工业已渐成气候的厚街镇，蔡其瑞选择了工业还在启蒙阶段的高埗镇，因为那里不仅交通便利，地皮也更为便宜。蔡其瑞在高埗投资创办了大面积的鞋厂，以他父亲的名字命名，这就是如今东莞第一大厂"裕元"。

蔡其瑞的"裕元"借着大陆改革开放的春风，一路壮大，很快就取代了韩商在国际制鞋业的地位，成为各大名牌的代工厂。NIKE、ADIDAS、REEBOK、ASICS、CONVERSE，以来料加工的方式，从东莞的工厂里源源不断运往五大洲。

在东莞投资的第二年，宝成集团即顺利在台湾上市。随后蔡其瑞大显身手，不仅逐步扩大高埗裕元的规模，1993年又进入东莞黄江镇开办鞋厂，后来更是在黄江开办电子厂，扬言像生产鞋子一样生产电脑。珠海、东莞高埗、东莞黄江、中山……珠三角遍布了蔡其瑞的十几家工厂。

台资鞋厂老大裕元亲自入莞探路，并且满载而归，为当时正在亚洲各地寻找新生产基地的台商们点亮了前行的灯塔。20世纪80年代末90年代初开始，台商纷纷涌入东莞开办鞋厂，而且规模较港商普遍偏大。

1989年，常登鞋厂在东莞东城大塘头村设立，代工ADIDAS、REEBOK等品牌。1990年，台湾兴昂集团到东莞长安投资设立兴昂鞋厂，代工GUESS、LV、NIKE等品牌。1991年，台湾巧集集团到东城开办了富华鞋业有限公司，主要生产野外鞋。

裕元、富华只是台商进驻东莞的两个代表。20世纪90年代初，在台湾从事制造业的成本已令台商们无法承受，制鞋企业纷纷迁往东莞，出现了被东莞鞋业界称为"台中鞋业转移"的大事件。台中鞋业转移最密集的目的地，即是以厚街镇为中心的整个东莞。

台商们给东莞鞋业带来了惊天巨变。原本没有产业根基的东莞，被台商们以"蚂蚁雄兵"的方式，迅速完成了产业配套，成为全世界最知名的鞋制造基地，几乎所有的高档鞋、品牌鞋都在东莞有生产。原来销往内地的本地企业也开始摆脱"小打小闹"，加入出口配套大军，出口成了东莞鞋业的绝对主流。

台商们牢牢抱团的气场，使制造环节反而掌控了鞋业。当国外品牌商试图压低价格时，台商们一致拒绝接受，这种"人和"局面，为台商们维持了长时间的高额利润。20 世纪 90 年代前期，东莞鞋业成了台商的天下。

然而，1995 年之后，这样的格局却在悄然发生改变。

这一年开始，在东莞的台资制鞋企业发起成立了商会组织，抱团发展的意识渐强。讨论业务发展的过程中，商会一些企业提出，台资制鞋企业在与东莞派诺蒙鞋业服务有限公司的长期业务合作中利润始终相对较低，对此，台资制鞋企业若要改变这种情况就必须集体一致要求东莞派诺蒙鞋业服务有限公司提高业务价格，以求得利润的提升。

部分台资制鞋企业的这一提议，随机得到了全体制鞋企业的响应。

由此，东莞台资制鞋企业与东莞派诺蒙鞋业服务有限公司之间，开始在利润的讨价还价过程中渐生间隙。到 1996 年上半年，终于在东莞台资制鞋企业的又一次集体要求提高合作业务价格时，东莞派诺蒙鞋业服务有限公司下定决心要彻底扭转自己日渐被动的这种局面。

东莞派诺蒙鞋业服务有限公司扭转自己被动局面的做法，就是决心改变一直以来将其全部业务都依仗于台资制鞋企业的状况，开始物色寻求台资制鞋企业之外的业务合作方。

正是在这种情况下，东莞华坚鞋业有限公司开始慢慢进入了东莞派诺蒙鞋业服务有限公司的视野。

至于是什么原因或缘由，让东莞派诺蒙鞋业服务有限公司将东莞华坚鞋业有限公司这家彼时寂寥无闻的制鞋企业纳入了物色合作方的视野，现在已不得而知。只知道，在对东莞华坚鞋业有限公司进行实地考察中，东莞派诺蒙鞋业服务有限公司对其生产设备、能力和管理等各方面十分满意。

于是很快决定，将东莞华坚鞋业有限公司作为生产合作方之一。

这就是东莞派诺蒙鞋业服务有限公司与东莞华坚鞋业有限公司，最终形成双方合作关系的内外因素和主要原因。

也正因为东莞派诺蒙鞋业服务有限公司选择将东莞华坚鞋业有限公司作为新的业务合作伙伴之一，是其彻底扭转自己在台资制鞋企业那里已渐入被动局面的战略举措，所以，在订单业务价格上也自然就不会放松。

此外，在东莞派诺蒙鞋业服务有限公司物色、选择台资制鞋企业之外的制鞋企业过程中，不少被物色和选择中的制鞋企业也认为：派诺蒙的生产业务订单，确实有些形同"鸡肋"的味道。

但在这笔业务订单价格上，张华荣却有自己完全不同的看法。

"倘若'华坚'能与'派若蒙'合作顺利并得到认可，那等于是'华坚'的实力将会得到整个东莞制鞋界的认可。这样，'华坚'也就随之从默默无闻的现状开始走向在东莞制鞋业界有一定知晓度的地位，彻底扭转深陷生存困境的处境。即使是这笔业务一分钱也赚不到，非但一定要做，而且还一定要做好！"张华荣看到的，是东莞派诺蒙鞋业服务有限公司这笔业务订单将给东莞华坚鞋业有限公司带来的巨大潜在价值。

对于一家企业而言，其领头人的思路和战略高度至关重要。在企业生存发展的关键阶段，企业掌舵人的高远眼光和胸中的大气度，往往决定了这家企业未来发展的大前途与大格局。

深情回望，在如今已居于世界女鞋生产举足轻重地位的华坚集团的创立发展的整个历程中，人们可以清晰地看到，从张华荣在对昔日东莞华坚鞋业有限公司所承接的堪称是生死攸关第一单业务的重大意义的深远领悟开始，才真正预示着华坚壮阔宏大的发展目标由此迈出了至关重要的第一步！

因为深知这笔业务订单对公司当前生存和未来发展的非同寻常意义，所以，张华荣在随后对确保质量、按时如期顺利完成这笔订单业务的整个过程中，不敢有丝毫的怠慢。

而在公司会议室，生产和管理部署会议已连开数日，其间，还有深夜灯光通明的时候。

是的，30万双鞋的订单摆在面前，巨大的困难也同样摆在面前：

数量庞大的原材料，从哪里购进？如何尽快对技术设备进行改造？工艺技术流程怎样更为科学、高效的设计和制定？如何确保产品的质量？怎样的组织和管理，才能最大限度地提高生产效率……

这些问题，都必须要逐一进行解决。否则，任何一个环节产生阻滞，都会影响到整个生产，导致无法按时保质交货的可能性。

张华荣把一切困难都在心里预设到最大程度。他知道，对于负债高达数百万元的华坚鞋业有限公司而言，即将全面展开的30万双鞋的生产毫无疑问是困难重重的。

然而，甫一开始的一切，却让张华荣惊讶地发现，他心中预想的"开头之异常艰难"的情形竟然是另一番自己完全没有料到的情形。

"一听说我们是和'派若蒙'签订的生产合同，许多材料供应商纷纷同意向我们赊购供应生产的原材料。后来，一些知名的材料供应厂商甚至主动与我们对接，要求成为我们的材料供应方，合作条件除了赊购之外，其他各方面的服务也十分热情周到。"张华荣开始真切感受到，与东莞派诺蒙鞋业服务有限公司合作对东莞华坚鞋业生存困境突围的强大能量！

无米之炊的困境，就这样异常顺利地解决了。

而接下来对生产各个环节的调度与部署，同样也没有料想之中的殚精竭虑、夜以继日和疲惫不堪。

因为，在对确保这30万双数量的订单业务保质如期完成的公司全员誓师大会过后，每一位公司员工都犹如枕戈待旦的将士在慷慨领命之后的壮怀激烈，走向属于他们各自的生产和管理岗位，全身心投入工作。

必须要书写在华坚集团创业史上的，令张华荣不能忘怀的，是当年为确保这 30 万双数量订单业务保质如期完成全体员工付出的饱含激情的奋战。

"为什么公司从管理层到一线员工，大家都是饱含激情的夜以继日工作？那是因为，这一笔业务不仅为公司带来了振奋人心的希望，更是因为此时全厂员工都知道了此前为坚守未来、为稳定人心，张华荣做出的自己给自己下业务订单的真实情况。每一个人的内心都深深被张总那种坚忍不拔的超强承受力而打动了。大家都说，跟着这样的老板干，何愁没有好光景、好未来啊！"回忆起当年的艰辛创业岁月，如今曾亲历过那段时光的华坚集团老员工这样感慨地说道。

任何的巨大成功都无一例外伴随着卓绝的艰辛。

只是，张华荣没有料到，在这 30 万双鞋订单业务的生产过程中，刻骨铭心的艰辛竟是来自于内心深处不堪承受其痛的精神压力。

这又要回到东莞派诺蒙鞋业服务有限公司的话题。

前面已经说过，"派诺蒙"在当时整个东莞制鞋企业界，实际也就是在当时的国际制鞋业界拥有强势话语权。由此，也渐渐形成了其在合作过程中强硬的处事风格。

这一是体现在"派诺蒙"对于合作订单业务条件的不容置辩，比如，合同条款中设置的条件是其单方面设置的，合作方必须无条件接受和执行。其二，"派诺蒙"会向合作方派驻生产指导和质量把关人员，对合作方的整个生产过程进行全程指导，对产品质量进行严格把关。

事实上，"派诺蒙"给合作方的强硬之感，更是在其向合作方派驻生产指导和质量把关人员，对合作方的整个生产过程进行全程指导，对产品质量进行严格把关的这个环节里。

张华荣内心深处不堪承受其痛的精神压力，也正是在这里。

原料供应、设备调试和工序准备等所有环节就绪之后，紧接着就是生产流水线上各个细节的磨合与每一个环节的质量把控。在这每一个细节和每一个环节、每一道工序当中，"派诺蒙"派驻到东莞华坚鞋业有限公司的人员全程都拥有绝对话语权——一切都要根据其要求随时进行调整或是改进，不容许有任何的反对和不同意见。

"派诺蒙"手中的业务，大多都是世界品牌女鞋外贸订单。近乎苛刻的加工和工序要求，才能成就一流质量的皮鞋产品，也才能铸就畅销全球的品牌女鞋。

对于这一点，张华荣深知其中的道理，再苛刻的生产、工艺和质量把关细节他都能理解并无条件地接受。

但是，让他难以接受，就是"派诺蒙"派驻到东莞华坚鞋业有限公司工作人员的苛刻态度、言辞甚至是粗暴之举。

苛刻态度，那是一种近乎让人自尊受到莫大伤害的蛮横。

苛刻言辞，不容置辩的言语中，有随时而起的尖刻训斥、辱骂或者是嘲讽。

那粗暴之举又是怎样的？

合作开始后不久，张华荣就领教到了：

一天，张华荣与"派诺蒙"派驻到东莞华坚鞋业有限公司的一位外方质量把关人员一起下到生产流水线车间进行检查。在这一过程中，这位外方把关人员因突然发现了一个楦头存在问题而暴跳如雷。对此，张华荣立即要求管理人员改进。始料不及的是，这位外方把关人员却冷不丁抓起那个楦头猛地朝着张华荣的头上用力砸了下去……

顿时，毫无防备的猛烈生疼伴随着大脑的一片混沌，刺痛了张华荣身上所有的神经，而张华荣心中更有无以言说的创伤。

一切以保质如期完成合同订单这一大局为全部中心。张华荣在心底默默告诉自己，只要是如此，只要是没有突破底线的人格自尊侮辱，那就没有什么不堪忍受的苦累辛酸。

再苛刻的技术改进意见，张华荣要求，不折不扣地执行。

再细微的工艺水平提升要求，张华荣承诺，确保达到提升目标。

再傲慢的态度，张华荣都始终保持着克制而理性的方式，与对方坦诚交流。

…………

张华荣的严谨、真诚终于感动了"派诺蒙"派驻到东莞华坚鞋业有限公司的每一位工作人员。而东莞华坚鞋业高效率的执行力和全体员工精益求精的工作风格，同样令"派诺蒙"派驻到东莞华坚鞋业的所有工作人员感到放心。

经过了一段时间的磨合之后，东莞华坚和"派诺蒙"双方之间的沟通越来越顺畅。

终于，30万双女鞋的订单业务保质如期完成，外商十分满意。东莞华坚鞋业有限公司因而得到了东莞派诺蒙鞋业服务有限公司的高度赞誉。

再次又回到东莞派诺蒙鞋业服务有限公司的话题。这家合作中以"苛刻"出名的鞋业订单服务巨头公司，又同样以高度的信誉而闻名。

30万双女鞋的订单业务保质如期完成，随后各种财务结算很快就到位。

东莞华坚鞋业有限公司奇迹般地起死回生！

何止是起死回生！

几乎是一夜之间，在鞋业制造企业林立的"世界鞋都"东莞市，名不见经传的东莞华坚鞋业有限公司神奇般地誉满东莞全城。

"华坚是一家怎样的公司？！"

"以前怎么没有听说这家公司？"

一时，东莞甚至全国的业界陡然间纷纷侧目。

和张华荣打交道较多、了解内情的人不禁惊叹道：这简直就是制鞋业界里，"丑小鸭"摇身变成白天鹅童话故事的现实演绎。

生命犹如铁砧，愈被敲打，愈能发出火花。"不屈不挠，永不言败"

的军人精神，让张华荣咬牙坚持度过了"黎明前的黑暗"，终于再次迎来了自己人生事业的曙光。

这的确是令人百感交集的大逆转。这其中，有伤痛，也有机遇，更有转折，还有特殊的意义和特别的记忆。

张华荣在心里默默感谢那些困境中依然肯借钱帮助他的朋友，多年一直患难与共的老部下，一起打拼的员工和经销商……在当年的坚持已成为今天的现实后，一种心怀感恩的情绪长久在张华荣的内心蓄积与升华。

在经历了东莞立业过程中无法言诉的艰辛之后，员工对华坚的感情竟是如此深厚，而对于华坚而言，迈出这艰难而起的步履，开始显得如此沉稳。

选择是对待机遇的手段，一个决定可以让机遇牢牢抓在我们手中，也可以让机遇与我们失之交臂。

张华荣对重大机遇的研判，尤其是他在把握重大机遇过程中的果断和勇气，无不令人为之钦佩。

关于当年东莞华坚鞋业有限公司承接的这事关生存的"生死攸关第一单"，特别是张华荣以极具前瞻眼光洞悉到的这笔业务对企业未来发展的重大意义，后来为业界广为称道和研究，给予人们深刻的启示。

在一家媒体对此事的深度报道中，还附有一篇名为《一张订单能成就什么？》的"记者手记"。这篇"记者手记"可谓点出了其中最为经典的启示意义，特摘录如下：

> 张华荣没有逃跑，他在最艰难的时候，派诺蒙给了他一张订单。
>
> 一张订单就是一批鞋子？张华荣最聪明的一点就在于他不这么看，一张订单的效应被他放大了。有了派诺蒙的订单，就意味着国际巨头对他看好，就意味着将有很好的前途。只要你跟他合作，不怕收不回钱，而且后边的合作机会将越来越多。所以，合作伙伴们都愿意多给一些宽限期，张华荣的事业就是这样得以复活，并获得壮

大的机会。

　　这就是张华荣手中的一张订单。对于创业者来说，珍惜一切机遇，将机遇放大为更多的资源，换来更多的支持，那么，偶然的机遇也许就能成就你的事业。

第六章
气势磅礴大崛起

与"派诺蒙"的业务合作，在华坚集团成长历程中具有里程碑意义。

这一合作业务的顺利完成和得到的认可，不但标志着华坚鞋业开始全面突破生存困境，而且标志着华坚鞋业在市场及产品上起步伊始的高端市场定位，正式拉开了华坚鞋业快速发展的序幕。

正是这一转折机遇，让华坚在此前的困顿中，一步步稳健地向着整个东莞市群雄逐鹿般的鞋业制造竞技场走去，渐渐走向气势磅礴的全面崛起。

1997—1998 年，东莞华坚鞋业开始成为"派诺蒙"最为主要的外贸订单业务合作方之一。

与此同时，其他一些鞋业外贸订单委托方，也纷纷将东莞华坚鞋业作为合作伙伴。在整个东莞制鞋业企业中，东莞华坚鞋业的地位日益凸显。

1999 年 5 月，集模具开发、PU、TPR、ABS、鞋跟、底台生产为一体的华坚鞋材分部成立，员工总人数 450 人。华坚鞋材分部的成立，标志着华坚迈出了产业链自我完善的步伐，打破了外资企业对鞋材供应封锁的坚冰，为后续集团成为业界最完善的产业链企业，实现了观念的创新和理念的突破。

1999年9月，华坚第一期干训班开学，内部选拔学员39人进行为期6个月的培训。华坚干训班的开学不仅标志着华坚的人才选拔、培养、任用等理念的创新，也开始了华坚"黄埔军校"的传奇。

2000年6月，华坚生产二部正式开业，设成型生产线3条及生产配套部门，工厂员工总人数1280人。与此同时，公司开发部、技术部也相继成立。技术开发部的成立，标志着华坚技术流派走向独立与成熟，为后续华坚的高速发展奠定了技术基础。

…………

海阔凭鱼跃，天高任鸟飞。

如旭日东升，喷薄而出，无限的生机和强劲的发展势头让行业对手举目惊叹。华坚鞋业赢得了在女鞋生产业内近乎崇高的声望，与此同时，张华荣也借此奠定了他在东莞甚至国内外女鞋制造业界的领军人物地位。

第一节　东莞制鞋业界一传奇

在企业生存攸关时期来自东莞派诺蒙鞋业服务有限公司的这第一单业务，虽然没有在经济上解决华坚鞋业的困境，却让东莞华坚鞋业的企业形象在业界开始发生巨变。

"这家叫华坚鞋业的公司可了不得啊，一下子就承接了'派诺蒙'的30万双鞋的订单！"

"东莞还有一家这样有实力的制鞋企业，以前怎么就没有听说过。"

"这家企业是从江西搬来的，也就只有一年多的时间啊，听说原先就是做外贸订单很过硬的制鞋公司。"

"东莞华坚鞋业的老板，人家是从贩布鞋起家的，从在自己家里办制鞋作坊起家，一步步做成了大鞋厂，现在人家把公司开到东莞来了。"

…………

东莞华坚鞋业顺利承接并完成"派诺蒙"30万双鞋业务的消息，在整个东莞制鞋业界不胫而走。与此同时，关于东莞华坚鞋业和张华荣本人情况，也开始在业界广泛传播。

沉寂无名的东莞华坚鞋业有限公司，渐渐广为人知。

如此，对于张华荣个人情况的了解，自然也成为业界一时感兴趣的话题。

"派诺蒙"30万双鞋业务订单，带给了整个业界对东莞华坚鞋业的关注。正如张华荣所预料的那样："倘若'华坚'能与'派若蒙'合作顺利并得到认可，那等于是'华坚'的实力将会得到整个东莞制鞋界的认可。这样，'华坚'也就随之而从默默无闻的现状开始走向在东莞制鞋业界有一定知晓度的地位，彻底扭转深陷生存困境的处境。"

自顺利完成"派诺蒙"30万双鞋业务订单之后，东莞华坚鞋业有限公司的生产业务订单也开始随之而来——一是因为一家承接了"派诺蒙"业务订单的公司，在业界同行的眼里是值得信赖的；二是因为，与东莞华坚鞋业有限公司所签订的生产订单价格更低。

"派诺蒙"那笔业务订单的效应，至此迅速放大。

业界的信赖，对于一家企业而言就是一种无形而巨大的信誉资源，衍生出的经济效益有时是令人难以想象的。

在经营鞋厂的过程中，张华荣早就意识到了这无形而巨大的资源。更为重要的是，他善于把这种信誉资源优势转化为华坚鞋业经营发展的优势，从而赢得业务。

各类委托加工生产的订单相继而来，随着生产规模的扩大，生产原材料供应和机器设备扩容等需要巨额的流动资金。不提前解决好这一关键问题，那再多的订单来了也没有能力承接。

为此，张华荣未雨绸缪，与数家原材料供应商、机器设备供应商达成友好协作合作关系。

"供应商和设备商都支持我们，拖半年给钱他们都无所谓，因为，他们认为'华坚鞋业'有未来！"流动资金问题的顺畅解决，确保了东莞华坚鞋业有限公司在生产规模扩大之后的顺利生产。

变局如此令人惊叹！曾经苦苦承揽业务而不得的东莞华坚鞋业有限公司，到1998年下半年，生产业务订单已开始达到满负荷生产的状态。

这一年下来，东莞华坚鞋业有限公司彻底走出了经济困境。

在这一过程中，尤其值得一提的是，由于与东莞华坚鞋业有限公司展开业务合作的委托生产商陆续增多、鞋类生产品类增加，使得其鞋类生产逐渐形成以专业生产女性凉鞋、密鞋、马靴、休闲鞋四大类为主的女鞋品类体系。

悄然之间，东莞华坚鞋业有限公司已初步形成了专业女鞋生产的相对完备生产体系。而且，在女鞋生产的技术、设备和工艺等方面，东莞华坚鞋业有限公司也渐渐形成自己的实力。

没有人预料到，这一悄然转变之间，实则奠定了东莞华坚鞋业有限公司随后迈出真正走向磅礴崛起第一步的坚实基础。

机遇总是垂青有准备的人！

在首次顺利完成第一单业务合作后，东莞派诺蒙鞋业服务有限公司对东莞华坚鞋业有限公司形成了良好的印象。

外界有所不知的是，此时的东莞派诺蒙鞋业服务有限公司高层，在选择东莞华坚鞋业有限公司等非台资鞋业生产企业作为业务订单的生产合作方过程中，也正在选择将来把业务订单委托生产的稳定合作方。

就是在首次顺利完成第一单业务合作之后，东莞华坚鞋业有限公司已被纳入了东莞派诺蒙鞋业服务有限公司的视野范围——有意确定东莞华坚鞋业有限公司为其外贸订单业务的长期稳定生产合作方。

东莞派诺蒙鞋业服务有限公司此举，亦是其决意彻底摆脱受缚于台资制鞋企业价格困扰的关键战略之举。

1998下半年，在对东莞华坚鞋业有限公司各方面综合整体实力再度考察后，东莞派诺蒙鞋业服务有限公司正式确定，将东莞华坚鞋业有限公司确定为其外贸订单业务长期稳定的主要合作方！

重大机遇随之而来。

这一次，由于东莞华坚鞋业有限公司已初步形成了专业女鞋生产的相对完备生产体系，在女鞋生产的技术、设备和工艺等方面，东莞华坚鞋业有限公司也渐渐形成强大的实力。更为重要的是，其鞋类生产逐渐形成以专业生产女性凉鞋、密鞋、马靴、休闲鞋四大类为主的女鞋品类体系。无论是订单承接能力上，还是产品品种对应上，东莞华坚鞋业有限公司与一年前相比，已让东莞派诺蒙鞋业服务有限公司刮目相看。

"派诺蒙"决定，把数量更大的业务订单向东莞华坚鞋业倾斜，鞋类订单的品种也增多。

这一次大宗的生产订单，成为华坚鞋业发展历程中的重大分水岭。

这一合作业务的顺利完成和得到的认可，不但标志着华坚鞋业开始全面突破生存困境，而且标志着华坚鞋业在市场及产品上起补伊始的高端市场定位，正式拉开了华坚鞋业快速发展的序幕。

东莞华坚鞋业有限公司日渐步入良性发展轨道，经济等各方面综合实力与日俱增，其发展势头呈现出喜人局面。

也正是这一转折机遇，让东莞华坚鞋业在此前的困顿中，一步步稳健地向着整个东莞市群雄逐鹿般的鞋业制造竞技场走去，渐渐走向气势磅礴的全面崛起。

从两年前的深陷困境、岌岌可危，到两年后气势如虹的发展，并在整个东莞鞋业制造企业中日渐受到注目，东莞华坚鞋业堪称创造了东莞制鞋业界中的一个精彩传奇！

第二节　再突重围　傲立业界

时间进入到 1999 年。

这一年的开局，东莞华坚鞋业有限公司一派欣欣向荣之势。张华荣隐约感受到，仿佛有一股劲风正酝酿而起。

而且，在张华荣的隐隐察觉之中，这正在酝酿蓄积的劲风迟早要向东莞华坚鞋业有限公司袭来。

来自市场重要领域和环节变化的信息，往往透露出整个行业市场将衍生重大变局的暗示。尤其是那些产业链相互依存领域的企业，更是会对牵一发而动全身的市场变化信息体察敏锐，从而研判出这一信息中包含的重要内容。

张华荣的敏锐察觉和研判，正是源于此。

这一天，公司负责生产原料采购的部门负责人，紧急向张华荣报告了一个极为重要的情况——某某原料供应商向东莞华坚提出结清原料尾款，不再继续业务合作。

"这已经是第三家了！之前的两家，分别为某某公司和某某公司。"公司负责生产原料采购的部门负责人为此感到了压力，同时对出现的这种情况十分不解。

"这其中必定有深层原因！"

听到这种情况，张华荣立即本能地产生出这样的反应：一是几家供应商连续出现这样的情况，绝非偶然。二是出现这种情况很反常且时间节点不对。因为，这三家原料供应商一直以来和华坚鞋业的业务合作良好，怎会突然提出停止继续合作呢？更何况，现在华坚鞋业的发展势头十分之好，哪有在这样的情况下突然放弃合作业务的呢？此外，如果对方是真的不愿意继续与华坚鞋业进行合作，那也应该是在年前就提出来，而不是在新年开局之时突然提出……这些，都让人感到难以理解。

"还听到传言说，很多原料供应商、合作方都会停止与我们华坚鞋业的合作……"公司负责生产原料采购的部门负责人补充说道。

"要赶快了解清楚这背后的真实原因，但我认为，问题应该不是出在我们公司这方面，一定另有隐情！"张华荣决定，要亲自来了解这一情况。

究竟是原料供应商等合作方对合作业务的价格不满意？还是对华坚鞋业的服务态度等不满意？或者是他们寻找到了更好的业务合作方而放弃与华坚鞋业的合作……

尽管意识到问题不应该是出在自己公司这一方，但多年的思维定式，让张华荣每当遇到企业发展的难题时，总是习惯于要首先从自我一方寻找原因。

带着这些疑问，张华荣先后相约这几家原料供应商和设备供应商诚恳交流。

一番诚恳交流之后，张华荣心里已经有底了——问题的确不出在华坚鞋业。

而接下来，在张华荣对其他一些合作原材料供应商、设备供应商的走访过程中印证了他的判断。

"在东莞制鞋行业，正有一只无形而有力的大手，试图在人为制造并控制一种局面。这只无形而有力的大手要制造的局面，正是要形成从原材料供应等环节切断东莞华坚鞋业的生产链，从而达到控制东莞华坚鞋业致其于无法正常生产的局面。"张华荣渐渐明晰了这一切。

…………

其时的情形正是如此，张华荣的判断十分正确！

让我们把时间往前推约一个月。

也就是 1998 年的年末，在东莞的数百位台资鞋企的负责人聚到了一起。每年岁末年初，东莞台商鞋业协会都要如期举行一次这样行业大会，总结一年来行业的发展，分析、展望新一年行业发展趋势，并就重大问题进行商讨，这已是东莞台商鞋业协会多年来的惯例。

"如果情况还继续这样发展下去，那我们整个台资鞋厂在来年将继续处于被动局面！"

在协会上，有台商提出了关于东莞整个台资鞋企这两年本想努力在"派诺蒙"业务订单价格有所提高上居于主动局面，却不想反而逐渐陷入了越来越被动的局面这一问题。

随即，与会台商对这一问题群起而响应。一致认为，如果 1999 年不改变这种局面，那台资鞋企将来势必走向困境。因为已不是业务价格问题了，而是业务有无的问题了，这是事关企业将来生存的大问题。

"明摆着，'派诺蒙'正有计划地培育新的业务合作方，一步步削减其业务在我们台资鞋厂的订单份额。"

紧接着，很大一部分台资鞋企负责人把产生如今这种局面的原因，归结为"派诺蒙"业务新合作方在业务价格上的走低。而这其中，东莞华坚鞋业有限公司就是典型的代表。

"一定要想办法让华坚鞋业垮掉！不垮掉就会给大家带来伤害。"

于是，矛头直指东莞华坚鞋业有限公司。

与"派诺蒙"业务合作规模越来越大的新合作方，尤其是其中具有代表性的企业——东莞华坚鞋业有限公司的快速壮大，开始让在东莞的许多台商鞋厂感到了压力。

要采取怎样的措施，遏制以东莞华坚鞋业有限公司为代表的"派诺蒙"新合作方的发展态势，从而彻底扭转整个东莞台资鞋企发展和未来生存的不利局面，成为台资鞋企们商议的重大问题。

"木秀于林，风必摧之。"

最终，在东莞的台资鞋企们达成了解局的思路方案：以非常措施，切断东莞华坚鞋业有限公司等"派诺蒙"业务新合作方鞋企的原材料、设备，让这些鞋企的生产陷于"无米之炊"的境地，最终迫使这些鞋企陷入困境，挽回"派诺蒙"重又与台资鞋企形成业务合作的局面。

台资鞋企之所以选择这样的解局之方，是因为在他们看来，这是最有把握的方法：

其一，解局之关键和根本，在于迫使以东莞华坚鞋业有限公司为代表的"派诺蒙"新合作方鞋企知难而退。

其二，以东莞华坚鞋业有限公司为代表的"派诺蒙"新合作方鞋企业，尤其是已为"派诺蒙"最为看重和着力培育的东莞华坚鞋业有限公司，其实均为实力不强的鞋企。近两年来之所以能异军突起，一方面是得益于有"派诺蒙"的业务订单，另一方面就是有原料和设备供应商的大力支持。

而东莞华坚鞋业有限公司等鞋企，其原料和设备供应商，几乎都是与台资鞋企合作多年的公司。而且，不少原料和设备供应商就是在与台资鞋企的合作过程中发展壮大起来的。在台资鞋企和其他鞋企之间，无论是于情感还是于业务合作，这些原料和设备供应商权衡之下都会倾向于台资鞋企。

这就是台资鞋企解局的底气所在！

果不出其然，台资鞋企的解局之策一实施，很快就见了成效。1999年新年伊始，就有 3 家原料供应商在权衡之下，最终向东莞华坚鞋业提出结清原料尾款，不再继续业务合作。

局面只不过是刚刚开了个头，在台资鞋企的"努力"下，东莞已有越来越多的制鞋原料和设备供应商在权衡之下，决定与东莞华坚鞋业等"派诺蒙"生产业务订单合作鞋企停止合作。

…………

一切都已明了于胸中。

于张华荣而言，这的确是一个突然面临的巨大难题。

试想，如若制鞋原料和设备供应商全面停止与东莞华坚鞋业有限公司的合作，那自己的企业将全面陷入"巧妇难为无米之炊"的境况啊！

"相对于解决企业发展中的重大难题，能在错综复杂的环境中以前瞻性的目光准确洞悉到将要面临的困境，并提前谋划以使企业避免陷入困境，显得更为重要。"

从江西到东莞，一路历经的坎坷沉浮，在磨砺张华荣坚韧品格的过程中，也悄然打开了他的眼界思路，逐渐形成了他渐次宏大、缜密与深邃的企业把控经营思维。

现在的张华荣，早已不再是当年在市场、业务或者其他事关企业生存发展大事件突然袭来而惊慌失措、措手不及的"老土"了。历经无数风雨洗礼，不但让他具备了沉稳面对大变局的心态与能力，而且更为关键的是，他已具备在错综复杂的环境中以前瞻性的目光准确洞悉到将要面临的困境，并提前谋划以使企业避免陷入困境的掌控力。

"我们要一边稳住现在的原料、设备业务合作商，一边要抓紧洽谈新的原料、设备业务合作商。"

深入思考之后，张华荣决定采取两条途径走路的方法，提前做好应对之策，以避免一旦风雨骤来公司可能陷入的困境。

对此，张华荣心里也同样底气十足。

其一，在坦诚交流中，他深深感触到，在已做出或将做出停止与华坚鞋业继续合作的原料和设备供应商里，他们对于停止合作缘由的难言之隐，就已经说明他们内心不是真的要停止与华坚鞋业的合作，而是出于一种无奈。如此，只要让他们明白，市场竞争采取违背市场规律的方法是行不通的，同时让他们看清市场发展的大势所在，那就完全有可能让他们或者他们中的一部分人放弃与华坚鞋业停止合作的决定和想法。

其二，华坚鞋业越来越好的发展势头，尤其与"派诺蒙"合作的业务规模越来越大，已赢得了越来越多原料和设备供应商对华坚鞋业的青睐。很多原料和设备供应商希望能与华坚鞋业进行业务合作。如此，在这些原料和设备供应商中，完全有可能找到新的合作方。

这就是张华荣的底气所在。

从整个东莞鞋业的宏观层面，到行业各个环节领域中的细节，张华荣可谓既知纲得领又见微知著。因而，在这一次准确掌控和运筹帷幄应对之策的过程中，他才显得如此从容。

接下来的情况，果然如张华荣所分析和研判的那样。

经过华坚鞋业的努力，在原有的原料和设备供应商中，顺应市场竞争和发展大势，顶住了来自台资鞋企的压力，继续与华坚鞋业保持业务合作。

与此同时，华坚鞋业还发展了一批新的原料和设备供应商。

这样，不但使得华坚鞋业原料和设备供应更加稳定，而且还进一步优化了原料和设备的供应格局。

1999 年 4 月前后，东莞台资鞋企针对"派诺蒙"业务新合作方的挤压达到白热化。其从制鞋原料和设备供应端入手的合纵连横之策，的确使得不少"派诺蒙"业务新合作方受到重创。

然而，由于张华荣未雨绸缪，提前谋划部署了应对之策。因而，华坚鞋业在这场风暴骤来时非但没有受创，而且原料和设备的供应更加稳固和优化了。

华坚鞋业的生产经营，一派稳定有序，繁忙红火！

华坚鞋业这样的情况，着实令台资鞋企没有想到。

骤雨过后彩虹更壮美。

在东莞台资鞋企集体为扭转其被动局面而掀起的这场原料、设备封锁风暴中，再看从容突围的东莞华坚鞋业有限公司，人们惊讶地发现，这家立足东莞不到 3 年的企业，已然奠定了自己在整个东莞制鞋企业中的坚实地位。

东莞华坚鞋业有限公司，犹如整个东莞制鞋业界里的一匹"黑马"，以锐不可当的气势奔腾而起！

此时，这匹"黑马"之所以在整个业界产生如此之大的关注和震撼，还有一个十分重要的原因。那就是，东莞华坚鞋业的磅礴崛起，已让业界惊叹，整个东莞制鞋业界的发展格局正开始发生着深刻的演变。

这种发展格局的深刻演变即是：在东莞，自制鞋行业渐成气候直至蔚为大观以来，一直是台资制鞋企业雄踞行业大半边天下。而今，当东莞华坚鞋业磅礴崛起，这个格局已开始逐步被打破。以东莞华坚鞋业为代表的内地投资鞋企，已跃起成为有能力与台资鞋企分庭抗礼的东莞鞋企另外半边天。

事实上，这也是近两年来，东莞派诺蒙鞋业服务有限公司一直在试图改变的格局。

第三节　敢为人先谋大局

　　"台商们依靠'人和'来维持高利润的格局，在市场经济大潮中注定是危险的。当国外的大品牌商感觉台商已经不再听话的时候，他们试图培植一股新的力量来牵制台商。他们在珠三角的东莞、中山、佛山等地广泛寻找新的加工商，原本毫无竞争力的民营企业进入了品牌商的视野。这场商战的结果，不仅让品牌商实现了压价的目的，也客观上改变了东莞鞋业界台商独霸天下的格局。"

　　"借助这场商战，一家原本濒临倒闭的民营制鞋企业迅速崛起，成为在鞋业界能够与台商鼎足而立的巨头。这就是东莞的华坚鞋业。"

　　到 1999 年，华坚在东莞鞋业界已举足轻重，可与台商分庭抗礼。

　　——摘自《改革开放 30 年——东莞用平实创造鞋业神话》。

　　在查阅东莞鞋业世纪之交的发展格局状况的资料中，当在这篇记载历史的文章中读到了以上内容时，令人怦然心动。

　　当年的东莞华坚鞋业，在立足于东莞这片制鞋企业强者如林的"鞋业王国"近 3 年后，就这样悄然奠定了自己在"鞋业王国"的一席之地，并且是具有举足轻重地位。而且，它的崛起也成为东莞制鞋业整个格局产生变化的分水岭。

　　这的确是当年东莞"鞋业王国"中一个传奇！

　　然而，在《改革开放 30 年——东莞用平实创造鞋业神话》一文中记叙的以下内容实录中，又让人清晰地看到，在书写了东莞"鞋业王国"业界的传奇之时，也正是华坚鞋业大手笔书写自己宏大"鞋业王国"的开端：

> "华坚的崛起，是国际品牌贸易商寻觅新宠的自然结果。在制造
> 环节的凝聚力被瓦解的大背景下，东莞崛起了一大批民营制鞋企业，
> 如跨日、琪胜等。尽管台商仍在制鞋行业占据领袖地位，但制造格局
> 渐显多元化，客观上促使东莞鞋业走向辉煌。据厚街镇相关资料，单
> 是厚街一个镇，至20世纪90年代末，制鞋企业已由80年代中期的
> 100多家发展至近1000家，从业人员超过20万人。"
> …………

让我们把深情叙写的时间，再次拉回到1999年。

"人间四月天，莞城更温润。"一场旷日持久的商战硝烟散去，华坚鞋业发展已呈磅礴之势。张华荣的内心有一种感动莫名的舒畅与轻松。

自来东莞近3年，张华荣第一次这样真切地感受到这片土地对自己竟是如此的温情。东莞的一切，温润的春风、绚丽的夜景、繁华的城市，特别是激情的鞋业天地里跃动着的发展脉搏……

张华荣眼里的这一切，时时在他胸中涌动着一种壮阔激情。

——当初选择来东莞，来对了！

——这一路而来历经的风雨险阻和坚守不退，都是值得无比庆幸的！

——这座充满勃勃生机的城市，这方处处涌动着热潮的创业热土，成就了华坚鞋业，让自己找到了奋进的目标！

在一种感恩的情愫中，张华荣已悄然定下了人生事业的拼搏战场——就在东莞，就在厚街镇，就在这方创业热土上，一定有自己未来宏阔无比的鞋业天地！

是的，张华荣已对东莞鞋业发展的蔚为可观的现状和未来的大成之势了然于心：单是厚街一个镇，至20世纪90年代末，制鞋企业已由80年

代中期的 100 多家发展至近 1000 家，从业人员超过 20 万人。

舍东莞厚街这一方鞋业发展沃土和广阔天地，更求何处？！

既坚定了要在东莞厚街立成大业，那接下来，张华荣必定会对华坚鞋业未来发展的蓝图重订规划。

这是他对成就大事的极致追求，也是华坚鞋业已赢得的发展格局给予他的强大信心。

"公司规模体量的扩大，首先就要以产能的扩大为前提。而在当前东莞制鞋大行业，鞋类生产、鞋业订单和制鞋原料设备这三大领域是相对分开的，彼此相互依存构成整个东莞制鞋大产业。"东莞制鞋业界的一场商战，已让张华荣对整个东莞制鞋大行业的构成十分清晰。同时，也促使他不但从行业外部大市场而且从行业内部深层来思考，从而把华坚鞋业置于这样的思考基础上来规划下一步的新发展："鞋类生产、鞋业订单和制鞋原料设备这三大领域相互分割，在形成东莞鞋业专业、配套的一条龙发展格局过程中，也为单个鞋企的壮大发展提供了清晰的路径。"张华荣深刻意识到，鞋类生产、鞋业订单和制鞋原料设备这三大领域，又各有一片广阔的空间天地，向其间延伸，企业发展的空间天地亦无限。

在张华荣看来，作为一家已在鞋类生产领域初具规模和实力的鞋企，向制鞋原料设备这一领域延伸，就可谓是在纵横两个方向层面做大做强企业。因为，原料设备等这一领域的延伸，除了延伸扩大企业的规模体量、增加企业的利润空间之外，同时又为生产领域规模的扩大提供了强大助推力。

而站在保障生产规模日渐扩大的角度，建立华坚鞋业自己的原料设备供应保障体系，也将彻底消除原料设备供应不稳定的隐患。如此，华坚鞋业将来的快速稳健发展才有了可靠保障。

…………

今天，当张华荣把自己在 1999 年 4 月里的深思远虑和盘托出，人们再审视这一时间节点上的东莞鞋业发展主要特点和情势时，无人不对张华荣深邃而极富洞见力的前瞻眼光充满钦佩。

为何这样讲？

请看《世纪之交的中国制鞋产业：拼的就是整个产业链！》一文，其中有这样一段话："现在回顾那时的情形可以清晰地发现，1990 年代末，在东莞制鞋业，产业链之间的矛盾已逐步凸显。企业难以找到合适的供应商以有效减少成本；材料提供商及加工商难以提高与下游企业的合作效率，以致资金回笼不畅。"

显然，1999 年 4 月里张华荣的深思远虑，正是契合了这个重大的问题！

客观而言，或许当年张华荣在深思从纵横两个方向层面做大做强华坚鞋业的过程中，并没有意识到他的这一思路正契合了其时整个东莞鞋业在世纪之交获得突破发展的一个重大问题。

但关键就在于，张华荣在果断完成对华坚鞋业从横纵两个方向层面做大做强的部署和实施之后，他又再一次引领华坚鞋业率先赢得了在世纪之交的一次重大发展先机。

1999 年 5 月，集模具开发、PU、TPR、ABS、鞋跟、底台生产为一体的华坚鞋材分部成立。

员工总人数达到 450 人的华坚鞋材分部，在东莞制鞋原料供应企业中，已属规模和加工能力较大的一类。

华坚鞋材分部的成立，标志着华坚迈出了产业链自我完善的步伐。也彻底解决了制鞋原材料供应的后顾之忧，还为后来华坚集团成为业界最完善的产业链企业，打下了坚实基础。

从制鞋原料供应端完成了横向延伸壮大的部署实施后，张华荣随即又开始实施在纵向层面上对华坚鞋业做大做强的部署。

第一个生产分部设立，紧接着是第二个、第三个。到 1999 年 8 月，华坚鞋业生产四部正式成立，设立二条先进水平的成型生产线及完整配套部门。

向上游产业链的纵向延伸，对原有制鞋产能的横向稳步扩增，使得华坚鞋业的企业规模与实力不断快速扩大提升。

到 2000 年 6 月，华坚生产四部正式开业，设成型生产线 3 条及生产配套部门，工厂总人数 1280 人。

2000 年 11 月，华坚鞋业鞋材再扩增至二部，以中底生产、大底组合加工、鞋材贴合为主。

鞋材原料供应结构的进一步自我完善，又让华坚鞋业在鞋类生产领域的产品种类上得以扩大，从而成为以专业生产女鞋品类为主同时兼顾其他多种鞋类的制鞋企业。

向制鞋配套产业链的不断延伸完善与生产流水线的扩张，使华坚鞋业有限公司的企业规模体量得以在近 3 年的时间中，以令东莞整个业界都为之惊叹的速度扩增。时至今日，拥有完善的产业链已经成为华坚最核心的竞争力。

"20 世纪整个 90 年代，在东莞这片创业热土上，就制鞋产业而言，赢得市场的鞋企所获得的回报是超乎想象的。"

对此，张华荣的感受是那样真切。

随着公司规模的快速扩增和产能的大幅度提升，以及企业形象地位在整个东莞制鞋业界的不断攀升，华坚鞋业有限公司的业务订单逐渐如雪片般飞来。NINEWEST、EASYSPIRIT、BANDOLINO、WALMART 等知名品牌，陆续诞生在华坚鞋业的生产线上。企业实力获得超乎想象的提升！

而且，华坚鞋业还从只能被动等待客户下订单，发展到了如今对订单拥有选择权。华坚鞋业的这一巨变，在业界中很多企业看来是不可思议的转折。

东莞这方中国制造业的沃土，开始给予张华荣以丰厚的回报。

第四节　奠基现代鞋企集团航母

卓越的企业家和卓越的公司之所以杰出，从某种意义上说，在于那种不同寻常的紧迫感、危机感与不断放大事业发展格局的企业家品格和企业特质。

——题记

世纪之交，潮涌而来的经济全球化进程，世界经济巨头和行业精英带来的新观念、新思想与新的市场运营模式，在中国经济尤其民营经济领域激荡起的热度，可谓前所未有。

与此同时，这激荡而起的热潮给每一个行业所带来激烈的竞争程度，也前所未有。

当然，更有纷繁宏大、前所未有的机遇。

整个 1999 年，张华荣异常繁忙，事关企业发展的多少重大事务交织于思考之中。然而，在他的胸臆间，却总有一种"会当凌绝顶，一览众山小"的豪迈情怀在涌动激荡。

在这一年里，张华荣的感触越来越强烈！

那是一种怎样的豪迈情怀？很多年之后，张华荣在平静讲述自己创业心路历程的文章中做了娓娓道白：

"企业做得有些规模、有些样子了，内心充满了感恩。第一是要感恩党的改革开放政策；第二是要感恩东莞的经济发展环境；第三是要为社会而生存，为行业而努力。正是因为如此，内心深处更有了一种责任感和使命感，就是一定要引领华坚鞋业越往前越要发展好，在鞋业方面树立自己的标杆。"

"物竞天择，适者生存。在华坚鞋业前行的发展之路上，大目标如何确定？实力规模不断扩大过程中的现代企业管理模式、经营模式及配套产业链的延伸完善等等，又该怎样去进一步开拓与提升？"

"成就品牌是一家企业追求的发展境界，华坚将来要做自己的品牌。做品牌，别人已经在跑，我们还没有起步，创立华坚自己品牌的道路任重而道远。"

…………

做大做强华坚鞋业，成就行业标杆企业，经营管理现代化，创立并成就自有品牌，为社会而生存，为行业而努力……

事实上，这是一种已悄然将经营企业上升到人生事业层面的强烈感召力，在促使张华荣立于行业高端、站在使命责任高度，又一次去深思规划华坚鞋业有限公司的未来发展蓝图。

运筹于帷幄之中，决胜于千里之外。不仅需要学识和经验，更需要开阔的视野、深远的眼光、广博的胸襟、独到的判断、综观全局的统御力。

近20年在鞋行业激荡沉浮，尤其是在东莞这方"鞋业王国"中3年来的纵横捭阖，张华荣已成为行业里令人瞩目的领军人物。

"张华荣这个人不一般，作为一位卓越的企业家，他所展现出的品格才华足以说明，他已具备掌舵和引领一家大型企业迈向更高发展层面的决策力！"1999年，当东莞制鞋业同仁中有人洞悉出张华荣对华坚鞋业的又一次发展布局时，这样评价道——张华荣已胸怀大局，立足长远，放眼未来，他必定会成为东莞制鞋业中具有举足轻重地位的人。

是的，华坚鞋业未来发展的宏阔蓝图，正在张华荣心中酝酿。

张华荣心中激情酝酿的宏阔蓝图，就是要将华坚鞋业打造成一艘鞋业巨型航母！

至此，华坚鞋业的下一步壮大发展路径渐渐清晰：那就是沿着集团化的企业发展方向，立足国内，放眼国际，期待未来迈向国际化的发展目标，成就一流的现代制鞋集团公司。

宏大规划，高远目标。张华荣开始着手从集团化企业发展的蓝图目标，再一次布局华坚鞋业。

张华荣深知，要成就一流的现代制鞋集团公司，强大的技术实力支撑是最为关键的基础。脱离这一基本，再宏大的蓝图目标都将是空中楼阁。

"从一流技术设备实力上构筑华坚核心竞争力，我们现在有这个条件和能力。"为此，张华荣提出，华坚鞋业全面提升技术设备，要与国际制鞋业技术水准接轨。

为满足高端品牌鞋的加工需求，华坚与意大利 MOLINA 公司量身定制了适合女鞋加工需求，采用先进的电脑程序控制的前帮机。为控制好针车针边边距及鞋面美观，公司引进了先进的电脑针车，使每双鞋子的针边及拐弯弧度都更美观和谐，同时自动剪线功能也降低了员工的疲劳度，使得员工的自检行为更为热情自觉。同时，华坚鞋业全面引进国内国际制鞋前沿技术、高端人才。

构筑华坚核心竞争力，张华荣不惜斥巨资，大手笔投入。

"无论什么样的企业，无论企业如何去经营，决定其持续发展的关键因素还是人才。"在华坚集团化发展战略中，张华荣把培养打造出华坚的人才队伍放在重要位置。

1999 年 9 月，华坚第一期干训班开学，内部选拔学员 39 人进行为期 6 个月的培训。华坚干训班的开学不仅标志着华坚的人才选拔、培养、任用等理念的创新，也开始了华坚"黄埔军校"的传奇。

核心技术、核心设备的突破，是企业不断走向行业前沿和高端的强大助推器。

基于这样的深刻认识，华坚鞋业开发部、技术部相继成立。这两大部门的成立，为后来华坚集团的迅速成长注入了强大动力。

融入世界经济浪潮，企业家必须了解企业内外的各种因素，对机遇和挑战等都能有一个较好的把握；企业之所以成功，是因为成功的企业家知道如何进行科学的管理。

对此，华坚鞋业在冷静观察国内国际市场的基础上，建立起了联通国内外鞋业领域的信息系统。根据对外部环境和市场变化趋势作出理性的分析，对企业的长远发展目标和现状作出综合判断，制定正确、卓越、适用、有效、富有竞争性的长期发展战略。

著名的公司各有各的不同，但共同的是，每个著名的公司都有一套自己的管理经营理念。

在与"派诺蒙"及东莞一些大型鞋业公司合作的过程中，张华荣对现代企业管理认识的提升，也逐渐促使他开始考虑建立华坚的现代管理体系。这一管理体系从生产管理、质量控制、财务行政到后勤保障，形成了华坚鞋业现代企业管理运营模式的初步整体框架。

…………

从奠定技术核心竞争力、部门构建到打造人才团队，再到管理体系的建设，张华荣在这一次布局华坚鞋业发展的过程中，实际上已为华坚鞋业走向集团化发展之路完成了最基本的设计构建。

文化是企业的灵魂，也是一种独特的生产力。它直接影响着员工的世界观、价值观和行为习惯。一个没有文化的企业是绝无竞争力和生命力的，就犹如无源之水。

在近20年的创业历程中，张华荣对企业文化力量的感知深刻而又真切——企业文化像水，润物无声，它带给企业的是持续发展的动力。

而当张华荣在思考并构建华坚鞋业集团化发展框架的过程中，对于以文化铸企业之魂从而凝心聚力谋发展的思路逐步明晰，华坚鞋业的企业文化体系也随之呈现而出：

企业宗旨：以人为本 服务人类

企业使命：为社会而生存 为行业而努力

企业愿景：建文明小社会 创高效大集团

企业精神：永远向前 永不停步 永继进取 永攀高峰

企业哲学：竞以致强 和以致远

经营理念：做精、做好、做稳、做强、做大、做百年企业

管理理念：高度民主 理性决策 绝对集中 坚决执行

团队精神：诚信 默契 氛围 文化

协作精神：百分百理解 百分百配合 百分百执行

"确立华坚的责任使命，奋力开拓前行，进而去写就一段传奇。"企业文化的元素，从此开始在华坚鞋业的崭新发展历程中注入了强劲的力量。

悄然之间，张华荣已完成了华坚鞋业向集团企业蓝图发展的布局。宏大蓝图呈现，华坚集团开始一步步稳健地向着整个东莞市群雄逐鹿般的鞋业制造竞技场走去，渐渐走向气势磅礴的全面崛起！

第七章
问鼎中国女鞋制造业翘楚

对于一位优秀的企业家而言，在决策和引领企业发展的关键期，总能于行业与市场大势尚不清晰的未知中寻找到企业的发展契机，在很大程度上决定了其企业因不断赢得先机而成长壮大的速度。

对于一位卓越的企业家来说，在运筹帷幄企业迈向跨越式发展的过程中，其间显示出的"决胜于千里之外"的睿智从容，又往往体现于其顺势而为的战略决策之中。

有人说，企业家具备了这两大品格能力，迟早会成就卓尔不群的企业。

纵观以磅礴崛起之势迈入新千年的华坚集团，自2002年开始果断决策并强势推进实施的一系列发展战略，让张华荣淋漓尽致地挥洒和展现出了作为一位卓越企业家的深邃战略眼光、过人胆识和宏大的帷幄决策经营能力。

新千年伊始，当珠三角地区劳动力、土地价格成本提升及企业招工难等不利因素初显端倪时，2002年，张华荣果断决策投资江西赣州，既为了投资回报家乡之愿又为华坚集团实现超常规转移和发展打开广阔天地。

由此，华坚集团成为东莞鞋业中自觉进行"产业转移"的先锋，此后成为中国鞋业界少有的一个成功范本。

与此同时，华坚集团在不断构筑和提升鞋类生产领域以技术、科技为强大支撑力的核心竞争力的基础上，持续纵深推进集团产业链向研发、鞋材、皮革、机械、模具等完善、强大产业链延伸扩展。

2005年前后，在实现集团规模体量与整体实力稳步崛起的基础上，张华荣又决心致力于集团自创品牌的开发与营销，并在华坚集团旗下成立鞋业贸易有限公司，全面实施集团自主鞋业品牌发展战略。

…………

在此后短短数年里，华坚集团已发展成了一家拥有十余家子公司和拥有大量业务，且产业链相对完善的大型企业集团。

至此，人们已然能看到，接下来华坚集团在新世纪初年里的跨越式发展之路，必定是问鼎行业翘楚的超常规崛起之路。

果不其然，一切出人意料而又在人们的预料之中。

2008年，席卷全球的金融风暴之下，整个国内国际鞋业发展渐入寒冬。然而，华坚集团却呈现出令人惊叹的逆势而进的强劲发展态势。

由此，中国制鞋大行业分水岭再度清晰显现。

当新千年悄然走过第一个十年的历程，中国鞋业航母级企业——华坚集团已傲立于中国女鞋制造业翘楚之巅，正稳健朝着多元化、集团化、国际化的航向扬帆起航！

第一节　承载壮阔梦想的红土地

"这是千载一遇的时刻，百年的更迭，千年的交替，都将汇于同一个瞬间。为了欢呼新世纪的太阳照临地球，全世界的人们都在翘首以待……一群难得在故乡转悠的人，有人甚至对那片土地已暌违多时，他们终年的奔波行走，总是在寻找他乡的故事。家乡，成了每个人心灵深处秘不示人的珍藏。"

"我们走近千年之交，走过'我们这 1000 年'。即使在那些最偏僻的山村，我们也能看到，这 1000 年，是'人怎样变成巨人'的一部皇皇巨著。"

…………

迈向新世纪的华坚集团，其发展之势可谓气势磅礴。

当新千年初升的第一缕阳光打在脸上，张华荣的内心百感交集。时光的深切感触之间，回望近 20 年非同寻常的奋斗岁月，从家乡那间作坊式小鞋厂出发，历经风雨坎坷，终于赢得了自己在步入一个崭新千年的全新人生事业开局。

但张华荣心中深知，站在今天的起点上，引领华坚集团为实现蓝图大业的道路任重而道远，一切都将重新而始。

由此，他不敢有丝毫的懈怠，更有一种时不我待的紧迫感。

新千年伊始，对于中国民营经济发展而言，机遇与挑战交织，市场大潮在给民营企业带来更为广阔发展天地的同时，也带来了诸多困难压力。

在珠三角地区，2000 年初显端倪的劳动力和土地价格成本提升、企业招工难等状况，到 2001 年迅速蔓延成为众多企业发展中的一个突出问题。

在东莞整个制鞋行业，这一年，人民币升值、原材料涨价及工人难招，几乎所有的东莞大小鞋企都在声称："今年是制鞋企业最难支撑的一年。"

对于成本的上升，2001 年具体情况主要是这样：这一年，一般工人工资上涨了 10% 至 20%，技术工人甚至上涨了 30%。原材料普涨，包装鞋的纸箱竟暴涨了 50%，鞋底涨了 30%。在这一年里，一双成人鞋成本较前一年至少上涨了 10%。然而，鞋厂承接的业务订单价格，较前一年上涨的幅度却只有 3% 到 5% 左右。

这样的行业状况，令东莞整个制鞋企业尤其是中小型鞋企感受到了巨大压力。面对这样的现状，不少制鞋企业在管理提升、降低成本等方面积极寻求突破。但这方面的潜力空间毕竟有限。

情况到了 2002 年初更为凸显。仅在工人工资这一方面，鞋企工人平均月薪已超过 1000 元，可不少企业仍招不满员工。

就一个大行业的发展规律而言，当整个行业遭遇到发展"寒流"时，往往也是这个大行业的"洗牌期"。

在这场"寒流"中，华坚集团同样承受着巨大的发展压力。然而，凭借强大的企业实力和强劲的发展态势，华坚集团在整个东莞制鞋企业中却逐渐突显出其优势来。

"对寒潮的担心只是随机性干扰，是偶然因素，没有寒潮'用工荒'同样会出现。"

"原材料上涨，企业订单利润下降，导致企业经济收益不高、吸引力不足才是务工人员提前返乡的根本原因。"

"企业工资没有高到可以抵消工人买不到票的担心。越是产业链低端企业、劳动密集型企业，'用工荒'情况越严重。"

…………

对于逐年趋于严重的劳动力、原材料、土地等成本上升和"用工荒"问题，在整个东莞制鞋行业引起的反响越来越关切，几乎所有的制鞋企业都在思考、努力并积极应对。

其时的行业同仁，站在坚定信心的角度，更多的是从行业发展周期来看待这一场"寒流"并采取应对措施。比如，加大自动化设备投入、优化工艺流程是企业应对劳动力短缺和工资上涨的首选对策。

然而，张华荣的思考视野，却立足本行业而又环视各个行业渐向国内国际经济发展大势，以及国家相关政策层面。

"年底招工难现象已成为常态，而且还在向年初、年中各个时段'蔓延'。"张华荣同样坚信，这场"寒冬"终会退去。但他又深刻意识到，人力资源和土地成本上升，在中国经济逐渐步入发展快车道的过程中，这对劳动密集型企业来说将是一种必然趋势，更是一种长期的挑战。

张华荣的思考和研判主要是：

珠三角地区在很多方面仿佛是全国经济发展的一个缩影，无论是突显拉动全国经济的引擎，抑或是反映转向可持续发展所出现的挑战，其中最核心的难题是劳动力短缺、工资持续上涨和土地成本上升。

社保资金缴纳、正酝酿出台实施的《劳动合同法》，从政策层面上，可以预见未来企业劳动力成本上升不仅是制鞋行业，也是所有企业的一种必然趋势。

劳动力成本，主要由生产效率不断提高和产品生产工艺愈发复杂等因素所致。这一转变反映出我国在应对向价值链上游移动、解决过剩产能、遵循更加严格的环保标准以及由劳动密集型转向科技密集型增长模式等挑战时仍具备巨大的潜力。同时，随着沿海产业向内陆地区转移和推进，全国经济的纵深活力凸显，劳动力也将不再是单向地流动，"逆流动"的队伍正在逐步壮大。事实上，在珠三角等经济发达地区出现的企业招工难问题，一定程度上也是中西部地区与东南沿海"民工争夺战"的结果。

企业的经营利润要从技术、质量和管理中来，而不是靠廉价劳动力，更不能靠克扣劳动者工资、社会保险等福利待遇来获得。企业要适应产业结构调整形势，加快技术创新和产品升级换代，这才是企业可持续发展的正确方向。

如果一个经济体能从微观层面有力地推动适当的行为改变，劳动力短缺和工资上涨压力未尝不是好事。愿意扩大投入提高资本结构和竞争力的企业，总是能够获益于新机遇。

正是站在这样的视角，张华荣又一次看到了机遇！

这一机遇就是，将企业的一部分生产制造基地外迁，有计划地实施华坚集团生产中心的梯度转移。

实事求是而言，在东莞制鞋业企业中，已经有一部分企业家看到了并在思考这一问题。但张华荣是最早付诸行动的企业家之一。

在其时的东莞，对于计划外迁以降低成本的企业而言，越南和柬埔寨是首选，其次分别为印尼、孟加拉国和斯里兰卡。考虑外迁的企业主要是低端制造企业，如制鞋、纺织及制衣等行业企业。对于青睐向中国内地迁移的企业来说，广东周边省份，如湖南和广西，是首选目的地。

在国家战略层面，从区域协调发展的战略高度，此时也正布局东南沿海经济发达地区产业向内地的梯度转移。

张华荣对于华坚集团实施生产制造基地转移的思考，适时顺势。

此时的华坚集团，在国内制鞋业界已享有广泛声誉。当华坚集团实施生产制造基地转移的消息传出后，山东、河南、湖南及湖北等地纷纷伸出橄榄枝，邀请华坚集团前往考察。

然而，张华荣选择的目光最终落在了江西赣州市。

产业转移是经济发展的客观趋势，是影响产业结构调整的重要因素，对于承接地来说，则是推动其经济快速发展的重要途径。2001 年，在江西省委、省政府确立以加快工业化为核心、以大开放为主战略的发展思路下，全省正鼓动着一股强烈的改革开放之风、加快发展之潮。赣州市积极创新体制机制，加大招商力度，打造中部最佳投资城市。按照"统一政策、统一规划、统一定位、统一招商、错位发展"的思路，正全面推进工业园建设。

在张华荣眼里，赣州毗邻广东，可以迅速融入东莞制鞋业中心配套圈。赣州又是客家人的聚居区，民风淳朴，有利于培养一支高素质的员工队伍。同时赣州各级领导深受沿海地区改革开放意识的影响，相对其他中西部地区得风气之先。而且，赣州毗邻闽粤，有半数以上的县（市）与闽粤山水相连，在承接沿海产业梯度转移上有着得天独厚的优势。综合分析，在所有的优势中，赣州的劳动力和土地等成本优势也最为明显。

从深厚的乡情角度而言，投资赣州，也是张华荣发自内心深情的选择："我是江西人，赣州是革命老区，能为家乡和老区的发展尽一分心，出一点力，是我最大的心愿。这就是我义无反顾选择赣州的原因。"

2002 年 1 月 20 日，金色的阳光洒在广袤的赣南大地上，仿佛山山水水都发出幸福的欢笑。这一天，赣州华坚国际鞋城投资签约典礼在赣南宾馆隆重举行。

在投资签约典礼上，华坚集团投资家乡赣州的宏大蓝图计划呈现在人们面前——总投资 9 亿元人民币，规划用地 3000 亩，劳动用工 60000 人，打造世界一流工业城即赣州华坚国际鞋城。

张华荣的目标，是要把赣州华坚国际鞋城真正建设成为全世界最大、最好的鞋业制造中心。

对于这一投资项目，赣州市政府十分重视，各相关部门均派出代表参加，市领导莅临大会致辞，对华坚到赣州投资表示热烈欢迎，对华坚在赣州的发展寄予殷切期望，赣州市政府和 800 万赣州人民将全力支持华坚，就像当年支持红军那样，做华坚的坚强后盾。

2002 年 6 月，赣州华坚国际鞋城一期项目如期开工建设。

2005 年，总投资 3.4 亿元人民币、占地 600 亩的赣州华坚国际鞋城的一期项目工程如期建成。建筑面积 17 万平方米，在职员工 1 万余人，全部生产派诺蒙公司的订单。

同年 4 月 16 日，一期工程一次性试生产成功，赣州华坚国际鞋城正式投入运营。

2005 年底，赣州华坚国际鞋城二期工程正式开工，总投资 3.5 亿元人民币。引入西尔斯、克拉克等著名国际贸易公司，建设 40 条制鞋生产线及配套的蓝皮加工厂，劳动用工可达 2 万人。

赣州华坚国际鞋城坚持"品质至上、客户至上、精益求精、永续经营"的经营方针，视质量为企业的生命，锲而不舍地提升产品质量，以一流的品质赢得了客户和市场。到 2008 年前后，赣州华坚国际鞋城已拥有生产、加工、开发、鞋材、皮革、机械、模具等一系列完善的产业链，生产各式密鞋、凉鞋、马靴 100 多个品种、1000 多个款式，产品主要出口美国等发达国家。

倾力打造的赣州华坚国际鞋城，使得华坚集团拥有了实力强大的生产制造中心基地。这一强大优势，随即使得"派诺蒙""利威"等著名国际贸易公司与华坚集团的伙伴关系更为牢固，一大批新的国际贸易公司也纷纷看好华坚集团，并签订长期友好的业务合作。

投资赣州华坚国际鞋城，不仅是华坚集团产业的结构调整，更是由一地经营转变为多地经营，形成一体双翼，互联互动，率先在行业内由沿海地区向内陆省份实现产业梯度转移的战略转变。

由此，华坚集团成为东莞鞋业中自觉进行"产业转移"的先锋，此后成为中国鞋业界少有的一个成功范本。

与此同时，华坚集团在不断构筑和提升鞋类生产领域以技术、科技为强大支撑力的核心竞争力的基础上，持续纵深推进集团产业链向研发、鞋材、皮革、机械、模具等完善、强大产业链延伸扩展。

赣州华坚国际鞋城，堪称是赣州市招商引资企业中的璀璨明珠，并成为江西省和赣州市的重点龙头企业。同时，还被国家评价为产业梯度转移最成功的案例。

　　数年之后，人们惊叹地发现，投资赣州华坚国际鞋城的成功，为华坚创造了一个美好的发展前景，为赣州这块热土增添了蓬勃的生机和活力。也为张华荣鞋业王国打造了一个坚实的基础。

　　江西赣南这方深情的红土地，就这样与张华荣渐行阔大的梦想紧紧相连！

第二节　开启自主品牌打造之路

　　所谓"洞察规则，善领先机"。只有事先认清了经济形势，才能在经济形势严峻的情况下，立于不败之地。

　　顺应经济与行业发展大势，张华荣在新千年之初对华坚集团生产基地实施转移的布局，成为华坚集团在行业企业中异军突起的新起点。

　　然而，在这一过程中，张华荣又逐渐产生了另一个未雨绸缪的规划部署——打造华坚自主品牌。

　　这一想法，源自于张华荣对以外贸订单为主业务鞋企长远发展的现实深思：代工不具有产业独立性，属于依附型产业。

　　伴随着中国经济的转型，人工成本不断上涨，避税之门逐年收紧，为了生存而相互争夺订单早已不是新鲜事。产品利润越削越薄，外贸风险越来越高。

　　靠低端产品赚取微薄利润不是长久之计。

　　做鞋，无非分几个层次：一个是做订单，简单说就是把鞋子做好，赚辛苦钱；第二就是创建真正的品牌，树立自己的品牌文化，实现走出去。

更大的层面,则是制定标准。举例来讲,像美国的NIKE,就做到了一种标准。

对于国内这些企业来讲,应该还在拓展品牌的层次。但是如果不创品牌,永远也没有机会树立标准。

不少代工企业创立自主品牌在国内市场上有不少的斩获,安踏、特步、匹克、鸿星尔克等福建休闲品牌已经在国内消费市场获得了自己的一席之地。

从长远来看,代工企业可利用他们现有的专业制造能力和技术转化能力,眼光向内也向外,走品牌创新之路,进入国内和海外两个消费市场,创建知名品牌和百年品牌。

代工与自主品牌不存在孰优孰劣之分,就好比专业化和多元化无高下之分一样。

…………

1995年,江西华坚鞋业有限公司几乎在一夜之间失去了生存之源,这对张华荣内心产生的震撼刻骨铭心。虽然时隔十年,但张华荣从来未曾忘记这一薄弱点对外贸鞋企发展的隐忧。

如今,随着华坚集团外贸业务份额已渐居行业前列地位,张华荣倍感振奋的同时又生发出更为紧迫的焦虑感。

"在形成规模实力、技术产能优势稳立行业、崛起于行业的同时,我们还要从创立自主品牌的层面去减少对于代工业务的依赖程度。"张华荣认为,代工业务的扩大和自主品牌的创业,既是华坚集团稳健崛起的必由之路,也是抵御未来发展风险的路径。

在这样的思路下,张华荣将华坚二个产业基地职能作了划分:在东莞方面做高档产品、竞争力强的订单,而在赣州主要是做大订单、低单价的产品,弥补开发和接订单的弱项;东莞主要是业务、采购、开发、研发,而赣州主要是生产,双方互补。

2004年,面对日益复杂的产业形势,华坚集团果断调整市场战略,即由单一的国际品牌代工转为品牌代工与自主品牌相结合，单一依赖国际市场转为国际国内市场并重。

由此，拉开了华坚集团在优化市场和产品结构、全面实行产业升级的同时开创自主品牌之路。

"一方面通过鼓励、引导、扶持企业争创名牌，培育一批综合竞争力较强的龙头企业，力图打造一批在全国甚至国际上有一定影响力的知名品牌；另一方面，培育'东莞制造'的区域品牌，并逐渐成为省产业集群升级示范区。"特别值得一提的是，新千年之初，华坚创立自有品牌的开启之路，与东莞市由"制造重镇"向"品牌名镇"转变的区域制造品牌战略几乎同步而行。

在倾力建设华坚集团赣州生产基地的同时，张华荣又悄然开始了对集团转型升级和自主品牌打造的布局。

——打造完善的产业链。由单纯的成品鞋制造，向研发、鞋材、皮革、机械、模具、加工、生产等完善的产业链一体化转型，不仅可以减少中间环节，降低生产成本，还能够缩短周转期，提高生产效率，形成多元化、集团化、国际化发展格局。

——加大研发力度，由OEM向ODM转型。华坚先后成立7个研发团队，研发人员3000余人，并直接从意大利、西班牙、巴西等传统制鞋强国聘请设计师加盟研发团队，每年研发费用达3800万元人民币。

——开创科技创新，助力发展格局。与清华大学工业工程系合作建立清华华坚工业工程研究所，引入丰田式精益生产管理模式。与瑞士联邦技术与创新委员会及瑞士南方科技应用大学联手，通过对超过10万人的脚型扫描，建立产品个性化定制服务的世界行业标准（百码标准），抢占该领域制高点。

——建立鞋业高端平台。着手建立集材料研发、技术创新、产品研发、品牌孵化、国际贸易、物流配送、商务服务、人才培训、信息发布为一体的大平台，为全球鞋业新材料应用、新技术研究、新产品发布、新工艺培训提供全方位服务，通过建立"为第二产业服务的第三产业集群"，在东莞打造一个承接国际产业转移和国内产业升级的基地平台，并最终实现中国由"世界制鞋大国"向"世界鞋业中心"的地位升级。

沟通世界鞋产业经济智慧，努力探索转型升级之路。

如果说自2002年开始华坚集团的规模实力崛起的中心主要在江西赣州，那么，其核心竞争力崛起的中心就在东莞。

2006年8月，华坚与台湾宝成集团合作成立中国最大鞋业研发中心——华宝研发中心，每年把营业额的3%做研发经费，以每位10万至15万欧元的年薪聘请30多名来自意大利、西班牙、巴西等国的设计师，建立了2800人的设计研发团队，技术研发精细到人的脚型，甚至与国外机构合作重新设定女鞋的"百码标准"，做起了行业标准的制定者。

脚是人体的一个重要组成部分，承受着人体的重量和劳动或运动产生的负荷。

脚型规律反映出不同民族、地区人群的固有特征及基本身体素质，也是一个国家、民族的人体标准数值中重要组成部分。据统计，在患脚疾的人群中除了五分之一属于先天性外，其余五分之四属于穿鞋不当而造成。

不同地区的人，脚型是不一样的，甚至每个人的左右脚脚型也是不一样的，现有女鞋码数分级无法解决因人的双脚不对称造成的差异需求。在全国各地大小制鞋厂中，现行的鞋楦和鞋号标准，甚至依然还是以30多年前的脚型测量数据为依据的。

国家级社会公益研究项目——《中国人群脚型规律的研究》华东地区脚型数据采集，首次成为中国人群脚型数据库中的数据，意在促使传统制鞋业逐步与现代科技接轨、融合。

然而，由于数据采集、分类、统计等种种局限，与建立精确的"脚型数据库"还存在一定差距。

"我们要做出最好的鞋子，那就必须要建立科学精准的'脚型数据库'。"张华荣认为，这是当前华坚女鞋品质提升中很关键的一个环节。

"目前，世界制鞋业界还没有建立脚型数据库的机构，这项工作最好交由一个研究机构去做。"华坚研发部刚成立不久，部门研发人员提出这样的考虑是经过了深思熟虑的。

然而，张华荣却并不这样看问题，在公司研发方向和能力的问题上，他有着自己独特的观点，甚至很多观点还十分固执，不肯做哪怕是折中式的变通。

"正是因为这样，我们华坚的研发部门反而要走在这方面的前列，否则，我们华坚的研发何以占据超前性，何以具有超越性？"在针对公司研发能力的一次专门会议上，张华荣提出了这一尖锐的问题。

"还有一个很关键的问题，就是经费投入比较大。"研发部门负责人认为，鉴于公司目前实力并不是太强的现实，十分有必要提出这个现实的问题。

"总体需要多少费用？"张华荣问道。

"一千万左右。"研发技术主管将预算费用如实相告。

"这么大的一笔费用！"技术主管的话甫一出口，与会者中立即就传出惊讶之声。

随后，对于研发费用投入的议题，参会的华坚集团高管层各执己见。其中主要是对于费用投入多少的问题，意见一时难以统一。

…………

最后，这个问题的定夺摆在了张华荣面前。

"可以，研发费用的投入和保障是十分必要的，而且也是有价值的，没有强大的研发力度，我们难以保证走在行业前列！"张华荣力排众议，当场拍板，同意这项研发费用的投入。

有了研发费用的保障，华坚集团的研发人才、技术快速聚集，整体研发实力日渐强大。

在东莞各制鞋厂，华坚集团投资上千万元建立的"脚型数据库"，重新进行了女鞋"百码标准"的设定，而这个标准已经成了行业的标准。

依托强大的研发实力，2007年，华坚集团又进行了新的产业结构升级。其中，规划投资6亿元打造的世界鞋业（亚洲）总部基地，从材料、产品研发到品牌孵化、物流配送和商务服务，力求使集团转型成为一家综合性企业，形成集研发、贸易、制造、物流配送、总部基地等于一体的完整产业链。

此番谋局，华坚集团在代工业务上一改以往"客户设计，被动加工"的生产局面。有一部分代加工业务，经客户授权，开始由华坚集团参与或自主研发，供客户选择。

更令人欣喜的是，一部分华坚集团业务合作伙伴开始将产品研发转向华坚集团。华坚集团与合作伙伴在业务合作中的这种新型关系，在东莞制鞋行业首开新格局。

而在研发开创自主品牌上，华坚集团采取的两条路径在几年后均成效颇丰，品牌知名度和美誉度得以不断提升。

其一，投资4000万元，通过收购品牌，华坚集团先后成功引进了成龙、阿兰德隆、卡佛儿等品牌。其二，经过自主研发创立了"COLCO"品牌，迈出了华坚自己的品牌创新之路。

2006年，华坚集团成立东莞欧登堡实业有限公司，实现企业自主品牌的研发与销售，规划力争用三至五年的时间，自主品牌的销售额达到公司国际品牌的加工总额，实现国内外市场均衡发展。

也是从这一年起，华坚集团率先在鞋业界导入连锁专卖特许经营制，在北京、上海、沈阳、广州等全国主要城市开设专店、专柜200多家，并计划在国内开办3000家自主品牌专卖店。

第三节　金融风暴中的稳健崛起

企业对于发展战略的适时而变、创新求变，在短时间里是为市场与行业环境变化推动的被动之举，而当这种适时而变与创新求变所蓄积的优势在某一重要阶段凸显而出时，往往成为企业异军突起的强大助推力量。

时间行进到了2008年。

至今，这仍是一个令众多制造行业和企业难以忘记的年份。

这一年年初席卷而来的金融风暴，首先是在中国东南沿海经济发达地区渐而蔓延至全国各地，对各个行业尤其是制造业所产生的震荡前所未有。

让我们把目光拉回到2008年的广东东莞。

"所有制造业老板都经历了2008年前后从辉煌到没落的转折。'东莞塞车，全球缺货'的往昔繁华一去不复返。"

在对2008年金融危机席卷之下东莞制造业的回顾中，一篇媒体报道文章的开篇这样写道。接下去，报道中这样做了具体描述：

> "昔日繁荣的市镇工业区，现在已是一派破败景象。无论是常平镇的木伦工业区、大朗镇的大井头工业区，还是寮步镇的万荣工业区，都随处可见'厂房急租'的广告，一处空置厂房的院子里堆满了桌椅板凳废弃物，拨打它的招租电话时，村主任一听有买主上门，便说价格好商量。"

> "对于出口企业来说，还要承受人民币对美元的升值损失，从2007年1月人民币对美元汇率中间价为7.8，到2008年1月突破7关口，而目前已经到6.1附近。8年期间，升值幅度达到30%。"

> "几个工厂客户接连跑路倒闭，应收款收不回来，而剩余客户对价格一压再压。"

> "2008年10月，发展了13年的东莞最大玩具代工厂——合俊玩

具厂倒闭之后，经济危机的余威扩散数年。"

"出口加工企业也面临同样的问题，订单不足，很多企业因支付不起厂租直接关闭工厂，或转作贸易公司，有了订单就转给其他工厂代工。"

"11月1日，长安镇最大的台资皮鞋加工厂韦旭鞋业"走佬"，再次轰动东莞鞋业。

"根据亚洲鞋业协会调查的结果，自从2008年金融危机爆发以来，随着中国制造成本节节攀升，目前东南亚鞋业已抢走中国30%的订单。

…………

金融危机风暴袭来，令整个东莞制造业措手不及。

再看高歌猛进下的东莞制鞋业，在这一年之中，与其他制造业行业一样，同样遭遇到了罕见"寒流"，鞋厂倒闭潮令人惊愕。

"倒闭潮"并非空穴来风。广东海关的统计显示，2008年上半年，珠三角有出口业绩的鞋类企业比2007年同期减少2426家，倒闭了近一半。而根据亚洲鞋业协会的数据，在2008年9月金融危机升级之后，以采购量计，2008年10月到2009年1月，亚洲制鞋行业订单采购规模缩减15%，以此计算，制鞋产业从业人数预期将减少25%，倒下的鞋厂产量约占全行业总产量的30%。

2009年初，东莞制鞋业界人士"不得不"深刻意识到，整个东莞制鞋业急剧下滑的变迁趋势已不可逆转。

然而，正是在这样的背景下，2009年2月6日，由广东主流媒体《南都周刊》刊发并在随后迅速被搜狐网、新浪网、《中国经济周刊》《21世纪经济报道》等国内知名网站和报刊转载的一篇报道——《冷行业中的暖企业——华坚集团》，在东莞制鞋业乃至全国制造业中引起了强烈关注。

"（2009年）过完春节，又到了工人返厂上班的时候。在产业工人集聚的东莞华坚集团，二十多摄氏度的岭南让他们远离了冬天的寒意。同样感受到暖冬的还有张华荣，一个被称为'中国女鞋教父'的东莞制鞋企业老板。"

　　"几个月前，就在张华荣的企业忙着庆祝十二周年庆典时，东莞的外贸导向型产业正处在一片'倒闭潮'的风声鹤唳之中。"

　　…………

　　这篇媒体报道中关于金融危机风暴下华坚集团的发展情况，与制鞋行业及各大行业企业的状况，呈现出巨大的反差。

　　这是一种怎样的巨大反差？

　　"十多年前，一单30万双的订单曾让华坚起死回生。而如今，新增订单中最大的一单就达到了这个数字。"

　　这就是华坚集团呈现出的与东莞制鞋业普遍状况的巨大反差——在金融危机的风暴中，外贸订单总量大幅度缩减，东莞制鞋企业普遍因订单业务急剧下降而纷纷裁员或是陷入倒闭的境况。然而华坚集团却呈现出订单业务量稳步攀升、生产一派繁忙的景象！

　　犹如寒冬一片萧瑟里傲立枝头绽放的红梅，华坚集团在整个东莞乃至全国制鞋行业中显得那样突出，随即引起的业界强烈关注也自然而然。

　　2008年金融危机侵袭全球。英国女王伊丽莎白二世在一次经济论坛上面对苏格兰银行将要倒闭的困局，对英国的皇家科学院和很多学者、经济学家发出一个质问："为什么这么多的经济学家、学者，没有人能提前预测到金融危机对英国的影响，金融危机的到来？"对此，现场的众人面面相觑，无言作答。

　　但是，作为英国女王的伊丽莎白二世，可能没有想到，远在中国东莞，制鞋行业中已有人早在金融危机爆发的前两年，也就是2006年，已经预测了这次金融危机的到来。

"一个传统的制鞋企业，能在经济危机中站稳脚跟并能独立鳌头，关键在于掌舵人张华荣对经济形势的准确预见。"2008年，当席卷全球的金融风暴蔓延而来，华坚鞋业却呈现出逆势飘红的发展势头时，东莞制鞋业界中有人这样感叹。

这样的感叹，是针对2006年张华荣关于欧盟向中国制鞋业举起反倾销大棒时，由此分析推测全球经济发展趋势的观点。

2006年10月，欧盟向中国出口皮鞋征收最高税率为16.5%的反倾销税。

进入2007年下半年，鞋业渐呈疲态。人民币持续升值、加工贸易政策频频调整、出口退税下调、《劳动合同法》通过，鞋业面临了前所未有的密集压力。

2007年10月24日，一个爆炸性消息让东莞鞋业界震惊了：1989年就来到东莞的台资常登鞋厂突然宣布结束经营，以4000万的代价遣散了全部员工。至今，许多鞋业界人士提起常登鞋厂赶在《劳动合同法》实施前匆忙结业，认为是东莞鞋业界的标志性事件。在接踵而至的压力下，东莞鞋业已不堪重负，他们在期待着2008年的改变。

整个东莞鞋业制造业都处在激进的洪流中，几乎没人察觉出这场变化中所蕴含的危险和随之而来的产业格局重新大洗牌。

东莞鞋业制造全行业太自信了，但是，它确实有着太多自信的理由。

然而，一叶知秋。张华荣却从中敏感地察觉到了一场大风暴来临前的异常。

"国际金融危机已现端倪，出于对本国企业的变相保护，欧盟极有可能对外举起反倾销大棒，而一旦反倾销出现蔓延，将不排除美国也将对华举起反倾销大旗。万一国际鞋帽服饰市场出现这种状况，我们那时再另寻他法、新辟市场，恐为时已晚、良策难施。"

张华荣此语一出，在整个东莞制鞋行业里引起强烈反响。

而在华坚集团，在一种前所未有的紧张气氛中，一场酝酿事关华坚能否抵御住即将袭来的国际金融危机寒流的对策，成为华坚最高决策层的当务之急。

也就是从 2007 年开始，华坚开始将重心从贴牌加工转移到自创品牌，并启动了电子商务，以这种方式进入零售终端，消费者可上网购买华坚生产的鞋。

"在贸易保护主义日益盛行的环境下，我们时刻都不能忘记，只有提高技术附加值和品牌附加值，才能使价格定得更高，在国际市场上才能拥有更大的话语权"，张华荣同时强调华坚集团在东莞基地的转型升级。

不能说这就是张华荣在金融危机来临前的准确预测，但敏锐的分析和果断地决策，却不得不令人叹服！

因而，当 2008 年金融风暴席卷而来，华坚集团已在应对措施上先人一步！

进入到 2009 年，金融危机风暴对东莞整个制造业引发的震荡更为深切。鞋企纷纷自救，却依然阻挡不住强劲寒潮的侵袭。

鞋厂倒闭的速度快于订单减少的速度，订单还在，鞋厂却突然消失，这让不少已下单的国外客户措手不及，造成的损失也影响到其他海外买家的决策。

出于对供应链安全的担心，许多客户开始将剩下的订单向符合"产能大、信誉好"条件的生产商转移。

华坚集团正是这样的供货商。

2009 年，华坚集团的年产能已达 1600 万双鞋，一举崛起成为国内最大的女鞋制造厂商，为世界 50 强鞋商中的 30 多家同时做品牌鞋业生产代工。

我们来看广州海关公布的 2008 年东莞鞋业的一组数据：2008 年，出口鞋类产品 16.3 亿双，较 2007 年同期下降 15.8%。

也就是说，华坚集团在 2008 年的产量，已占据了整个东莞鞋业外贸订单的十分之一。

外贸业务订单向华坚集团聚集，自 2009 年下半年开始越来越明显。以至于华坚集团不得不限制承接订单。

"首先是让自己成为行业内财务状况最安全、资金状况最良好的企业之一。其次，尽可能抓住市场变化带来的机会，最大限度地提升产能。第三，最大限度地提升自己的专业能力，以便在市场回暖后体现这一能力上的优势。"

事实上，在 2009 年上半年，华坚集团不得不开始挑选订单，将单家客户的订单采购量限制在集团总产能的 30% 以内。因为，外贸订单的急剧攀升，开始让华坚集团感受到了产能极限的很大压力。在对每一笔业务订单高度负责任的前提下，不得不对每承接的一笔新订单持谨慎的态度。

金融危机下，华坚集团所承受的这种压力和在承接业务订单中所采取的举措，却让行业同仁羡慕不已，也感到不可思议。

一切全部如张华荣原先构想的那样：华坚集团的大批量低价鞋订单全部转移到赣州生产，东莞总部则专门从事小订单的高附加值鞋品的生产及采购、研发、贸易等环节。

从广东东莞到江西赣州，华坚集团的两大生产基地全力以赴。

虽然鞋产业在赣州的整个生产配套还不完善，原材料主要靠在东莞采购，但依靠粤赣高速公路，货物运输在一天内就可以完成。而赣州工人月平均工资比东莞低 300 元，水电成本也低不少，光电费就可以抵消内迁所增加的物流成本。

产业转移降低了成本，但华坚的动作并不限于此。

在张华荣的思路里，第一步将低附加值部分转移，高附加值即高科技部分紧抓不放，搭建"东莞设计，内地生产"的新布局；第二步从制造环节往产业链中高利润的研发、物流以及销售等环节延伸，通过掌控产业链实现持续成长。

凭借这样的优势，华坚集团的成本优势得以鲜明显现。而这一优势，在金融危机中，就成了企业强大的竞争力之一。

2008年，整个东莞鞋业企业出口均价上升到3美元/双，增长29.6%。数千家小鞋厂一年的鞋产量可以达到6亿多双，但平均每双鞋的利润不会超过2元钱，完全依靠低劳动力成本和加班加点争取订单，根本无力应对国际市场的风吹草动。

而在华坚集团，产业链的整合让公司在包装、运费、业务费、沟通等环节都节省了很多成本，即使在整体产销环境不好的情况下，华坚的利润依然比同行高出2~3个百分点。

完整的产业链成为华坚集团增加利润、抵御风险的"法宝"。

在产能、成本及技术等一系列方面汇聚成强大竞争力的华坚集团，显然拥有了业务订单价格上的话语权。然而，张华荣却对定价有很清晰的范围，即华坚集团的订单只维持5%~10%的利润率。

这样不高不低的利润率，既保持了华坚集团长期的竞争力，又赢得了业务合作方一致的高度赞誉。

大产能制造基地的成功梯度转移，对东莞基地中心职能的全新规划布局，让华坚集团在2008年这场金融危机中拥有了核心竞争力。但张华荣没有停止让华坚集团顺势而进的步伐。

"金融危机之下，企业的转型升级已势在必行！" 2008年7月，华坚集团召开"新八化"（组织结构扁平化、责权利益统一化、文明管理人性化、科学管理信息化、开源节流科学化、生产流程精益化、工艺技术标准化、职能专业服务化）实施纲要动员大会，又在集团管理上启动全面升级战略。

管理全面升级带来的同样是可观的效益。

仅以鞋底生产管理环节为例。通过对不合理流程的调整、合并、重组、简化，整套中底制作流程时间从几个小时缩短到45分钟；通过对员工放料方式进行改善，人均时产能由原来的 9.8 双提高到 13.8 双。

金融危机非但没有成为阻滞华坚集团发展甚至倒退的拐点，反而赢得了重大的发展新机遇。

由此，在金融危机风暴又一轮的行业洗牌过程中，华坚集团实现了令人惊叹的超常规发展。

而这一轮的逆势强劲超常规发展，对于华坚集团真正奠定自己在行业中的领军企业地位，无疑具有非同一般的重大意义。

第四节　成就中国女鞋制造翘楚

云晴鸥更舞，风逆雁亦行。

每一次的金融危机在淘汰一些企业的同时，往往也能够给那些有远见、有准备的企业带来更大的发展空间和机遇。

而华坚集团就是在这样的大背景大环境下，发展出更大的空间。

众所周知，改革开放进程中，东莞依靠外资发展外源型经济，成就举世瞩目，成就了著名的东莞模式。同时，东莞的外源型经济主体是成本导向型的，集中于加工制造，呈现研发和销售两头在外的特征，企业的植根性、抵御风险能力普遍偏低。长期依靠外资的经济发展模式，使得东莞植根性强的本土民营经济发展不充足。有鉴于此，紧扣产业结构调整升级的目标，东莞围绕市场做文章，通过着力发展民营经济、开拓内销市场、培育自主品牌"三管齐下"的措施，推进产业本土化，提高经济发展质量和抗风险能力。

因而，当 2008 年金融风暴席卷而来，对外贸易依存度高达 240% 的东莞，也就成为全国最早经受危机冲击的城市，也是受危机冲击最大的城市，成为风暴眼中的焦点。

"华坚集团逆势而上，在危机中表现得更加坚强，更有信心迎接挑战。这一企业案例，具有深入研究和借鉴的价值！"

全国各大媒体纷纷聚焦华坚集团，也希冀将华坚集团的经验全面总结和分析，推向外界。如此，不但给予众多陷入金融危机困境的企业以信心，更为它们提供奋力走出困境的经验范本。

由此，在经济寒冬中，关于华坚集团的各种媒体报道如此引人瞩目。

更为重要的是，华坚集团的经验给同行业带来的不仅有深刻的启示，也有逆势前行的信心与力量！

在金融风暴中逆势而进的华坚集团，引起了广东省委、省政府和东莞市委、市政府的高度重视，广东省和东莞市有关领导深入华坚集团调研，对华坚集团自 2002 年以来一系列战略创新求变开创出的格局，给予高度赞誉。

更让张华荣没有想到的是，华坚集团的发展情况，得到了党和国家领导人的充分肯定和深情鼓励。

2008 年 7 月 19 日，时任中共中央政治局常委、国务院总理的温家宝同志在东莞市华坚集团华宝鞋业有限公司视察调研。当听完张华荣关于华坚集团的情况汇报后，温家宝同志对华坚集团给予充分肯定，并指出这也是为目前中国制造业如何摆脱困境、走出低谷、突出重围指出的努力方向。温家宝同志说，发展、转型、升级这是'六字真言'，发展是硬道理，升级是核心，转型是调整结构。六个字反映了企业所走过的道路，是从实践中总结出来的经验，把压力变成动力，把困难变成机遇，就要靠这六个字。

…………

华坚集团是典型的劳动力密集型企业、出口外向型民营企业。但是，面对金融危机的来袭，该企业逆流而上，冲破难关，最终成为受益者。华坚集团引起的广泛社会关注，作为中国制鞋业一个成功的样本，开始受到业界的推许。

2009 年，全国制造业界以"全国重点网络媒体广东行"为契机，编辑《金融危机之后国内企业创新案例大全》，以深度推动各大制造业企业实施转型升级战略。东莞华坚集团以产业升级应对金融危机、逆势崛起的案例，被编入其中的"企业创新案例之五"。

在《金融危机之后国内企业创新案例大全》这本书中，专家认为，华坚集团这一案例范本，为助推全国制造业企业尤其是鞋类制造企业转型升级的发展探索方向，提供了宝贵的借鉴和启示。

…………

显然，随着华坚集团在金融危机中不断稳健崛起，其行业领军企业的地位也磅礴而起。

2007 年，张华荣入选《亚洲鞋业》杂志"亚洲鞋业风云人物"。

2009 年，华坚集团被东莞市人民政府评选为"外资企业升级转型企业"。

2009 年 4 月 28 日，张华荣荣获"全国五一劳动奖章"，并出席了在北京人民大会堂举行的表彰大会。

历经 20 年的艰苦创业，锲而不舍、砥砺前行，张华荣终于成就了拥有 2 万多名员工、10 余家工厂，集研发、贸易、皮革制造、鞋材制造、鞋机配套、成品加工、自主品牌、物流配送，以及电子商务等为一体的声名显赫的鞋业王国。

到 2009 年，华坚集团女鞋生产产量高居中国制鞋企业之首，业务合作方几乎包括所有世界著名女鞋品牌。

由此，华坚集团成为中国女鞋制造业名副其实的翘楚，而张华荣也被业内推崇为"中国女鞋教父"。

第八章

打造"世界鞋业硅谷"

在竞技赛场上，高水平赛手总是善于在弯道实现超越，领跑对手。其中的关键就是要看清路况、稳打方向盘、加踩油门。

经过新千年第一个十年的快速发展，尤其是金融危机中的逆势崛起，华坚集团以稳健壮大的强劲姿态，已立于行业之巅，其在女鞋行业的翘楚地位已得到公认。

与此同时，对世界鞋业纵横发展大势的深刻洞悉，也让张华荣渐入行业高端，而高瞻的眼光，又让他对国际国内鞋业发展走势更为清晰和了如指掌。

站在这样的高起点，华坚集团未来发展蓝图如何规划制定？整个东莞制鞋业将朝着怎样的大方向行进？

2010年前后，张华荣开始深入思索这一问题。

更为可贵的是，行业领军者的强烈责任感，促使他不但站在华坚集团的视角，更站在整个东莞鞋业融入世界鞋业发展平台的视野，再次纵横谋划未来格局。

后来的事实证明，这一次对于未来华坚集团发展之路的思考规划，无疑是张华荣事业历程中的又一个重要分水岭。因为，他已开始将华坚集团自身的未来发展置于整个世界鞋业这一宏大背景之下，并在这样的视野下谋求华坚集团与中国鞋业发展在世界鞋业领域中的未来高度。

张华荣已深刻认识到，劳动力资源成本上涨、原材料价格上涨、土地资源昂贵、劳动力资源稀缺、国际贸易壁垒……几年里，这些因素如洪水一般，冲击、侵蚀着中国制鞋业原本坚固的堤坝，"中国鞋业制造"告急！而要改变这种状况并让中国鞋业制造立于世界鞋业之巅，就必须打造中国鞋业的统一大平台。

于是，一个宏大的项目蓝图在张华荣的思索中清晰地呈现出来——建设一个超大规模的世界鞋业总部基地。

这一宏大项目最终被定名为"世界鞋业（亚洲）总部基地"。以这一大平台，从规划、产品、配套、硬件，到运营、管理、物流等全面升级鞋业传统市场，通过"一站式"采购，整合鞋业资源与行业配套，着力改变中国和世界鞋业商贸布局散乱的现状。

经过数年大手笔的打造，张华荣的梦想渐渐照进现实。

"世界鞋业（亚洲）总部基地"，正日渐成为世界鞋业科技进入中国的升级承接平台，中国鞋业走向世界的进出口贸易平台，世界鞋业科工贸高速运转的服务平台。依托自身强大的综合服务能力形成区域辐射，"世界鞋业（亚洲）总部基地"正带动鞋产业中国和世界鞋业全产业链发展，鞋产业硅谷的强大优势正逐步凸显。

第一节　行业领军者的责任忧思

美国著名经济学家米尔顿·弗里德曼曾说过："谁能正确解释中国的改革和发展，谁就能获得诺贝尔经济学奖。"

对于中国制鞋行业的发展，不妨也可套用这句话：谁能真正洞悉中国鞋业在新千年第二个十年里的发展走势，并据此谋划自身企业的发展，那谁必将是制鞋行业中的王者。

纵观中国制鞋业的发展，用"突飞猛进"一词来形容无论如何都不为过。

据统计，1985 年中国生产 16 亿双鞋，1995 年达到了 57 亿双，2006 年达到了 90 亿双，近几年来，中国每年生产各种鞋超过 100 亿双，占全球制鞋总量的 70% 左右，每年都以 10%~20% 的增幅在发展，是当之无愧的世界鞋业制造中心。

20 世纪八九十年代，改革开放洪流滚滚，势不可挡。以"三来一补"企业为发端的制造业在广东东莞风起云涌，制鞋企业如雨后春笋一般出现，并在此后一二十年时间里形成了强大规模的制鞋产业集群。制鞋产业后来又往江浙、西南地区扩展，到新世纪初年，中国毫无争议地发展成为全球第一制鞋大国。

在一定程度上，这一切其实也得益于世界制鞋业发展的变迁。

纵观世界制鞋产业中心在 20 世纪 70 年代之前鼎盛于欧美国家，自 70 年代末逐渐转移到我国台湾和香港地区，再从 80 年代中后期转而崛起于广东东莞。人们不难发现，世界制鞋产业中心有着清晰的迁徙线路。

以 2008 年席卷世界的金融危机为标志性时间节点，世界鞋业制造中心呈现出将又一次变化迁徙的迹象。

这样的迹象，其实在全球金融危机爆发之前就已初显端倪。

从世纪之交开始，随着印度、巴西、越南、泰国、印尼等国经济快速发展，这些国家承接的中低端鞋类生产的国际订单份额逐年在增大。而西班牙、意大利、葡萄牙等这些传统制鞋国家，承接中高端鞋品制造的国际订单份额亦不断呈现出明显势头。

从这个视角来看中国鞋业制造，自 2006 年欧盟对中国鞋业制造的反倾销，到 2008 年金融危机中鞋业陷入的集体发展困境，中国鞋类制造业在世界鞋类制造业很长时间里占据的优势正在逐步消失。

还有一个不能不正视的现实，那就是由于长期埋头于鞋业代加工，我国很大一部分制鞋企业经营管理水平低，品牌建设和市场营销意识弱，高端设计研发能力不强，抵抗市场风险能力不强。一场金融危机袭来，很多制鞋企业或亏损或倒闭。

作为世界制鞋第一大国，我国的 7200 多个制鞋企业，目前已在广东、福建、温州、成都、重庆等地形成了五大鞋类生产集散地，仅广东东莞及其周边地区，就多达 2000 家鞋厂。但是，在我们这个年产 60 亿双鞋的国度里，制鞋行业至今没有一个供国际同行和国内制鞋业进行鞋技术、鞋时尚、鞋品牌交流的平台。我国制鞋企业的先进设备和优秀的产品质量，使得众多国际品牌将中国定为了自己的品牌鞋加工车间。

那么，在优胜劣汰的残酷竞争中，哪些企业可以在行业洗牌中凤凰涅槃？在中国劳动密集型产业的转移大势下，劳动密集产业出路究竟在哪里？产业转移之后，留下来的是空置的厂房还是（企业）总部？鞋业产业能否产生"产业总部"？这些留下来的企业及机构，最需要的是什么呢？

中国鞋业走向世界需要怎样的一个平台？

…………

事实上，2006年欧盟对中国制鞋业企业采取反倾销措施之后，张华荣开始深入思索这一问题。

是的，多少年来，张华荣心中总是怀着一种对企业下一阶段发展思考中的深切忧患意识。尽管华坚集团呈现出逆势而进的发展之势赢得社会一致的惊叹，然而他却显得异常冷静，开始审视华坚集团在这场金融危机中的发展走向。

张华荣的冷静深思，还来自于对华坚集团未来发展的深切忧思：只有作为世界制鞋业中心的中国鞋业核心竞争力在，华坚集团的强劲发展才是可持续的。反过来，要保持华坚集团强劲发展的可持续性，就必须要有中国鞋业核心竞争力的广阔舞台和强大支撑。

行业领军者的强烈责任，已悄然促使他不但站在华坚集团的视角，更站在整个东莞鞋业融入世界鞋业发展平台的视野，再次纵横谋划未来格局。

由此，在世界金融危机来临之前，将自己企业完全融入整个东莞制鞋业大行业发展格局的宏大深思，又成为华坚集团发展历程中的一次重要分水岭。

制鞋行业是典型的劳动密集型行业，自20世纪80年代以来，欧美发达国家的制鞋业因鞋类生产占用劳动力多、人工成本不断增加、利润逐渐减少等原因，难以在国内生存下去，因此转而向海外开拓新的生产加工基地。他们要选择人工成本相对低廉的国家和地区建立鞋的生产基地。因此，世界鞋业的重心从欧洲和北美转向远东。这种产业转移，使得亚洲国家的鞋业发展迅速，成为世界鞋业转移的集中地。日本、韩国、中国是当时产业转移的三大国度，随着时间流逝，世界制鞋中心又逐渐从日本、韩国向中国转移，这一方面因为中国人多地大物博的优势，另一方面是因为日、韩一直只满足于OEM代工模式，为国际品牌商代工，直到产业优势丧失殆尽，在世界鞋业中已无足轻重。

现今的中国鞋业也面临着同样的问题，世界制鞋中心逐渐向越南、印度、巴基斯坦等劳动力成本更低廉的国家转移，中国"世界制鞋中心"的地位岌岌可危。

日、韩之覆辙不可重蹈，在逐渐失去OEM模式优势的情况下，中国鞋业如何保持自身的发展优势？

世界制鞋业产业中心迁徙的历史，其实作出了回答。当早期的世界制鞋中心从意大利、西班牙转移到日本、韩国、中国等地后，意大利就不断地进行产业升级以及建立品牌。如今，在制鞋的数量上虽然已经不占优势，但意大利的制鞋技术和意大利的鞋品牌仍然是高端鞋的代名词，意大利完成了从OEM（代工）到ODM（自主研发）到OBM（自创品牌）的升级转型，由此可见，逐渐摒弃OEM模式，向OBM模式转变，是中国乃至世界鞋业转变的方向及出路。

中国是世界上最大的鞋业生产制造和销售基地，具备完整的鞋业产业链条。广东东莞是最具有代表性的鞋业产业聚积地，汇集了1000多家贸易商，掌握全球70%以上的贸易订单，这里经过多年的积累，已经拥有发达的设计研发、原材料供应、打样、生产、检测、销售、物流体系，但是各产业链分散，信息滞后，企业利润率及经营效率不高，缺乏整合，金融危机之后，各企业急需有个龙头型平台来带领其走出困境。

…………

中国制鞋业的发展必然要从低端市场走向中高端市场，要从数量型向品质型和效益型转变。

实现由"东莞制造"向"东莞创造"转变。金融危机之后，东莞正大力推进产业调整与升级，提倡企业的科技创新，产业发展也正以创新和精巧代替模仿和粗放。因此，制鞋业由"东莞制造"向"东莞创造"迫在眉睫。

"单凭某个制鞋企业的一己之力，根本无法扭转这样的经济产业格局和市场环境变化。"张华荣深知，必须借助第三产业的力量和优势，承接和融合第二产业，扭转制鞋行业的被动局面，加速中国制鞋业向做强转变，确保中国制鞋业第一大国的地位。

一种强烈的责任使命感，让张华荣开始那样深切地感到，搭建一个聚集行业领袖、深度分析和把脉产业战略调整、纵论新格局下鞋业转型升级之路的平台，已显得十分必要。

2008年10月，由华坚集团发起，中国轻工业联合会、中国轻工工艺进出口商会、广东省外贸厅、东莞市厚街镇政府、台湾制鞋工业同业工会、亚洲鞋业协会等联合举办的第二届世界鞋业论坛，在"中国鞋都"东莞厚街国际会展中心隆重举行。

权威经济界专家、政府相关部门领导、行业主管部门有关负责人以及制鞋业界重量级同仁等纷至沓来，汇聚于第二届世界鞋业论坛，深度分析和把脉产业战略调整，纵论新格局下鞋业转型升级之路。

此时，人们惊讶地发现，这次论坛的承办方，是一个足以振奋整个东莞制鞋业界的名称——世界鞋业（亚洲）总部基地！

正是在这次论坛上，张华荣第一次阐述了他与香港保威集团卢瑞权董事长等行业精英共商东莞鞋业转型之路的设想：在东莞厚街打造一个面积超过40万平方米的鞋业巨型航母——东莞鞋业皮革国际贸易研发品牌服务中心。

东莞制鞋业需要一个向外界展示自己的平台，把数目众多但分布零散的产业配套集聚形成整体优势，实现世界级鞋业制造中心向世界级研发贸易和高端制造中心转变。

世界鞋业（亚洲）总部基地是行业领导性项目，是为实现鞋业制造产业链整合的行业升值使命而开发的项目。

在硬件方面：将汇集世界鞋业产业链各环节最优秀的企业，包括最大的原材料采购、成品鞋展示和销售、研发设计和检测、全球贸易和鞋机供应中心。

在软件方面：总部基地将运用目前最先进的信息技术，构建后台系统和电子商务网络。使进驻的所有商户企业拥有高速的信息、订单、物流、销售、资本运营、人才交流能力。

…………

"在世界鞋业（亚洲）总部基地设立专门的服务中心，帮助进驻到鞋业基地的中小型企业商家与国际品牌商达成合作，采取ODM的合作方式，让中小型企业商家不仅参与到来单的加工生产工作中，而且更多地参与到来单的设计当中，鞋业基地会利用自身配备相关服务中心，帮助中小型企业商家对国际客户的需求进行自主性设计，最终满足客户需求。"

"由此同时，根据自主设计对产品进行合理定价，从而提高了产品的附加值，掌握了定价的主动权，提高了价格，帮助企业与商家由单纯的机械式加工（OEM）转变为创造性生产（ODM），让企业通过与国际知名公司在设计过程中的交流，迅速掌握世界各国流行趋势，从而提高企业的设计能力，使自身设计水平迅速看齐国际名企，为企业与商家的自主品牌研发打下坚实的基础。当这些企业和商家具有一定实力，开始把发展的重心投向了打造自主品牌、提升产品品质的时候，世界鞋业总部基地，会及时地为商家提供相关产品设计、研发等一系列的服务，结合企业与商家自身的生产能力，帮助企业和商家实现自己品牌的打造，真正实现企业与商家从OEM到OBM的华丽转身，以科技创新引领中国鞋业自主品牌走向世界。"

在张华荣宏大开阔的思路格局中，其目标十分清晰：东莞世界鞋业（亚洲）总部基地将依托珠三角强大的产业优势，联合各方资源，推动和帮助广大鞋业厂商从粗放型向品质型、效益型、创新型企业转变。

最终，将世界鞋业（亚洲）总部基地打造成为第二产业服务的第三产业集群，成为全球鞋业的订单中心和定价中心。

此后的事实证明，这一次对于未来华坚集团发展之路的思考规划，无疑是张华荣事业历程中的又一个重要分水岭。

因为，张华荣已开始将华坚集团自身的未来发展置于整个世界鞋业这一宏大背景之下，在这样的视野下，去谋求华坚集团与中国鞋业发展在世界鞋业领域中的未来高度。

心怀行业领军者的责任和忧思，促使着张华荣胸中的行业担当情怀日益深厚，他也在此过程中一步步迈向了更为宏大高远的事业平台！

第二节　引领行业宏大转型之路

对一个行业的发展来说，很多时候，没有风险是最大的风险。

国内外的经验都证明：危机之时，创新转型压力倍增，而创新转型所需的各种成本大幅下降，正是创新转型的最好时机。美国不少企业巨子，像肯德基、百事可乐、杜邦等，都是在 1929 年的"大萧条"中成长起来的。1997 年我国应对亚洲金融危机的经验也是力证。危机当前，我国大胆推行住房制度改革和国企改革，并加快推动中国融入全球化大潮。改革措施累积数年，催生了一个黄金发展期。金融危机客观上带来了市场优胜劣汰的机会，利用时机重新洗牌，就能越洗越强。

2008 年金融危机的冲击，催生了全国产业布局的重新调整。

就东莞而言，受金融危机影响，纯劳动密集型产业向外加快转移的趋势已确立，市场为东莞腾出发展空间、承载更高端的产业创造了条件。

在危机中，人们也看到，国际产业转移的趋势没有改变：全球产业调整升级步伐加快，国际产业转移层次不断提高；服务业成为产业转移热点，高新技术产业出现转移趋势；国际产业方式不断创新，项目服务外包日益成为主流；产业链整体转移趋势明显，关联产业协同转移现象增多。

劳动密集型产业的加快退出，迫使东莞各镇村转变传统发展观念，再以改革开放之初的招商引资干劲，发挥东莞在广、深、港经济走廊中的区位优势以及产业配套优势，引进优质资本，以优化经济增量来加快经济转型步伐。

此轮危机冲击，促进了各个行业、企业优胜劣汰。金融危机条件下，各个产业、行业重新洗牌，尤其是市场淘汰了一大批层次较低的企业和产业，让其他优质企业获得了更大的发展空间。一批企业抓住机遇，加强自主创新和市场开拓，积极延伸产业链，加紧转型升级。

从2009年开始，东莞的产业转型升级被东莞市委、市政府提到了全市产业发展的战略高度。

在产业转型升级上，东莞市委、市政府首先选取了"两个试点镇的两个产业"作为试点：一个是大朗毛织，一个是厚街鞋业。

东莞制鞋产业的集中地在厚街镇。据统计，该镇鞋类出口产值占据了广东省四分之一的份额，被称为"世界制鞋工厂"。经过10余年的重点引导和扶持，此时的东莞厚街，已建成上规模的鞋类专业市场有濠畔鞋材市场、远隆皮料市场、河田皮料市场、鸿运鞋材广场、南峰皮革鞋材交易中心等多个专业市场。

因而，在东莞市委、市政府对于东莞鞋业转型升级的战略方案中，厚街制鞋产业的转型升级，实际上就是引领带动整个东莞鞋业转型升级的龙头与核心。

厚街制鞋产业的转型升级，由此承担起了历史的重任。

此时张华荣并不知道，华坚集团正被"世界制鞋工厂"厚街镇寄予深切厚望。

但很快，厚街镇政府主动找上门来。

"在东莞鞋业转型升级大战略实施中，我们经过深入调研论证，决定选择'世界鞋业（亚洲）总部基地'这一项目为'龙头'项目！"厚街镇政府明确表达了这样的期盼。

以"世界鞋业（亚洲）总部基地"项目带动和推进东莞鞋业转型升级发展的构想，引起了厚街镇政府的高度关注。这怎能不让张华荣倍感振奋？

何止是高度关注！而且还是高度认同！

"这个占地 18 万平方米的总部基地投资超过 6 亿元人民币。它将是东莞鞋业全面升级的标志。在里面将会出现 500 家新材料企业，新技术工厂。美国、欧洲、中东的贸易公司齐聚，形成国际鞋业研发贸易基地。"

"这个基地大平台，就是创造'为第二产业服务的第三产业集群'，属于珠三角城市未来的发展方向。"

"建设一个具有相当规模的大平台，将第二产业和第三产业有机地、科学地融合，互为作用。即通过大平台强大的资源整合能力，从而形成超强的聚集效应，形成'2.5 产业模式'。"

"重点引进鞋业研发机构、国际贸易及采购商、全国各地成品鞋制造商及品牌商、国际国内原材料鞋业集群聚集效应明显有助企业转型升级。"

…………

在就"世界鞋业（亚洲）总部基地"这一项目的首次深度交流中，张华荣与厚街镇几乎所有的重大战略构想内容与理念高度吻合。

华坚集团打造"世界鞋业（亚洲）总部基地"的计划，被纳入到了东莞制鞋产业实施转型升级战略的高度！

对此，业界有同仁这样感叹：张华荣总是如此幸运，在他一次次宏大计划行将完成之时，不是踩准了大趋势发展的脉搏，就是合准了政府引领产业发展新方向的节拍。这一次，他又在东莞推进制鞋产业转型升级迫切愿望之际，展现出了让当地政府高度认可并赋予责任重托的"世界鞋业（亚洲）总部基地"引领项目。

自己将要倾力去实现的一个项目，将与引领被誉为"中国制鞋之都"的东莞制鞋产业紧密相连。在随后厚街镇政府将"世界鞋业（亚洲）总部基地"项目作为厚街镇制鞋产业转型升级的龙头项目，报送东莞市委、市政府后，一种莫大的光荣使命感也让张华荣感到了前所未有的压力。

张华荣开始对"世界鞋业（亚洲）总部基地"项目的规划做了更为深入的思考，以力求这一项目在东莞制鞋产业整体宏大转型升级过程中的发挥最强引领力。

按照张华荣的规划构想，世界鞋业（亚洲）总部基地将使得我国制鞋企业获得合力，形成强大的加速发展态势。这些，具体体现在以下几大方面：

第一，基地将打造鞋业科技的硅谷，引入世界鞋业先进的科学技术，促进中国制鞋企业升级转型。

第二，基地将引导一批有实力的鞋企走向国际，包括企业怎样走出去，产品怎样走出去，提供产品标准化服务和产品认证服务。

第三，以金融科技促发展，为企业提供投资、融资服务、信贷服务、企业上市辅导服务。

第四，基地将引入世界和中国高端的、高知名度的一批鞋业品牌，建设旗舰生活馆和展示馆，设立全球产品研发中心、全球营销中心、全球品牌管理中心，并以强带弱，培训和辅导一批中小企业进行高端设计研发、运营品牌建设、开展全球市场营销，转变一些企业只知道埋头做制造的传统生产方式。

第五，这个平台要突出设计、研发、贸易、采购、物流、品牌孵化功能，涵盖技术研发、品牌打造、物流仓储、贸易等多样性产业服务功能。

第六，基地具有全方位的政务服务功能，包括工商登记、税务登记、产品检验、名优申报与质量监督、报关服务、保税功能、法律服务等。

第七，"世界鞋业（亚洲）总部基地"的各个中心，同样具有辅助产业升级的功能，如多功能培训中心，新技术、新产品发布中心，产品工业设计评比中心，潮流靓鞋、皮具表演中心等。

根据最后修订的规划，基地将以鞋业产业上下游企业、商家为中心，通过鞋产业、人才、商务金融和信息服务的集聚，实现鞋业全产业链对接，成为成品鞋时尚发布中心，新材料新技术创新基地，打造成为鞋产业的"硅谷"。

当"世界鞋业（亚洲）总部基地"最后修订规划报送后，很快得到了各方一致认可。

同时，由厚街镇牵头制定的《东莞市鞋业转型升级和集群发展政策扶持方案》正式发布：

将以"世界鞋业（亚洲）总部基地"为中心，建立东莞市鞋业产业创意园区，规划和储备园区土地1000亩，为园区鞋企创建研发中心、贸易中心、高端生产线。到2015年，东莞产鞋量将达到19.1亿双，总产值与销售收入均达到805亿元；力争到2015年，把东莞建设成为集鞋业研发设计中心、鞋业贸易中心、鞋业品牌集散地、鞋业生产基地于一体的世界鞋业之都。

"世界鞋业（亚洲）总部基地"项目，由华坚集团斥资20亿元兴建。项目总占地面积16万平方米、总建筑面积48万平方米，分为5个区、3期开发建设，落成后可容纳商户5000家，从业者30000余人，年交易额高达600亿元，项目位处珠江三角洲一小时经济圈的东莞厚街。

根据该方案，基地将重点引进鞋业研发机构、国际贸易及采购商、全国各地成品鞋制造商及品牌商、国际国内原材料供应商及鞋业配套服务机构等进驻。项目建成后将容纳商户企业10000家，解决4万至5万人就业问题，全部建成后预计年交易额达500亿。

整个项目建成后将成为集鞋业高端研发设计、贸易物流、品牌展示、订单及原材料采购、品牌孵化、信息咨询为一体的世界级鞋业产业"一站式"综合服务总部平台，推动中国鞋业从低端制造市场向中高端品牌市场发展。

"正在迷茫与困顿中的厚街鞋业，在'龙头'项目带领下，看到了转型升级的希望之路！"当《东莞市鞋业转型升级和集群发展政策扶持方案》发布后，在业界随即激起强烈的反响。

东莞鞋业必须寻求转型升级，由单纯的成品鞋的加工制造，全面转型为集研发、贸易、皮革制造、鞋材制造、鞋机配套、成品加工、物流配送等于一体的完整产业链。"只有拥有完整的产业链，才可有效地降低成本，提升效率，使企业掌握更大的话语权。"东莞市政府组织的高水准专家组，对方案给出了这样的结论评价：对于整个东莞制鞋产业的转型升级发展而言，这将既是一个里程碑，同时也是迈出现实的第一步！

世界鞋业（亚洲）总部基地项目，随即被列入"东莞市 2011 重点建设项目"，随后又被上升为"广东省产业转型升级试点龙头项目"。

来自各级政府的鼎力支持，让"世界鞋业（亚洲）总部基地"项目的推进进程大大加快。

项目一期投入运营的时间节点，被定在了 2013 年底。

2011 年 5 月 31 日，东莞厚街镇生态科技工业园。

对于华坚集团而言，这无疑是发展历程中具有重大转折意义的一天。

这一天，世界鞋业（亚洲）总部基地项目举行隆重的奠基仪式，标志着这一为各方所期待的重大项目正式启动。

项目奠基时，又再次被定位为"东莞市四年大发展"重大项目。

奠基典礼上，厚街镇与世界鞋业（亚洲）总部基地签订《加快厚街鞋业转型升级框架合作意向书》。同时，基地与厚街镇政府、东莞市皮革鞋业协会、上海英集斯自动化技术有限公司、清华大学、广东创新职业技术学院签署了 5 项战略合作协议。

这 5 项协议的签订，将更好地实现产业转型升级与政府、科技部门、科研院所和制鞋企业的紧密联动，发挥这个鞋业转型升级平台的积极作用。其中与东莞市皮革鞋业协会签订的《东莞鞋业品牌孵化战略合作意向书》，将推进东莞市外销型企业转内销的渠道建设，做强做大东莞鞋业品牌联盟。广东创新职业技术学院则将与基地共同成立专业制鞋学院，这将是东莞第一家制鞋专业学院，它将很大程度提高制鞋行业的工业工程应用研究与开发，并为东莞制鞋业培养研发、设计、技术及管理中高级人才。与清华大学签订的《鞋业工程应用研究与开发合作意向书》、与上海英集斯自动化科技有限公司签署的《鞋业自动化生产创新合作协议》，都将推动东莞鞋业自动化生产及鞋业开发的研究应用。

在世界鞋业（亚洲）总部基地项目的奠基仪式上，5个机器人的劲舞表演抢足了风头。这些机器人将出现在流水线上，代替劳动力的不足。

"那种围着劳动力转移的生产年代，已经成为过去。"奠基仪式上，张华荣宣布，世界鞋业（亚洲）总部基地还将投入2000万元，与上海英集斯自动化技术有限公司合作实现机器人自动化生产。

"鞋业航母"傲世起航，震撼激起十层浪。世界鞋业（亚洲）总部基地项目奠基，随即引发了全国业界的广泛瞩目。

总部基地建成后将会给中国制鞋行业带来新的机遇，也将促进中国鞋业从"中国制造"走向"中国创造"。行业专家指出，世界鞋业（亚洲）总部基地项目的兴建，将掀起中国轻工业转型升级的浪潮！

在响彻云霄的礼炮声中，当挖掘机轰鸣破土，张华荣胸臆间巨澜涌动。

梦想照进了现实。这一天，承载着引领"中国鞋都"宏大转型升级发展之路的世界鞋业（亚洲）总部基地，也翻开了张华荣为之奋斗了整整25年鞋业事业的宏大篇章。

第三节　顺势铸就中国鞋业大平台

世界鞋业（亚洲）总部基地项目，在激起的广泛社会关注中启动了如火如荼的建设。

日夜兼程的基地建筑工地，白昼轰鸣沸腾。

在规模日渐庞大的建筑网架之外，从厚街镇到东莞市，这个已引发人们热切关注目光的项目，其影响力也日渐扩大。

"多处灯火璀璨下映射着的'世界鞋业（亚洲）总部基地'广告牌，似乎还在激励着这个行业的斗志。在优胜劣汰的残酷竞争中，总应该有些企业可以在这轮前所未有的行业洗牌中'凤凰涅槃'……"

正如其时颇有影响力的鞋业类杂志一篇文章里写的这样，这一项目承载了政府和业界对东莞鞋业"凤凰涅槃"式全新发展未来的殷切期盼。

然而，细读这段文字，人们不难发现，字里行间却又似乎有着某种不确定性的隐忧——世界鞋业（亚洲）总部基地这一项目，能否最大限度地实现其规划蓝图的深远目标效应？尤其是当一期项目真切呈现于业界面前时，能否与前期规划过程那样得到同样一致的高度认可？

当一切的规划设想还只是停留在文本和蓝图上时，实事求是地说，张华荣有时在不同角度的思考中，也不免会突然捏着一把汗。

然而，在接下来项目一期工程逐渐展现于业界面前的过程中，反响之强烈远超出事先的预期。

世界鞋业（亚洲）总部基地一期项目，融合产业、商务、交流、生活于一体，以鞋业产业上下游企业、商家为中心，用多元复合功能构筑大型综合行业服务平台社会体系，通过鞋产业集聚、人才集聚、商务金融集聚、信息服务集聚，从而实现鞋产业全产业链的无缝对接。成为成品鞋时尚潮流发布中心，新材料、新技术创新基地，入驻的企业和商家可以完全依赖这个平台实现市场交易，合作交流，并具备相对独立发展的动力。同时，自身强大的综合服务能力还可以形成区域辐射，甚至影响全行业的发展，真正发挥鞋产业硅谷优势。

2011年9月6日，世界鞋业（亚洲）总部基地一期亮相上海浦东新国际博览中心、参展中国行业的最大展会——2011中国国际鞋类展，随即在业界引起震动。

"一个今年5月31日正式奠基的项目，一个融'研发贸易采购物流品牌孵化'多功能于一体的项目,一个具有'全球最大鞋业综合交易平台''鞋业硅谷''鞋业产业转型升级的引领者'美誉的'世界鞋业(亚洲)总部基地'亮相上海浦东新国际博览中心,参展中国行业的最大展会——惊艳亮相,应者云集,业界震动!"

上海的主流媒体和国内鞋业影响力媒介,这样报道"世界鞋业(亚洲)总部基地"在博览上引起的巨大反响。

2011年9月6日,"世界鞋业(亚洲)总部基地"项目又亮相中原河南,再次引起业界广泛注目和热议。

世界鞋业(亚洲)总部基地一期工程项目,在2012年于全国业界引起的反响和认同更加热切和广泛。

2012年5月30日,第22届广州国际鞋类、皮革制成品展在广州市琶洲展馆隆重开幕。

在材料馆的展会现场,一道弧线造型的墙体格外引人注目,弧线墙体上方"世界鞋业(亚洲)总部基地"几个金黄色字体也分外醒目,其鹤立鸡群、独树一帜的2个大LED屏播放着宣传的录像,宏大的气场冠盖展区。

参展的各个企业,对世界鞋业(亚洲)总部基地表示了很大的兴趣,来到展台咨询的人络绎不绝,以至于工作人员一刻都没有停歇。

项目获得了相当高的关注、高人气的诚意登记,为业界炫目……

2012年9月25日,"2012第七届中国女鞋之都博览会"在有着"中国女鞋之都"之称的四川省成都市盛大开幕。

在为期几天的博览会上,世界鞋业(亚洲)总部基地一期项目展区人头攒动,火爆异常。许多女鞋生产、贸易界厂商,在深度了解基地的整体规划战略和项目一期详情后,当场表达了入驻的愿望。

2013年6月,温州皮革博览会及上海皮革博览会分别在温州和上海开幕,世界鞋业(亚洲)总部基地以鼎盛阵容参展这两大博览会,并以此为契机正式启动项目一期的招商活动。

在这两大博览会上，世界鞋业（亚洲）总部基地推出的 2.5 产业模式，在温州制鞋业界引起轰动。

温州皮革博览会期间，世界鞋业（亚洲）总部基地的巨大展位区人潮涌动。制鞋企业、皮革企业、供应商、经销商、零售商以及投资者在展位区久久不愿离去，这些企业家、老板或签订协议或下定金，意向进驻世界鞋业总部基地。

宁波、台州、宿迁、晋江的一些鞋企老板，专门赶来选位进驻商铺和写字楼。他们之所以这样急切地选择，主要原因在于生产制造是他们企业的强项，但是自己工厂的产品品牌没有知名度更谈不上影响力，市场营销缺少方法，长期 OEM 做中低档鞋品，产品走不出国门进不了大百货商场，这样下去只有死路一条。这些企业期待，进驻世界鞋业（亚洲）总部基地、借助 2.5 产业模式，将产品推向高端化和品牌化，走出困境发展企业。还有的企业，更希冀依托总部基地大平台，全面提升和规范企业经营管理，助力企业迈向上市融资之路。

温州经济的发展与传统制鞋产业分不开，温州制鞋业经过近 30 年的发展，目前温州鞋业品牌优势较突出，如奥康、康奈、红蜻蜓等鞋企越做越大，逐渐摆脱中低档鞋的行业发展定位。例如，康奈不仅在全国开了2600 多家店，还在海外开了近 300 家店，冲击国际品牌"高峰"。而东莞鞋业在材料、款式以及质量等方面有优势，如果将温州鞋业与东莞鞋业资源优势相互整合，可以支撑中国鞋业的半边天！

世界鞋业（亚洲）总部基地如此吸引"中国女鞋之都"重庆、鞋业重镇温州的目光，使得项目辐射区域的能力大大提升。

⋯⋯⋯⋯⋯

让人没有想到的是，随着世界鞋业（亚洲）总部基地项目一期建设的推进，实地参观考察者很快来了。首先是厚街镇、东莞鞋业业界的参观考察者，随后是全国各类鞋行业协会、企业组团或单独前来进行实地考察。

比如，南海鞋业协会一次就组织了100多位会员企业代表组团考察世界鞋业（亚洲）总部基地。重庆鞋业协会分数次组团商家前往考察，每次组团的商家也都在100家以上。

再比如，女鞋销售界著名的百丽国际控股有限公司，其执行董事、首席执行官盛百椒亲率公司全部核心团队成员，前往世界鞋业（亚洲）总部基地参观考察。

"凡是女人路过的地方，都要有百丽。"说起百丽鞋业，在业界可谓声名显赫。从1992年投资200万港币成立的一间小厂，发展到市值一度超过千亿港币的上市公司，历时20余年，百丽在内地市场辗转腾挪，最终成为中国最大的鞋业生产和零售公司。"百变，所以美丽"，这句广告语也深深植根于女性消费者心中。

…………

纷至沓来的实地参观考察客商、企业和行业协会，越来越清晰地显示出世界鞋业（亚洲）总部基地的强大聚合力。

2013年，登记预订购买入驻业主中，30%均是来自广州、惠州等地的企业主，还有不少来自东莞本土企业主，而另外的70%，则来自全国各地在鞋业行业中具有一定影响力的企业和商家。

2014年，包括中国银行、建设银行、中国移动、奥康国际、新濠畔集团、曼仙妮、卡美多、JBS、达芙妮、法国鞋业协会、泰国鞋业协会、香港鞋业商会、广东鞋业厂商会、奥美国际整合传播等金融、信息、龙头企业、主要协会、产品标准组织、品牌营销策划机构、整合营销传播机构等均与世界鞋业总部基地签订了进驻及战略合作协议。保威鞋业、派诺蒙鞋业、吉姆拉鞋业、迪宝·阿治奥等数十家业界知名商家潮涌而至。

世界鞋业（亚洲）总部基地项目的蝴蝶效应，也越来越得以显现。

2014年底，世界鞋业（亚洲）总部基地项目一期工程顺利竣工，决定 2015 年元月正式开业。

世界鞋业（亚洲）总部基地项目一期建筑面积为 11 万平方米，其中含有 6 万平方米的专业交易市场、近 3 万平方米写字楼、872 个开放式商铺、700 个停车位、1 万平米空中休闲花园、1000 平方米的多功能展厅。

除了依托强大的行业资源外，世界鞋业（亚洲）总部基地项目一期还独创九大功能服务体系，包括商务咨询、信息发布、品牌孵化、电子商务、金融服务、产业评估、法律咨询等，为鞋业发展提供全方位的服务。

到 2015 年元月，世界鞋业（亚洲）总部基地项目一期一楼已完成招商率 99%，二楼招商率为 75%。

如此巨大的综合体，刚刚竣工准备开业投入运营就达到如此之高的招商率，着实令业界惊叹。

更为重要的是，按照曾经的规划构想，世界鞋业（亚洲）总部基地项目定位为东莞鞋业转型升级发展的"龙头"，项目的辐射区域以东莞为中心、延伸到珠三角地区。但从项目一期入驻的各类业主来看，已然成为辐射全国鞋业高端起点发展的大平台。而且，这一高端平台聚合力，从一期项目入驻的世界鞋业研发、贸易等服务机构来看，其世界级定位的目标实现也正在初步形成。

2015 年 1 月 20 日，值第六届世界鞋业发展论坛在东莞举办之际，世界鞋业（亚洲）总部基地项目一期同时举办隆重热烈的开业运营仪式。

全球鞋业巨头、世界鞋业贸易翘楚、权威经济学专家、产业投资专家、政府主管机构领导、行业协会代表及主流媒体出席盛会，如中国复关及入世首席谈判代表，原博鳌亚洲论坛理事、秘书长，也是世界鞋业发展论坛顾问的龙永图先生，全国工商联副秘书长、中国民营经济研究会常务副会长王忠明先生，美国布朗鞋业全球采购总裁 Charles Gillman，法国西迪士 CTC 执行总裁及国际鞋业技师协会主席 Yves Morin，前美国鞋业零售商协会主席、全球鞋业合作伙伴公司创办人 Peter.T.Mangione，意大利鞋类贸易协会总裁 Massimo Donda 等行业领袖以及全球近 16 个制鞋国家的行业协会领导。

这些业界巨擘，为第六届世界鞋业发展论坛而来，也为世界鞋业（亚洲）总部基地而来。

从项目酝酿到一期开业投入运营，8 年多的翘首等待，如今这艘鞋业航母巨舰终于扬帆起航！

这一天，来自世界各地的政府领导、商协会代表、投资商、经营者、主流媒体及社会各界人士，一同见证了东莞乃至全世界鞋业行业的重要时刻的到来。

"融合产业、商务、交流、生活于一体，以鞋业产业上下游企业，商家为中心，用多元复合功能构筑大型综合行业服务平台社会体系，通过鞋产业集聚、人才集聚、商务金融集聚、信息服务集聚，从而实现了鞋产业全产业链的无缝对接。"

"世界鞋业总部基地紧跟时代步伐，从规划、产品、配套、硬件，到运营、管理、物流等全面升级传统市场，以超大规模、前沿规划理念、成熟运营模式，铸就鞋类专业市场典范，以'一站式'采购，整合全球鞋业资源与全球鞋业，着力改变世界鞋业商贸布局散乱的现状，抢占财富先机。"

"高端国际品牌的大量引进，在目前制鞋行业低迷的形式下，世界鞋业（亚洲）总部基地扬帆起航意味着承载制鞋产业的梦想，带着产业转型升级的嘱托，开创鞋业市场新格局。"

…………

概念终于变成现实，平台的一部分终于展露在世人面前。世界鞋业（亚洲）总部基地一期的三大核心功能（世界鞋业科技进入中国升级承接平台、中国鞋业走向世界的进出口贸易平台、世界鞋业科工贸产供销高速运转平台），得到了业界巨擘、同仁以及专家们的一致高度评价。

从概念诞生那一天起，就得到了国内外广泛认同和高度关注的世界鞋业（亚洲）总部基地项目，当一期项目在业界的惊叹赞誉中盛大起航，也标志着世界鞋业一个令人瞩目的新中心正傲世崛起！

第四节　世界鞋业"硅谷"崛起

"我们要做的只有一件事：以'硅谷'的力量，助力阁下研发、贸易、采购、物流、品牌孵化，问鼎产业巅峰！"

这是世界鞋业（亚洲）总部基地打出的一个鲜明主题。

硅谷，是美国重要的电子工业基地，是科学研究、技术开发和营销中心，是知识经济和高科技的代名词。

如果说，中关村是中国电子信息产业的硅谷，那么，世界鞋业（亚洲）总部基地就是志在做世界鞋产业的"硅谷"。

在以转型升级为目标方向的探索征程中，东莞和全国制鞋业界日渐达成了这样的共识，对于世界鞋产业的"硅谷"的期待也逐渐更加热切！

2008年全球金融危机之后，全球鞋产业的转型升级，呼唤一个可以涵盖技术研发、品牌打造、物流仓储、贸易等产业服务功能的行业平台出现。而应运而生的世界鞋业（亚洲）总部基地，正是东莞鞋业迈入2.5产业时代的平台，世界鞋业（亚洲）总部基地的诞生也成为中国鞋业走向2.5产业时代的见证！

布局当下，掌控未来，赋予平台，方能一路领先。

"现在可以鲜明地看到，东莞的制鞋产业自2008年到今天，不到十年的时间里已发生了深刻变革，未来20年内东莞鞋业在世界上依然处于龙头位置。"如今的东莞鞋业界认为，东莞由原来的低端制造发展成为今天的初具规模的高端研发、机械设计制造，已成功迈出了东莞鞋产业转型升级的第一步。

而这一切，得益于世界鞋业（亚洲）总部基地的强大引领力量。

正是在这一意义上，世界鞋业（亚洲）总部基地以深度的前瞻高端产业思维，给曾一度集体陷入的发展迷茫困境导引出了一条破局之道。

如今，走进世界鞋业"硅谷"——世界鞋业（亚洲）总部基地，呈现在人们眼前的是这样令人新奇而震撼的情景：

伸展的平台，高清的屏幕，体感操控屏幕内容，快速选择鞋款及码数，试穿效果即时显示在屏幕上，而试穿者实际上还是穿着自己的鞋子站在平台上，这就是基地具有世界前沿技术的鞋类虚拟试穿系统。

在产品研发上，设计师利用电脑进行鞋款3D设计，短短两三个小时内，即可完成鞋底、鞋面、配饰、材质等的设计，并能随意更换配色、皮料、缝线等，更能制作出3D立体展示效果的图片或动画，迅速为客户提供全方位的鞋款展示，客户需要对鞋款进行调整，也能快速地通过电脑完成。这样的设计方式，相比传统的手工打版、逐个设计试样调整、最终定稿，能节约大量时间及成本，大大改变了传统的鞋业作业模式，与客户的交流更方便直观。

鞋款设计完成，做出不同码数的鞋样，通过虚拟试穿系统，让客户直接通过体感选择鞋款，轻松完成试穿体验。此外，还可以在系统内加入购买APP，客户可以即时下单购买鞋款。这样的虚拟试穿系统，为买家提供更时尚的购买体验，也是鞋企进行市场推广的有力辅助工具。

在这里，从高跟鞋鞋底到运动鞋整鞋的3D打印的鞋款，让大家看到制鞋业这个传统行业在与高科技结合之后焕发出来的勃勃生机。

总部基地开辟的利益共享商业新模式，使得这里日夜通达世界各地的交易和业务繁忙而有序，让人强烈感受到世界鞋业中心的中枢气度。

在基地鞋业电子商务产业园区，设置有电子商务办公中心、企业服务中心、仓储配流中心、网货展示中心、电子商务学院、商业生活配套等6大空间。建立起了一支由资深互联网专家与鞋业人才相互结合的专业化运作团队，开发的电商云 ERP 平台供应链系统，再通过"鞋子网"O2O 门户与云 ERP 系统的接合，快速整合线上与线下销售业务、帮助企业实现同一库存、多渠道销售、多场景支付。

而电商云 ERP 平台供应链系统，对接淘宝、京东、1 号店、苏宁、亚马逊等销售门户。可以无缝对接"鞋子网"供销平台，快速实现统一管理的全渠道运营。供货商只要订单商品发货到客户手中，就可与鞋子网统一结算，减少了经销商付不出货款的风险；分销商按订单将款项支付到鞋子网平台，鞋子网按订单通知供货商发货，减少分销商的库存风险与支付安全。

…………

到 2016 年，世界鞋业（亚洲）总部基地经过两年的运营，正有力地凸显出八大优势。

优势之一：中国首创产业运营模式

优势之二：引领产业，铸就全球最大鞋业综合交易平台

优势之三：独拥八大配套，全球产业链一站式综合服务

优势之四：占位东莞厚街，世界鞋都聚集高端产业集群

优势之五：海陆空交通物流便畅，"5+1"掌控勃勃商机

优势之六：产业资源整合能力强大，会盟全球产业精英

优势之七：智能化、生态化、国际化，硬、软设施一流

优势之八：政府立体政策护航，鞋业行业口碑誉满天下

这八大鲜明的优势，让世界鞋业（亚洲）总部基地成就世界鞋产业"硅谷"正由梦想照进现实！

东莞由原来的中低端制鞋业基地，正快速迈进高附加值的高端鞋产业的世界经贸重地。

如今，世界鞋业（亚洲）总部基地联合东莞皮革鞋业协会、亚洲鞋业协会、香港鞋业商会、中国东莞国际鞋展鞋机展等行业组织及机构，正积

极筹建"东莞鞋业品牌联盟",希望借此合作做强东莞鞋业产业规模,促使东莞鞋业从"东莞制造"向"东莞创造"迈进,争取用3~5年的时间孵化出一批在国内享有盛名的知名品牌。

同时,集合有一定规模和实力的企业,通过联盟方式,丰富产品的种类及档次,增强与大型采购商议价的能力,将东莞鞋业的各自分散优势凝聚成综合优势。同时也通过品牌联盟约束作用,极大促使东莞鞋业产品及整体服务质量得到提升,有力拉动销售。

此外,世界鞋业(亚洲)总部基地正日益成为集鞋业高端研发设计、贸易物流、品牌展示、订单及采购、品牌孵化、信息咨询为一体的东莞鞋业公益性服务平台,将服务东莞鞋业转型升级和整个产业集群的发展!

在全球金融危机的严峻挑战中,担当起行业领军者的责任使命,张华荣以世界鞋业(亚洲)总部基地这一项目,成功引领着东莞乃至中国鞋业的宏大转型升级之路。

一路征程一路歌。在这一历程中,张华荣和他的华坚集团,也正一步步向着产业和行业的高端大平台迈进。

第九章
走向鞋业制造国际大舞台

创业者从来都是以坚定跋涉的脚步，丈量着现实到梦想的距离。

从家庭作坊式小鞋厂起步，一步步成就国内制鞋企业界的领军者、全国女鞋生产的翘楚企业。在三十多年的时光里，张华荣锲而不舍执着于制鞋行业，始终专注于他的制鞋事业。

正是在这一过程中，张华荣找到了自己人生事业的归属所在，更立定了自己人生追求不断行向高峰的目标。

当每一次立于人生事业的更高处，张华荣总是会敏锐发现并果敢抓住那些成就心中更壮阔目标的重大机遇。

2011 年，始于引领东莞鞋业制造产业转型，开始迈出投资海外生产基地建设的张华荣，随后又与重大机遇不期而遇。

这一重大机遇，就是国家随后大力推进实施"一带一路"倡议，与相关国家一起共同谋划和推动新一轮的经济合作与发展。

在世纪之交确立的远景发展目标中，国际化发展是华坚集团未来的明确方向。而在新世纪的第一个十年里，随着国内鞋业生产制造基地一端向海外转移已成为客观趋势，也使得华坚集团的海外发展水到渠成。国家推进实施的"一带一路"倡议，从国家战略高度到地方政策层面为企业走出国门提供了明晰政策支撑，其背后蕴藏的巨大市场和商机，更让华坚集团走向鞋业制造国际大舞台逢遇着千载难逢的重大机遇。

视势而行，顺势而为。

2012年1月，华坚集团在埃塞俄比亚投资建立的华坚国际鞋城正式投入生产，由此迈出了海外发展的第一步。

在此后的短短几年中，华坚集团逐步形成了海外投资发展的有自身特色的经营理念，这种理念既有中国特色，也有非洲元素。华坚集团快速崛起成为中国鞋业企业在埃塞俄比亚投资的"排头兵"。

2015年，中国华坚集团再次投资埃塞华坚国际轻工业园，为更多的轻工制造提供发展平台。促进中国优势产业进入非洲，发挥华坚在埃塞俄比亚已取得的投资经验。该产业园将是埃塞俄比亚制造业本地化里程碑项目，不仅将带动中国对埃塞俄比亚的投资，同时也将造福当地的经济社会发展。

从家乡的那间制鞋小作坊出发，由江西南昌和赣州、广东东莞，到今天走向海外广阔的发展天地，张华荣在30多年砥砺奋进的历程中，书写了一部精彩而厚重的创业史。

第一节　目光投向海外制造

今天，当纵览华坚集团在新世纪走过的 17 年跨越式发展历程，人们可以清晰地发现，从世纪之交张华荣确立了企业将朝着集团化、国际化的大方向崛起迈进，华坚集团在这 17 年过程中始终沿着横纵两大方向，以纵横捭阖的气势快速壮大、磅礴崛起。

再从开启又一个全新发展格局的视角审视，人们又可以十分清晰地看到，在华坚集团纵横捭阖壮大崛起的时间坐标轴中，无论是在其纵向发展还是在横向迈进的层面，2011 年都是一个极其重要的关键时间节点。

2011 年，当华坚集团在金融危机中崛起为东莞制鞋业界当之无愧的领军企业后，引领东莞鞋业产业整体转型升级的战略重任，历史性地落到了华坚集团的肩上。以打造世界鞋业（亚洲）总部基地这一"龙头"项目为起点，华坚集团开启了引领行业并实现企业自身跃入世界鞋业高端平台的发展之路。

也就是在 2011 年这一年，几乎与筹建世界鞋业（亚洲）总部基地项目同时，华坚集团悄然开始实施其国际化发展战略。

2011 年，时任埃塞俄比亚总理梅莱斯·泽纳维到深圳参加世界大学生夏季运动会开幕式，随后来到华坚集团考察，并向华坚集团抛出橄榄枝。在当年 10 月赴埃塞俄比亚考察后，张华荣毅然决定在埃塞俄比亚投资设厂。

由此，华坚集团成为中国制鞋业第一个走进非洲发展的企业。

鲜为人知的是，也与打造世界鞋业（亚洲）总部基地这一"龙头"项目引领东莞鞋业整体转型升级一样，华坚集团投资非洲建厂同样承载着引领"中国鞋都"东莞鞋业打开海外制造基地广阔新空间的重大使命。

让我们把时间再次拉回到 2009 年。

对于那一年整个东莞鞋业的情景，至今行业同仁仍记忆犹新：金融风暴中的东莞鞋业，工厂企业寂寥而空旷，行业倒闭潮寒意萧瑟。在第十四届中国东莞国际鞋展上，冷清的展会场面反映出鞋业所面临的严峻形势可见一斑。这个被称为东莞鞋业风向标的展会，是鞋企争取圣诞节或者第二年海外订单的好时机。然而，让人始料不及的是，当年参展企业仅为 400 多家，这在往届的东莞鞋展里是极其少见的。

陷入重重困境中的东莞制鞋业，该向何处去？！

从制鞋行业的从业者到政府，都不得不思考这一严峻的现实问题。

而且，还有一个情况让东莞市委、市政府越来越感到压力巨大。自从金融危机以来，东莞不少规模鞋业生产企业——如裕元集团、大力卜集团（绿洲鞋业、绿扬鞋业）、顺天集团（力凯鞋业）等，开始纷纷向东南亚等国家转移。

进入新世纪尤其是自全球金融危机爆发之后，东南亚等国家借助于本国原料、土地及劳动力等成本优势，在国际金融风暴中看到了自身优势，希望吸引外来制造业的投资，以逐步形成其制造业产业实力。

此外，东莞鞋业制造商选择"东南飞"，不单单是因为劳动力成本相对较低，还有关税问题。例如，一双女鞋，即使中国与柬埔寨的报价同为9 美元，客户依然会选择将订单下在柬埔寨。因为从中国出口到欧洲的鞋产品大约要交 15%~20% 的关税，越南的鞋类对欧出口关税不到 10%，而柬埔寨出口欧洲则享受免关税的优惠。2009 年 3 月，世界某著名品牌鞋厂商关闭了其位于东莞的唯一一家鞋类生产工厂——太仓工厂，并遣散员工，同时将其在越南的工厂进一步扩建，大幅度提升产能。

在国际金融危机冲击下，许多国外企业资金紧缺，迫不得已大量出售资产，客观上使我国企业进行"走出去"的选择范围大大增加，既降低了市场竞争的激烈程度和进入门槛，也使中国企业"走出去"的市场准入壁垒大大降低。

正是在这样的大背景下，东莞制鞋产业"空心化"的担忧弥漫于整个业界。

东莞鞋业产业转型升级发展，势在必行，而且还必须有"置之死地而后生"的决断毅力！

2011 年初，东莞市制定的《东莞市鞋业转型升级和集群发展政策扶持方案》发布，东莞鞋业产业正式迈出了转型升级的铿锵脚步。

东莞鞋业产业转型升级，是从两大方向同时展开的。

一个方向，是确立以华坚集团牵头打造的世界鞋业（亚洲）总部基地这一"龙头"项目为引领，大力提升东莞鞋业产业的整体水平，促使东莞鞋业产业从过去以中低端制造为优势的"世界鞋业制造中心"向"世界鞋业生产、研发与贸易"高端大平台转型。

另一个方向，就是引导有条件有实力的鞋业生产企业逐步向海外拓展，在世界鞋业（亚洲）总部基地构筑的鞋业产业发展高端大平台之外，重构东莞鞋业产业企业在海外广阔的生产制造基地。

至此，东莞市鞋业产业的转型升级的完整版图已清晰呈现出来——内铸研发、技术及品牌高端大平台，外筑生产制造海外基地，在世界鞋业产业格局正产生新一轮演变的进程中抢得先机，重塑东莞鞋业在世界鞋业产业中更为牢固的中心地位！

…………

"未来劳动密集型的加工业必然要失去竞争优势，所以必须'走出去'，可以留下少数企业，留下两端，去做品牌做营销做开发，大量的加工部分，转移到海外工资水平比较低的地方，利用当地工资水平低的优势创造优势。"

这是 2008 年张华荣在"世界鞋业发展论坛"上，对思考未来东莞乃至中国鞋业发展走向的阐述。

2009 年，当《东莞市鞋业转型升级和集群发展政策扶持方案》发布，东莞市鞋业产业转型升级的完整版图清晰地呈现在人们面前时，业界惊讶地发现，张华荣在 2008 年关于东莞乃至中国鞋业发展走向的阐述，竟然与东莞市鞋业产业转型升级两大路径方向如此吻合！

事实上，这种吻合并非偶然。

实际情况是，东莞市鞋业产业转型升级的两大路径方向，正是东莞市在充分论证以张华荣为代表的东莞鞋业制造界企业家们的智慧基础上形成制定的。

"一位企业家思路，一家企业的努力，引领着一方地域庞大同类产业转型升级，这是多么令人感到不可思议！"有专家这样评价道。

更让业界叹服的是，张华荣在思考东莞鞋业未来转型发展的过程中，将生产基地向海外转移的方向，又一次走在了前列。

"从我们的实践探索来说，2002 年，华坚集团投资江西赣州，就是为应对东莞土地、劳动力成本攀升而提升我们企业竞争力的重要举措。"在张华荣的理解中，在金融危机冲击下更加清楚地看到制鞋企业将生产制造基地向海外转移这一趋势，只不过是金融危机的冲击，加快了东莞鞋产业中低端生产制造基地向外转移的进程罢了。

2009 年，张华荣在调研中发现了一个奇怪的现象：在东莞空旷的街道两边，一些大门紧闭的厂房拉出的"出租"横幅已显陈旧；而在另一些地方，一些用红纸打出的"招工"广告，却格外显眼。东莞制鞋产业链在近两年的转型期中，大多数倒下的都是低端鞋企。这样的状况，再次印证了张华荣对于东莞鞋产业中低端生产制造基地向外转移趋势的思考。

"将产品附加值较低的加工制造转移到国外，而国内则致力于研发和打造世界鞋业平台等一系列具有科技含量和高产品附加值的加工与商贸展销。"2009年，张华荣站在全球鞋业发展格局正发生深度渐变的宏大背景下，又一次完成了他对于华坚集团下一步海外发展的规划。

这一规划的目标十分明确，那就是：华坚集团未来将形成三大基地——以东莞为中心，全力打造世界鞋业（亚洲）总部基地这一集研发、品牌和贸易一体的高端综合平台；全面构筑江西华坚赣州国际鞋城这一高端鞋类生产基地；开拓华坚集团海外生产基地，借助原料、土地和劳动成本优势，形成集团中低端鞋类生产的强大优势。

2011年，张华荣对于华坚集团未来发展的这一次新规划，上升到了承载引领东莞乃至中国鞋业实施全面转型升级使命的高度。

布局全球，在张华荣宏大的未来目标中，是要将华坚集团发展成为立足国内、纵横海外的民族制鞋大型实力企业。

张华荣由此开始了又一次的远征！

第二节　迈出布局全球坚实步伐

上天永远垂青那些具有最犀利的眼光和能紧紧抓住机会的人。毫无疑问，张华荣就属于这类人。

2011年8月，第26届世界大学生夏季运动会在中国深圳举行。时任埃塞俄比亚总理梅莱斯·泽纳维前来出席参加开幕式。

梅莱斯总理此次中国之行，还有一个更为重要的目的，那就是想把中国劳动力密集型的制造业带回去，利用生产要素的低价优势，以推动埃塞俄比亚国内轻工业的快速发展。

埃塞俄比亚联邦民主共和国位于非洲大陆东北部，简称"埃塞俄比亚"或"埃塞"，处于"非洲之角"中心，国土面积110.36万平方公里，在非洲排名第十。埃塞境内多山地高原,平均海拔近 3000 米,素有"非洲屋脊"之称。举世闻名的东非大裂谷纵贯埃塞国土中央,青尼罗河亦发源于此。境内河流湖泊纵横交错,水资源丰富,在水资源普遍短缺的非洲,又被誉为"东非水塔"。

中国和埃塞的友谊源远流长。1963 年,周恩来总理首次访问非洲就选择了埃塞,为中埃友好关系开启了崭新篇章,而那时两国还没有正式建交,这也成为两国关系史中的一段佳话。

2003 年,自建立全面合作伙伴关系以来,中埃两国在政治、经济、社会发展等领域的关系实现全面快速发展,交流合作不断拓展深化。中埃双方历来高度重视发展两国关系,将对方视为本国对外政策的优先方向和战略选择。

虽然埃塞仍属最不发达国家,但在新世纪第一个十年里,埃塞在经济建设、社会发展等领域取得了一系列令人瞩目的成绩。

尤其引人瞩目的是,埃塞俄比亚一直保持着两位数的经济增长率,让这个号称"非洲之脊"的国家显示出了巨大经济潜力。

世界银行的统计数据显示,2004—2010 年间,埃塞年均实际 GDP 增长率超过 10%,一直位居全球经济增长最快的 10 个国家行列。在 2008 年全球金融危机蔓延、经济低迷的大环境下,埃塞仍以 10.3% 的经济增长率领跑全球。埃塞还是非洲少数几个完成联合国千年发展目标中贫困人口减半目标的国家,贫困人口比例由 1995 年的 63% 下降到 2010 年的 37%。

作为非能源资源富集国,埃塞能够连续多年保持 GDP 两位数增长,几乎堪称"奇迹"。世界银行高度赞赏埃塞经济发展模式,认为如能保持当前强劲发展势头,埃塞完全有可能在 2025 年实现成为中等收入国家的目标。

2011 年,埃塞着手制订并实施新的 5 年"经济增长与转型计划"。

"每一个埃塞人都有一心一意谋发展的强烈愿望,都有一个实现民族复兴和国家强盛的'埃塞梦'"。

正是在这样的背景下，时任埃塞俄比亚总理梅莱斯把目光再一次投向了中国。在梅莱斯眼里，埃塞俄比亚具有承接中国制鞋业的潜力，他热切希望更多的中国制造业企业能前来埃塞投资发展。

梅莱斯之所以把目光投向中国，主要根据来自两点。

首先，新世纪以来埃塞俄比亚经济取得的快速发展，在很大程度上得益于来自中国的援建与投资。自 2003 年与中国建立全面合作伙伴关系以来，中国在埃塞俄比亚投资领域涵盖制造业、建筑业、农业、服装制造、汽车组装、水泥和玻璃生产等。在基础设施建设领域，埃塞 90% 以上的公路、全国的通信网络、第一条电气化铁路、第一条全封闭高速公路、第一条城市轻轨、第一个风力发电场以及几个重要的水电站等，都由中国企业参与建设。

其二，建立在全面合作伙伴关系基础上，梅莱斯十分了解中国经济发展的大趋势。基于 2008 年之后全球制造业格局变化的分析判断，他认为，承接中国制造业产业生产基地的海外转移，这对埃塞俄比亚工业经济在未来"五年计划"发展中可谓是不可错失的重大机遇。

就这样，梅莱斯决定利用前往中国深圳出席 2011 年 8 月举行的第 26 届世界大学生夏季运动会开幕式的机会，亲自到中国制造业产业云集的珠三角地区招商引资。

2011 年 8 月，时任埃塞俄比亚总理梅莱斯及随行人员如期抵达中国深圳。

期间，时任广东省委主要领导得知梅莱斯此行的这一意愿后，十分重视，马上交代广东省外经贸厅积极配合办理此事。

广东省外经贸厅接到省委主要领导指示，随即组织了一批大型服装鞋帽制造领域里的企业家，参加与梅莱斯总理一行面对面的交流恳谈。

在这次交流恳谈中，张华荣就是广东省外经贸厅选中安排参会的中方企业家代表之一。

与此同时，梅莱斯还前往东莞实地考察制造业企业。

根据事先安排，在东莞考察时，华坚集团是梅莱斯重点考察的一家企业。

这是张华荣第一次与埃塞俄比亚政府方面接触，也是他第一次初步了解关于非洲那方中国制造业投资热土的情况。

但就在这第一次接触中，张华荣与非洲结下了不解之缘，他酝酿已久、深藏胸中的华坚集团国际化发展战略，悄然迈出了实施的步伐。

话题再次回到时任埃塞俄比亚总理梅莱斯那里。

在交流恳谈会和到企业实地考察过程中，梅莱斯与张华荣接触相识。正是在这一接触过程中，他感受了作为东莞鞋业企业领军人物的远见卓识，感触到张华荣对于自身企业和整个行业未来发展中走向海外实现生产基地转移的战略蓝图。

张华荣给梅莱斯留下了深刻印象。

随后，在热忱邀请广东省制造业行业企业家组团前往埃塞俄比亚进行商务考察时，梅莱斯热情而诚恳相邀，希望张华荣届时前往。

来自埃塞俄比亚总理的热忱邀请，让张华荣很是感动，也欣然接受了这邀请。

于是，一个月后的 9 月 24 日，一个由 40 多名广东省制造业企业家组成的商务考察团，飞往埃塞俄比亚进行实地考察。

而且，张华荣作为广东省政府推荐的人选，担任了这次商务考察团的团长。

一踏上埃塞俄比亚的国土，眼前的所见所闻，让张华荣顿时改变了想象中的非洲印象：这里经济虽然比较落后，但却并非人们想象中的因干旱而导致赤地千里、沙漠纵横。相反，这里有非常丰富的水力资源，有广袤而丰饶的未经开垦的土地……

而在接下来重点针对投资条件的实地考察中，更是让张华荣耳目一新，兴奋不已：

埃塞拥有丰富的畜牧资源，其数量排非洲第一，世界第十。据埃塞农业和农村发展部公布的数据，埃塞约拥有 4000 万头牛、2400 万头绵羊和 2300 万头山羊。牛、绵羊和山羊的屠宰率分别为 7%、37% 和 33%，牧民每年给皮革加工厂供应牛皮约 240 万张、绵羊皮 800 万张和山羊皮 700 万张，皮革加工厂年产约 1700 万 ~1800 万张皮张。

埃塞的牛羊为放养，大多皮革质量较差，简单而传统的屠宰、储运做法也影响了皮革的质量，但埃塞高原放养的牛羊皮具有良好的韧性和其他优良的品质，其皮张由中间商向农户收购，然后送到皮革加工厂加工，加工的皮张中，半成品皮为 86%，成品皮为 14%。成品皮中的 20% 供应国内市场，在当地生产皮鞋、皮衣、手套、箱包、旅游品等。大部分皮革加工厂主要加工生产泡腌皮、蓝湿皮和硬外皮等半成品皮供出口。

从皮革制造业来说，埃塞俄比亚能够提供在非洲国家中最丰富的原材料。在满足国内市场对皮革产品的需求外，逐步扩大出口，目前埃塞皮革和皮革产品的外汇收入排行第三，仅次于豆类，对国民生产总值的增长和创造就业机会起到重要的作用。

埃塞政府为发展皮革产业，已将皮革和皮革产品列为优先发展的领域之一，制定了中长期发展战略，出台一系列扶植政策，改变以往中间商自由收购皮张的做法，在全国各地设立牛羊皮回收中心，疏通皮张的回收渠道，杜绝因回收皮张不及时造成的浪费，保证牛羊皮质量，对屠宰场的工人进行定期培训，成立了皮革和皮革产品技术研究院。

埃塞政府这一举措的目的，在于帮助企业提高生产技术能力、产品质量和管理能力，增加皮革和皮革产品在国际市场的竞争力。埃塞政府皮革产业的短期战略是扩大蓝湿皮生产规模，提高低档皮加工成泡腌皮、成品皮和皮革制品的生产能力。在缺少成品皮革的情况下，鼓励投资者从国外进口，政府予以免税；长期战略是逐步扩大加工皮革数量。政府在投资方面采取的措施是：公私合作、出口税收优惠、出口信贷保证、提供投资基金和工业用途下的长期信贷、进口皮张原材料和成品皮免税、降低相关运输和过境的服务费。

另外，为鼓励国内外投资者在皮革产业领域发展，埃塞政府规定，投资者用于皮革产业投资项目的资本货物，如机械设备、建筑材料等，以及相当于资本货物价值15%的零配件可免征进口税，并可免税转让给同等资格的投资者。用于制造出口产品的原材料进口关税和进口货物税，还可得返还。根据投资领域、地理位置和出口产品多少，免征1年至7年的所得税。而且，如在免税期间发生亏损，期满后还可递延免税优惠。

…………

在张华荣眼里，埃塞俄比亚丰富的制革原料，对于鞋类制造企业而言具有投资建厂的天然优势。

那么，埃塞俄比亚的劳动力总体情况和成本如何呢？

了解到的情况让张华荣感到惊讶！埃塞俄比亚全国约有3000万劳动力，劳动力人口结构年轻。尤其是其劳动力成本，相对国内显得十分低廉，非技术工种的劳动力月工资折合成人民币为300元左右。

埃塞土地属于政府，在埃塞投资土地成本非常低；埃塞政府积极致力于创造更好的产业环境，加快建设产业园区各方面基础设施。

劳动力和土地成本具有的这等优势，让张华荣怦然心动。

"这完全符合我们正在寻找的企业生产基地转移的投资理想地方条件！"张华荣这样认定。

接下去，张华荣又对投资埃塞俄比亚的土地、水电费成本、税收及交通运输等情况一一做了详细考察：

水费，按企业消费量计算，消费越多单价越高，但平均价格仅为国内企业税费价格的十分之一。此外，企业还可在埃塞自担费用打井解决自己企业的用水问题。这种用水方式，企业不用向政府再缴纳用水费用。

电价，约为人民币 0.1 元每千瓦时。

交通方面，埃塞航空在非洲排名居前三甲，拥有近 70 条国际航线，空运优势明显。其中，埃塞首都亚的斯亚贝与中国北京、广州、杭州、香港等地有直飞航线。

货运上，埃塞俄比亚是一个内陆国家，除少量空运货物外，虽然几乎所有国际货运都要通过邻国吉布提港进出口，但吉布提港到埃塞之间已建成十分通畅的内陆运输公路。

税收方面，在埃塞生产的几乎所有产品可免关税、免配额进入美欧市场；出口至加拿大、日本、新西兰等国家和地区的绝大多数产品，均享受零关税待遇。埃塞是"东南非共同市场"（COMESA）的成员国，产品可以在优惠条件下进入 21 个成员的市场。

其国内市场方面，埃塞本身就是一个巨大的市场，90% 以上的工业制成品依靠进口，各个领域具有巨大的潜在市场和利润空间。

基础建设方面，埃塞正在走向一个新的高峰期。全国铁路建设达到了两千多公里，电力资源完全可以满足工业生产，不但满足自身需要，电力还在向其他国家输送。

无论从交通、基础建设、人口资源、工资水平以及政治稳定方面，埃塞俄比亚都是世界上最适合承接中国产业转移的国家之一。

此外，埃塞政局长期稳定、治安良好。

一项项实实在在的投资优惠政策，见证着埃塞政府对外商前来投资的诚意，也反映出其对吸引外商前来投资的渴望。

是的，埃塞政府的诚意与渴盼，张华荣从梅莱斯总理那里感受真切而强烈。

对于来自中国广东的这 40 多名由制造业企业家组成的商务考察团，埃塞政府高度重视。考察期间，埃塞政府各部门的安排和接待十分认真细致。

或许是在广东初次接触中就对张华荣留下了深刻印象的缘故，又或许是彼此心间有着某种默契，在广东商务考察团对埃塞进行实地考察期间，梅莱斯总理多次接见了张华荣。

其中接见时间最长的一次，梅莱斯与张华荣长聊了近 3 个小时。

考察行将结束之际，梅莱斯再次接见张华荣，他真诚期待华坚集团到埃塞俄比亚投资制鞋企业。

对此，张华荣内心充满感动。

此时，张华荣考察的结论实际也已得出：投资埃塞俄比亚，是华坚集团海外投资实施生产基地转移的理想地方！

当张华荣和梅莱斯的手紧紧握在一起时，那份默契已让梅莱斯明白，张华荣已然下了投资埃塞的决定。

结果，只是时间的问题。

但在梅莱斯总理的心里，有一个愿望：由中国援助 2 亿美元建设的非洲联盟会议中心，就要在埃塞俄比亚首都亚的斯亚贝巴落成。这座庞大的建筑物是中国继坦赞铁路之后最大的援非项目，大多数建筑材料包括木头、大理石和玻璃都来自中国。为此，梅莱斯希望，至少有一家来自中国的制造企业能在该中心落成时完成投资，从而显示两个国家的友好以及中国对该国经济的扶持。

梅莱斯总理似乎已认定，张华荣能实现他和埃塞人民的这一愿望。

"可是，现在距离非洲联盟会议中心开业只有 3 个月时间了……"闻听梅莱斯总理讲出的心愿，面对如此紧迫的时间，张华荣心有迟疑。

然而，面对梅莱斯总理热切的神情与目光，张华荣却分明感到自己无法拒绝。

"回国后，我一定尽快做出决定并给予答复！"张华荣这样回答。

回国以后，张华荣随即与美国鞋业贸易商 GUESS 品牌商量。让他兴奋不已的是，对方表示，愿意给华坚集团在埃塞俄比亚将来投建的工厂下订单。

张华荣立即做出了华坚集团发展的重大战略决策——投资埃塞俄比亚,在埃塞俄比亚东方工业园区筹建华坚国际鞋城(埃塞俄比亚)有限公司。

三天后,华坚集团将这一决定正式函告埃塞俄比亚政府。

此时的时间,是 2011 年 11 月 5 日。这注定是一个将载入华坚集团史册的日子。

由此,华坚集团成为中国制鞋业企业中,第一个走进非洲发展空间天地的企业!

尤其值得一提的是,华坚集团也是这次赴埃塞考察进行商务考察的 40 多家广东制造企业中唯一投资埃塞的企业。

随后,华坚国际鞋城(埃塞俄比亚)这一项目正式启动,项目推进以"倒计时"进行日程安排。

埃塞俄比亚政府高度重视,将这一项目确立为国家招商项目。

张华荣亲自负责项目的整体推进工作。

他在自己的办公室挂起了两个石英钟,一个是"北京时间",一个是"埃塞俄比亚时间"。

在埃塞政府和中国大使馆的大力支持下,20 天之内,华坚集团就在埃塞招聘到了 130 位埃塞俄比亚员工。随后,这 130 位员工飞赴东莞华坚集团总部接受技术培训。

接下去,把制鞋设备运往埃塞俄比亚,安排中方人员赴埃塞俄比亚展开建厂前期各项工作。

2011 年 12 月,华坚集团 200 多位干部员工和埃塞在华培训的 130 位员工共 300 多人飞往埃塞俄比亚,进行开工试产。

所有的制鞋设备以及制鞋原材料,从中国出口到埃塞,再到安装、试产,只花了短短的 70 天。

…………

2012 年元月中旬，华坚国际鞋业首期设计月产能为 2 万双鞋、550 个工作岗位的两条生产线，全部建设完成。

北京时间 2012 年 1 月 28 日，对于张华荣和每一位"华坚"人来说，都是值得深刻铭记的日子。

这一天，正式开始投产。

开业典礼上，受邀莅临的有非洲多国领导人及外交官。

当了解了华坚国际鞋业从决定投资到首期生产建成正式开工仅用了 3 个月时间时，在场的所有人无不为之深感惊讶与敬佩。

如同改革开放后中国为之自豪的"深圳速度"，华坚集团以令人惊叹的"非洲速度"，在埃塞俄比亚迈出了其国际化发展战略的第一步！

在投产不到 3 个月后，华坚国际鞋城又再次创造了令人惊叹的速度——2012 年 3 月，华坚国际鞋城生产出第一批 GUESS 女鞋，装入集装箱启运美国。

再往后 3 个月，华坚国际鞋城产能翻了数番。

产能的迅速提升，华坚国际鞋城再扩生产流水线。到 2012 年 12 月，华坚在埃塞俄比亚雇佣工人增加到 1600 人。

这一年，华坚国际鞋城当年的出口额，占到埃塞俄比亚皮革业出口的 57%。

华坚集团在埃塞俄比亚创造了令人瞠目的"华坚速度"，也创造了非洲国家生产出世界最强大的美国主流女鞋的神话，成为埃塞俄比亚最大的出口企业。

此后，关于华坚国际鞋城发展的欣喜消息，不断从万里之遥的埃塞传回到国内。

每天早上，3000 多名身穿蓝色工作服的埃塞俄比亚工人认真做完早操，排着队走上生产线。日光灯下，在机器运转的噪声中，他们熟练地裁剪、缝纫，制作即将销往美国的棕色皮靴。

见过这一景象的人说，除了工人们黝黑的皮肤和面孔，这里的制鞋流程和场景与珠三角地区的制鞋厂并无二致。

不过，这个场景发生于设立在非洲东北部国家埃塞俄比亚的中国鞋厂——华坚国际鞋城（以下简称华坚国际）里，这是埃塞俄比亚最大的制鞋厂。

…………

——《青年参考》（2014 年 11 月 26 日）

2012 年 1 月，中国最大的皮鞋制造商之一华坚集团，在拥有全世界最好皮革的埃塞俄比亚建立了两条生产线，每月出口两万双鞋，创造了 550 个工作岗位。曾任中国政府非洲事务特别代表的刘贵今告诉美国彭博社，当时，数百名当地居民排着队申请工作，"那种场景的确是个奇迹"。

早上 7 点，24 岁的特肖梅吃完公司为员工提供的早餐后，就开始将鞋从厂房运往仓库。上午的工作结束后，她得以享受午餐——当地的酸面包。晚上，公司的巴士将她送到附近的小镇。在那里，她与姐姐合租一间屋子，每月房租 18 美元。

一年多以前，特肖梅从 165 公里外的家乡来到华坚集团在埃塞俄比亚设立的工厂。"工作很好，我可以付房租、养活自己。"穿着浅绿色华坚 T 恤的她说，"这改变了我的生活。"她希望可以成为主管，拥有属于自己的房子。

…………

——《南华早报》（2013 年 8 月 12 日）

对于新员工的培训，他们建立了专门的培训教室，由经验丰富的中方老师用一带多的方式进行手工、设备的手把手教学；对于那些表现优异的本地员工，厂方更是为他们提供去中国华坚东莞总部和华坚赣州技校接受培训的机会，学习设备操作、企业管理和中文。

目前，一批批学成归来的员工已经在更为重要的岗位上挑起了大梁，参与管理工作，"好的员工就作为干训班，把他们派到中国去学习。我们派他们去学一年。教汉语、教技术、教管理，在我们中国工厂实习，在我们东莞实习，在赣州实习，一边半年，我们中国条件当然比这边更好，设备装备都是配套的。所以现在的主力管理干部60%、70%都是那个时候培训出来的。"

——《中国企业在非洲华坚集团在埃塞俄比亚"授人以渔"》（2014年7月11日）

…………

华坚集团投资非洲埃塞俄比亚取得的成绩，如此令人瞩目。

随着"中非共同体"的提出，非洲或是中国产业转移的最佳选择地。华坚集团已走在前列，为中国企业"走出去"提供了样本。

2014年5月，国家总理李克强访问埃塞俄比亚，与埃塞总理海尔马里亚姆一同视察华坚国际鞋城。李克强对华坚集团等企业为埃塞俄比亚作出的贡献表示肯定，并鼓励更多的中国企业到埃塞俄比亚投资。

华坚集团没有辜负这份殷切的肯定和鼓励。

到2015年初，华坚国际鞋城已累计共向欧美出口了380多万双成品鞋，创汇近5000万美元。在短短4年多时间里，华坚国际鞋城已崛起成为埃塞俄比亚最大的制鞋企业，生产的女鞋占埃塞俄比亚鞋业出口份额的50%以上，带动了当地皮革加工、运输、物流、农场等多领域发展。

同时，华坚国际鞋城解决了近4000名埃塞人就业。

从东莞出发，跨越15000多公里，张华荣的商业版图从2011年起，在地球另一边的埃塞俄比亚树起了一个中国企业的标杆！

第三节　驰骋在"一带一路"广阔天地

所有的逐潮追梦者，总是那些肩负使命而又富有高远目光的探路者。

在埃塞俄比亚投建华坚国际鞋城的成功，标志着华坚集团在全面转型升级发展中实施"走出去"战略迈出了坚实的第一步。

对于东莞鞋业制造产业而言，华坚集团的这一成功探索，有力表明了走向非洲是实施生产制造基地向海外转移的一条良好出路，也是东莞乃至全国劳动密集型产业实施转型升级发展的一片广阔天地。

张华荣从不曾忘记，华坚集团"走出去"的同时还承载着重要使命。这使命，就是为东莞鞋业制造企业探寻生产制造基地的海外理想转移之地。

如今，在海外投建生产制造基地以实施发展战略转型，已被证明是一条成功的路径，而且理想的海外生产制造基地也已找到，那么接下来，引领和帮助东莞及全国其他地方鞋业制造企业走向埃塞俄比亚等非洲国家投建生产制造基地，就成为华坚集团要积极去努力实现的使命。

2014 年 5 月，在国务院总理李克强访问埃塞俄比亚期间视察华坚国际鞋城之后，张华荣开始思考如何引领和帮助东莞及全国其他地方鞋业制造企业，走向埃塞俄比亚等非洲国家投建生产制造基地这一课题。

而正是在这一年，历史性的机遇又再一次为张华荣肩负行业发展使命的努力，提供了强大的助推力。

2014 年底，"一带一路"倡议以宏大的格局，开阔的路向，为中国企业"走出去"打开筑梦空间，创造出了难得的历史机遇，勾勒出一条宏阔的掘金新路径。

这一"超级战略"如同长风浩荡，必将为中国企业"走出去"起到强大的引领和支撑作用。有专家甚至这样说道："看着世界地图做企业，沿着'一带一路'走出去，将是中国企业未来发展的新常态。"

经济新常态下，"一带一路"倡议正是一个合适的支点。其背后蕴藏着巨大的市场和商机，如何能快速破解它、把握它，成为无数企业家们共同关注的焦点。

在"一带一路"倡议下，埃塞也扮演着非常重要的角色。埃塞更加注重加强与中国的战略对接，力争将自己打造成"一带一路"的东非门户。同时，中国也将埃塞作为中非产能合作先行先试示范国家及中国产品、设备、技术、标准、投资、服务走向非洲的桥头堡和试验田。

一时间，埃塞等非洲国家成为中国企业家纷纷看好的海外投资热土。

"海上丝绸之路所经过的国家，可以概括成资源丰富的高地、市场潜力巨大的平地、工资成本的洼地。沿线国家为中国企业带来美好的蓝图。而这些资源如能够通过'一带一路'合作建设，达到互联互通，并且按照海上丝绸之路的规划，实现投资和贸易便利化，那么这些沿线国家将会变为东莞资源可靠的供应地，也会是东莞制造业开拓最好的地方。对于这些国家，东莞劳动力密集型产业的转移，也会给他们带来一个工业化、现代化的战略机遇发展期。"

"金牛皮业集团董事长刘志军最近频繁奔波于埃塞俄比亚与东莞之间，在埃塞俄比亚筹建一个材料采购基地，将非洲的皮料采购后运到国内，未来考虑在埃塞俄比亚建立制造工厂。像金牛皮业这样受到国外低廉劳动力、较低劳动力成本以及投资优惠政策等资源吸引的东莞鞋企正日渐增多。"

…………

"一带一路"倡议的实施，促使东莞市和东莞制造企业对实施"走出去"战略的热切意愿和紧迫感。

"引领和帮助更多的东莞企业、中国企业到埃塞俄比亚投资，正当其时！"这样的形势，让张华荣欣喜不已。

园区是企业投建生产基地的重要基础平台。

"目前，埃塞正处于工业化进程的初级阶段，而工业园区是工业化的重要载体。"一个想法开始在张华荣的思考中萌发——在埃塞建设一个轻工业园，为东莞和国内那些有志于投资埃塞的鞋类等轻工业企业搭建投资平台，做好发展服务。

张华荣之所以产生这样的设想，还有一个主要的原因，就是当初华坚集团投资埃塞，能在短短三个月时间里创造投建华坚国际鞋厂的奇迹，与选择在埃塞俄比亚东方工业园密不可分。

埃塞俄比亚东方工业园，2007年由江苏永元投资有限公司投资设立，重点发展适合埃塞及非洲市场需求的纺织、皮革、农产品加工、冶金、建材、机电产业，以外向型制造加工业为主，并有进出口贸易、资源开发、保税仓库、物流运输、仓储分拨、商品展示等功能。经过近10年的建设，园区已初具规模，成为江苏省第二个国家级境外经贸合作区，也是国家"中非产能合作、产能转移"的试点单位及"一带一路"的重要承接点。

东方工业园为广大的"走出去"企业及意向"走出去"企业提供了一个"平台"。这个"平台"的建立，为入非投资企业提供了经济、安全的海外发展基地。同时，园区还为投资企业提供海关、商检、税务、质检等"一站式"服务。

在埃塞俄比亚打造一个高效的、环保的、文明的、和谐的中国式的轻工业城，为埃塞俄比亚的经济发展、为中国企业的可持续发展做一个硬件、软件平台——2014年底，张华荣决定，建设埃塞华坚国际轻工业园，为更多的轻工制造提供发展平台。

"我们用发展的经验及过程当中碰到的问题为鉴，能帮到埃塞俄比亚政府，我们的企业在埃塞俄比亚发展上也能起到很大的推动作用。"华坚轻工业城的另一个定位是，承担与埃塞俄比亚政府改革开放发展需努力筹建的各种社会服务的责任。

中非发展基金对华坚集团的这一项目十分赞赏，表示愿意提供资金支持。

中非发展基金是中国国家开发银行系统的一个私人股本基金。随着习近平主席"中非是休戚与共的命运共同体"的提出，非洲或是中国产业转移的最佳选择地，中非发展基金设立的宗旨就是支持促进中国企业在非洲的投资发展。

2015年初，中非发展基金与华坚集团签署协议，十年内共同投资20亿美元，在埃塞俄比亚发展专注于制鞋的制造业集群。

埃塞俄比亚中国华坚国际轻工业城，占地面积126公顷。总体开发量为136.90万平方米，其中产业开发量为63.86万平方米，居住开发量为53.88万平方米，商业开发量为19.16万平方米。

在整体规划上，埃塞俄比亚中国华坚国际轻工业城充分体现出中国元素，将中国特色的城墙符号引入整体的空间设计，依托华坚大道、华荣大道、义明大道均衡发展生产与生活功能板块，塑造一个可持续、高效率的、有城市活力与魅力的、产城一体的工业新城。

埃塞俄比亚中国华坚国际轻工业城包括：产业区、产业综合区、公寓住宅区、联排别墅区、独栋别墅区、商务办公区、商业街区、购物中心区和森林酒店区9个片区。

该园区将于2020年全面竣工，将建设成为可持续、高效率、产城一体的工业化新城和高度环保的人性化社区，打造"中国制造"走进非洲的成功范例。园区全面建成后，将为埃塞提供3万到5万个就业岗位。

同时，这一项目也将进一步打造世界工厂与非洲产业转移合作的高端平台，推动更多国内企业尤其是制造业走向非洲，实现产业的海外转移合作。

埃塞俄比亚当地时间2015年4月16日上午，埃塞俄比亚首都亚的斯亚贝巴市郊的工地上，彩旗飞舞、欢声雷动。由华坚集团投资的埃塞俄比亚——中国东莞华坚国际轻工业园在此举行隆重盛大的奠基典礼。

埃塞俄比亚总理海尔马里亚姆、中国驻埃塞俄比亚大使腊翊凡、东莞市领导、埃塞俄比亚各级政府代表团、东莞市政府和企业代表团、世界鞋业代表及国内外各大媒体记者等近300人一起共同见证奠基盛况。

埃塞俄比亚总理海尔马里亚姆亲自主持奠基仪式。

在奠定仪式上，海尔马里亚姆发表了热情洋溢的讲话，积极评价华坚集团等中国企业在埃塞经营发展成果及为埃塞经济社会发展特别是创造就业、提升人民生活水平所作的贡献，表示轻工业是埃塞重点发展领域，希望华坚国际轻工业园的建设能够引领、推动埃塞轻工业发展。埃塞将不断改进服务，吸引更多中国企业来埃投资，加速工业化进程。

与此同时，海尔马里亚姆在他充满深情的讲话中，还称赞华坚国际轻工业园的开工建设，是埃中友谊的一座丰碑，盛赞张华荣是"为埃塞作出卓越贡献的英雄"。

埃塞俄比亚中国华坚国际轻工业城，是中埃两国在轻工业领域合作的一座全新里程碑。

尤其是东莞市和广东省对于这一项目寄予深切厚望，希望埃塞俄比亚中国华坚国际轻工业城成为有力推动东莞鞋业和广东轻工业转型升级发展的助推器。

东莞市委、市政府主要领导亲率东莞市党政企业考察团出访非洲，第一站便是出席华坚国际轻工业园奠基典礼，这充分体现了东莞对"一带一路"倡议、"走出去"战略的高度重视，以及东莞市委市政府对华坚集团走向非洲、投资埃塞东莞华坚轻工业园的亲切关怀和大力支持。

广东省委、省政府主要领导率团到埃塞俄比亚进行友好访问，专程访问华坚集团国际轻工业城，鼓励张华荣要把握中埃产能合作的战略机遇，努力将轻工业城打造成为广东参与"一带一路"建设的重点示范项目。

…………

从投资建厂到大手笔投建轻工业产业园，以华坚集团为代表的中国企业，正在加速挺进非洲，力促产业特别是传统制造业的海外转移对接。

到2016年，埃塞俄比亚中国华坚国际轻工业城与12家进驻企业签订了进驻意向协议。

进驻企业对华坚轻工业园充满期待和信心，相信这次合作能为企业创造出一个好的未来。

事实证明，非洲这块热土，是未来工业文明的沃土，充满无限商机。

对于家乡江西的发展，张华荣从来都希望能尽己之力。在建设埃塞俄比亚中国华坚国际轻工业城，以引领更多东莞和广东劳动密集型企业走向非洲广阔发展天地的过程中，张华荣积极为江西企业的"走出去"倾力而为。

更好地鼓励引导江西省民营企业积极参与国际合作，使他们能够更好地利用国内国际两个市场、两种资源，拓展国际发展空间，从而服务全省经济发展升级。2015 年 10 月 8 日，江西省总商会"一带一路"服务中心在江西省总商会正式挂牌成立。服务中心将对联系"一带一路"中 64 个国家驻外使馆、工商社团、华商会等组织，摸清已"走出去"企业基本情况和"走出去"的基本流程，为企业"走出去"提供咨询服务等起到重要的作用。

华坚集团派出专员常驻江西省总商会"一带一路"服务中心，为江西民营企业响应国家"一带一路"倡议、"走出去"战略开展服务工作。

"引领和帮助家乡江西更多的民营'走出去'，助力江西民营经济更好更快发展，是我义不容辞的责任！"这是张华荣发自内心的愿望。

第四节　成就民族品牌企业的光荣梦想

梦想的前面是无限广阔的远方。

从当年只有不到 10 个人的家庭作坊式小鞋厂，发展到现今拥有两万多人的全球规模最大中高档真皮女鞋制造企业之一，从东莞到赣州，从中国到非洲，将一部分"中国制造"变成了"非洲制造"，在张华荣的带领下，华坚人用一双鞋走出无比坚定的脚印。

华坚集团未来将走向何方？达到怎样的高度？实现怎样的价值目标？

在如今企业已步入行业发展的世界舞台，这些也随之成为张华荣开始思考的重大问题。

"我一直会做一个优秀的鞋匠。永续经营，做基业长青的百年经典企业，让华坚集团成为屹立于世界鞋业制造企业之林中的经典民族品牌企业！"

这就是张华荣的愿景和目标。

在多年的企业管理累积的经验基础上，张华荣开始从企业永续经营的战略高度出发，展开了一系列具有前瞻性、战略性的宏大深思。

企业能够做到百年，很重要的一个方面就是企业的经营理念。

现代企业管理是一门科学，需要建立在科学系统的基础上，结合企业自身特点，建立科学的管理体系。但是，企业文化、企业经营、企业管理是任何企业都绕不开的三个重要因素。

2013年，从企业永续经营的战略高度，张华荣提出了著名的企业经营管理"二十四定"体系。

企业文化方面：定价值追求、定职业愿景、定逻辑思维、定心态态度、定人品人格、定行为行动、定诚信体系、定职业精神；

企业经营方面：定战略目标、定发展方向、定利润目标、定客户价值、定价格标准、定结算标准、定分配标准、定经营报表；

企业管理方面：定组织结构、定部门职责、定岗位职责、定职责权限、定岗位编制、定负责对象、定管理流程、定管理表格；

"二十四定"体系，从企业文化入手，衍生到企业的经营和管理，三者相互促进，相互影响，对企业的发展做出具有前瞻性、战略性的思考与规范，以及一整套完善的现代企业经营管理战略支撑体系。

随着经济全球化的不断深入，市场竞争的加剧，对现代企业经营管理也提出了更高的要求，过去的经验式管理已经无法适应今天的现实。企业要生存发展，必须要在管理上有所创新。

民族企业强大，中国才会更加强大。张华荣深刻认识到，要让中国制造成为中国创造，要让华坚品牌成为世界品牌，必须要走向全球市场，与国际一流公司同台比拼，到海外去"开疆拓土"。

企业"走出去"并不是简单的产品输出，而是让中国民族品牌走向世界。张华荣说，依靠现在已经打下的坚实基础，他深信，未来华坚集团向民族品牌企业迈进的荣光发展之路会越走越开阔！

"人要有一种精神，国家也要有一种精神。"多年的创业经历，让张华荣对精神的巨大能量有着深刻的认识和解悟。

"中国已经不缺大企业，但是需要培育一批真正的世界级企业。"产业报国的理想，激励着张华荣脚踏实地谋发展，同时又在确立华坚集团更为高远的阶段性发展目标。

脚踏实地，首先是做好 OEM，建造生产基地，加大对赣州的投资，创造世界鞋业赣州制造基地。同时发展埃塞俄比亚 OEM 制造基地；其次，做好 ODM，建立商贸平台，以东莞世界鞋业总部基地为平台，拓展国际贸易；第三，做好 OBM，打造自主品牌，以赣州生产基地为基础，建立自主品牌孵化中心，拓展内需市场、积极推动华坚集团上市。

在未来 5 年，华坚集团将为"打造百亿产业，做好百年华坚"奠定坚实的基础。

阶段性远景新目标有两个：目标之一是在 2021 年建党 100 周年时，华坚要真正实现"高效乐业、和谐安居"，成为国内民企 500 强；目标之二是在 2049 年中华人民共和国成立 100 周年，华坚要实现全球化战略，进入全球企业 500 强。

人们说，张华荣的创业经历和人生事业是一部传奇。

但张华荣却满怀深情地说，如果说华坚今日的崛起被人们看作是传奇，那写就这传奇的，除了艰苦的努力和辛勤的付出，就是得益于改革开放时代为自己插上了"两个翅膀"，一个叫理想，一个叫执着。

"改革开放伟大时代赋予了我改变人生命运的机会，华坚人一路而来的奋进拼搏成就了我们今天的基础。走向世界鞋业大舞台，才知道未来有多么广阔，也正因为如此，今天我们才有了更深的紧迫感和使命感。"

"技术研发才是企业不断壮大发展的核心竞争力保障，没有技术永远受制于人，必须以市场需求为导向，以技术创新为动力，加快战略转型，努力提高鞋产品的科技含量和附加值，向技术优势转变，加快实现我国由制鞋大国向制鞋强国的转变。"

"我们将以埃塞俄比亚为据点，辐射拓展包括坦桑尼亚在内的非洲其他地区，将公司优势的传统制鞋业在非洲做大做强，把'埃国制造'延伸为'非洲制造'。"

…………

立足国内，布局全球。在张华荣宏大的视野格局里，华坚集团的国际化发展版图才刚刚起步。

在生产基地的国际化版图中，华坚集团将进一步构建拓展"非洲版图"的多元格局。

在国际化品牌崛起的蓝图中，华坚集团要创立一系列经典国际鞋类品牌，使之成为令国人骄傲的中国民族鞋业品牌。

在引领中国鞋业傲立世界鞋业的远景规划中，华坚集团将以世界鞋业（亚洲）总部基地这一高端平台为中心，铸牢中国鞋业在世界鞋业中的地位。

…………

肩负时代使命，为社会而生存，为行业而努力，永怀报国心。

梦想是对自己的期许，梦想是对未来的承诺。胸中有万千激情涌动，张华荣深知前方任重而道远。

三十载风华歌不尽，华坚再踏新征程——张华荣坚信，制造业永远有春天，华坚集团要在未来崛起成为全球制造业品牌之林中的常青树！

第十章

责任与使命同行

社会责任与担当，彰显出一位企业家的人生境界与情怀，也深刻反映了这一家企业的价值取向。

纵览张华荣开厂办企业的 30 多年过程，这是一路风雨兼程的创业历程，同时又是他心怀感恩、真情回报社会的心路历程。

沿着当年开厂办企业的时间起点，在时光的行进中，人们看到的不仅有张华荣为华坚鞋业一路发展壮大的执着奋进，也有他倾情社会公益慈善的真情之举。

1998 年，江西发生特大洪灾，张华荣毫不迟疑地向家乡捐款捐物，而当时他的企业还只是刚刚走出困境，且华坚鞋业当时已搬迁至广东东莞。

张华荣说，华坚不仅是他个人的，也是属于大家的，属于全社会的。"我们不仅要'建文明小社会，创高效大集团'，还要让更多的人在华坚这个大家庭里高效乐业，和谐安居。"为社会而生存，为行业而努力！在华坚集团不断发展壮大的过程中，张华荣始终以此为座右铭，这也是他执着追求人生奋斗目标的巨大动力。

义利兼顾、以义为先。张华荣认为，企业发展了，就更应该不遗余力地奉献社会。

在这一企业理念的指引下，张华荣不仅立志要让华坚集团成为制鞋行业的领军企业，还要让华坚集团成为社会公益事业的践行者与推动者。

他以个人或以企业名义，长期捐款慰问贫困农户，定向资助贫困大学生，向地震灾区捐款，向希望工程捐资，向江西省光彩事业促进会捐款建设华坚光彩小学。

他在华坚集团设立"自强班"，为残疾人提供就业岗位，让他们在工作中走上真正自强自立的人生之路。

多年来，他陆续向慈善机构和社会公益事业捐款数额达几千万元。

…………

张华荣怀着一颗感恩的心，把"以人为本，服务人类"作为华坚集团的发展理念，把感恩时代、奉献社会作为集团一项可持续发展的荣光事业。关爱弱势群体，情系公益事业，用实际行动去点燃中国企业家心中的责任之光，树立起良好的企业形象，赢得了赣粤地区的广泛赞誉。

"不管是做人还是做企业，应该将责任放在第一位。"张华荣说，自己由衷地希望华坚集团因为社会和谐及发展环境的改善而做大做强，同时也希望社会因华坚集团的成长而变得更加美好！

第一节　一封感谢信映照创业感恩路

从当年白手起家贩鞋、艰辛创办作坊式小鞋厂起步，直到今天成为在中国乃至在世界企业家群体中具有一定影响力的企业家，一路走来的30多年，是张华荣风雨兼程的创业之路，也是他一步步创造人生事业辉煌的荣光之路。

然而，在斑驳的时光里，沿着1984年张华荣从家乡厚溪村创办小鞋厂的脚步，一路执着向前的风雨创业路深情凝望，在1998年那个时间节点，我们却无比感动地发现了一封尘封已久的感谢信。而这封感谢信，映照出的是张华荣在追求人生事业历程中那令人感动的大爱情怀。

这是一张纸张颜色有些泛黄的感谢信，毕竟时隔已近20年。

我们把这封感谢信原样撰抄如下：

感谢信

东莞市华坚鞋业有限公司：

　　得悉我省遭受了严重的自然灾害后，怀着对灾区群众的深情厚谊，向我省灾区捐赠物资价值叁拾万元，我们一定及时落实到灾区，您们的慷慨援助，将有力地支持我省灾区生产自救，重建家园。我们谨代表灾区人民表示衷心的感谢！

顺致

崇高的敬礼！

江西省救灾捐赠接收办公室

一九九八年八月十七日

从这封感谢信中我们得知：1998年夏，江西省发生特大洪水灾害后，张华荣以东莞市华坚鞋业有限公司的名义，向江西省救灾捐赠接收办公室捐赠了价值30万元的物资支持江西灾区生产自救，重建家园。为此，当年8月17日，江西省救灾捐赠接收办公室特向东莞市华坚鞋业有限公司致信表达谢意。

在华坚集团的发展历程中，1998年无疑是一个具有转折意义的重要年份。

这一年，经过在东莞市历时2年刻骨铭心的坚守，张华荣终于迎来了期盼已久的曙光——东莞市华坚鞋业有限公司开始走出了极度的经营困顿时光！

此时，张华荣还谈不上完全走出了经济上的困境。

然而，当得知家乡江西遭遇了特大洪涝灾害，张华荣却慷慨向江西救灾捐赠接收办公室一次性捐赠了价值30万元的物资。

"那一年，从经济实力上来说依然是华坚的困难期，尽管因1997年10月开始承接派诺蒙的委托生产的订单，但开始的订单因条件苛刻而几无利润可言。更何况，企业生产、原材料采购、机器设备的添置等正是需要资金投入的阶段。"从华坚集团亲历了当时发展情况的有关负责人那里，笔者了解到了当时公司所处的真实境况。

的确，对于此时的东莞市华坚鞋业有限公司而言，价值30万元的物资在那样的情况下并非是一笔小数目的资金。

但张华荣为何要毫不犹豫地捐赠？何况此时他的企业已全部迁出了江西。

"自己的家乡发生了那么大的洪灾，当时唯一想的，就是要尽自己最大的努力为家乡的抗洪救灾、生产自救出一份力，这完全是出自于一个情感深处的本能，没有丝毫的犹豫和顾虑……"回想起当年的那件往事，张华荣这样满含真情地说道，"只要自己企业有能力，就应该尽力为社会公益慈善尽一份真情、出一份力。"

是的，张华荣所言字字句句是真情，那样朴实而又那样打动人心。

这也正是让人们心生感动的原因所在——在张华荣一路而来的事业发展历程中，总是与一种大爱情怀相随，企业发展刚有希望、刚有起色，他就想到了要力所能及地尽到社会责任。

而心中这样的大爱情怀，决定了与张华荣风雨创业之路同行的，也一定会是一路播撒爱心、勇担社会责任的大爱之举。

是的，沿着张华荣一路行进的创业历程，我们在艰难的寻找中见证着他那感动人心的大爱之举：

2003年11月，张华荣捐款3万元慰问100户贫困农户；

2004年11月18日，张华荣以华坚集团的名义为第十九届世客会在赣州召开赞助10万元；

2005年2月，张华荣向兴国县龙口镇文院村小学捐助300套课桌，价值6.2万元。同年3月，他向赣南慈善会捐款2万元，定向资助几位家境贫困、品学兼优的大学生；

…………

2006年，张华荣以华坚集团的名义，分别向上高县镇渡乡中心学校捐款50万元改善学生住宿条件，向宜春市袁州区竹亭乡新农村建设捐款20万元；

2007年5月，华坚集团向江西省光彩事业促进会捐款618万元，这笔款项用于今后几年陆续在赣州市 14 个县区建设 16 所华坚光彩小学；

2008 年，张华荣个人并华坚集团在向汶川地震灾区捐款的同时，还专门派人到公司四川籍员工的家乡调查，对家里受灾的员工给予专项补助，并安排 448 名小金县的人士到公司就业，以帮助他们渡过难关；

2009 年 6 月，华坚集团为江西"光明·微笑工程"献爱心；

2010 年 7 月，江西省人民政府驻京办、赣商联合总会共同举办"血浓于水，大爱无疆——2010（北京）江西抗洪赈灾大型慈善活动"，张华荣与爱心赣商一起慷慨解囊；

…………

在梳理华坚集团创业发展的过程中，不经意间，张华荣与华坚集团倾情社会公益慈善事业的历程也就这样跃然而现。

上文之所以说是"在艰难的寻找中"，那是因为以上张华荣个人和华坚集团历年来的各项社会公益慈善捐赠资料，均非张华荣本人提供或讲述的，是我们从历年媒体报道的文章中整理出来的。或许，历年来的捐款捐物，张华荣很多都已淡忘了，因为在他的理解里那是自己理应所为的，做了也就做了，没有必要记住或是记载，如此，华坚集团的企业记事里也自然同样没有多少记载。

而将这些公益慈善之举连贯起来，我们竟惊讶地发现，在时间上，是与张华荣创业行进的历程完全同步的。

由此，张华荣的创业之路，也是一路倾情回报社会的感恩之路。

"是社会培养了企业，企业成长发展了，自然责无旁贷应该对社会肩负起责任。如果一个企业对于社会没有一种责任感，那是不可能长久生存的；如果一个企业不对社会负责，那是必然会受到抛弃的。同时，一个对社会负责的企业，会被社会认可，会得到一定的回报。"

源自于内心深处这样的朴素情感，在企业不断发展壮大的过程中，张华荣始终不忘回馈社会。

也是在这一过程中，朴素的感恩情结与责任使命悄然在张华荣内心深处紧密融合，赋予了企业家精神内涵里对于财富责任的升华。

第二节　三十年慷慨教育慈善

"我们从几十个人干到几万人的规模，有大量的财富。这财富就是责任。"张华荣认为，企业家精神的关键在价值观，首先要有能力对国家、社会、企业、干部员工、父母亲人等负责。

企业家和企业之于国家、社会的责任，在张华荣的理解里就在于要对国家的经济社会发展有所担当，本着"取之于社会，用之于社会"的回馈心态，尽最大的力量去推动经济、教育、文化等各个方面的发展。

国家要振兴，教育是根本。

而在企业家个人和企业对社会责任有所担当贡献的具体作为中，张华荣对捐资助学始终都有着深厚的情结。他认为，教育是一项功在当代利在千秋的宏伟大业，是中华民族扶危济困的传统美德，是和谐社会精神文明建设的新风尚，其意义重大而深远。

从新世纪之初开始，随着华坚集团的逐步快速发展，张华荣在社会公益事业上也开始进一步加大投入。这其中，捐资助学资金所占的比例逐年扩大。

也许是因为童年对贫困有过深切的体验，更因为贫困曾让自己早早地离开了学校，告别了通过读书而实现改变命运的梦想。因而，在张华荣内心深处，对品学兼优的贫困学子，总是有着特别的情愫。

"一开始，办鞋厂挣了一些钱的时候，我就想尽力去帮助那些读不起书的农村孩子们！"在当年南昌市华荣鞋厂初获发展时，张华荣便在家乡厚溪村和麻丘镇资助一些家境贫困、品学兼优的学生上学读书。

其实，我们在张华荣家乡了解其早年创业的情况时，就得知他最早投向公益慈善领域的深情目光在于教育。

"我们南昌高新区麻丘镇良池光彩小学，就是他捐资120万元兴建的。"家乡人对张华荣心系家乡教育的深情感念在心。

捐资助学是善举，兴学育人是美德。

张华荣倾情捐资助学、慷慨教育慈善的情结，在家乡萌发，从家乡出发，在此后随着他的事业不断向越来越广阔天地延伸的过程中，也越来越深厚。

华坚集团在东莞走出困境，刚有了起色之后，张华荣又开始资助那些家境贫困、品学兼优的学子，而且是在广东和江西两地同时展开。

新世纪初年，随着企业日渐崛起壮大，规模实力越来越强大，张华荣倾情教育的情怀也更为广博——他开始将目光投向那些教学条件和设施落后的学校。

"捐赠新建一所学校，那就是帮助了一个学校的全部孩子，让他们都拥有好的学习环境与条件，将惠泽多少孩子啊。"张华荣开始考虑，在过去每年零星地捐资助学的基础上有计划地实施捐资助学的长远项目。

在光彩事业的感召下，张华荣把自己将要实施的长远捐资助学项目命名为"光彩小学"捐建计划。

2005年2月，张华荣向兴国县龙口镇文院村小学捐助300套课桌，价值6.2万元。同年3月，他向赣南慈善会捐款2万元，定向资助几位家境贫困、品学兼优的大学生。

2006年，张华荣以华坚集团的名义，向上高县镇渡乡中心学校捐款50万元改善学生住宿条件。

客观地说，这两年之中，张华荣对捐建"光彩小学"项目还没有形成系统的实施规划，但他已迈出了第一步。

事实上，张华荣在异常繁忙的工作状态之中，从未放下对"华坚光彩小学"项目实施的思考：这项计划的资金准备投入多少？哪里是最需要的地方？怎样推进这一项目等等这些问题，都在他的思考之中。

2007年5月，张华荣以赣州华坚国际鞋城的名义一次性向江西省光彩事业促进会捐款618万元，计划在赣州市11个县建设14所华坚光彩小学。这是他在对"光彩小学"项目整体规划成熟后，正式启动这一社会公益项目的开端。

"以赣州为中心，全面改善这里各县区小学的条件。"这就是"赣州华坚光彩小学"项目。

位于赣州市兴国县北部的高兴镇老营盘村，是一个偏远山区村，村里老营盘小学教学条件差，校址偏僻，学生求学艰辛，在此教学的老师们也不安心。

老营盘小学这样的情况，其实一直牵动着张华荣的心。

2008年1月，华坚光彩小学项目将老营盘小学列为援建计划，出资30万元，为学校新建了占地面积3600平方米的新校园，其中教学楼综合面积为500多平方米，学校更名为老营盘华坚光彩小学。

建成后的老营盘华坚光彩小学不仅教室宽敞明亮、环境优美，还配备了教学电脑，建有标准化的运动场等教学基础设施。

从这一年起，赣县江口镇优良华坚光彩小学、赣州开发区天骄华坚光彩小学等一所所华坚光彩小学陆续开始投入建设。

…………

随着华坚光彩小学项目在赣州这片红土地上的不断延伸，张华荣倾情教育的社会公益情怀也越发深厚。按照最初的计划，在赣州各地捐建华坚光彩小学的总资金为600万元、共捐建14所小学。然而，在此后历年的实施过程中，项目资金又在不知不觉中一次次增加，独资捐建或帮助援建的学校数量也在项目计划中增加。

特别值得一提的是，在"赣州华坚光彩小学"项目逐年增加的光彩小学中，大多数是张华荣自己主动提出来建设的。

比如，张华荣发现，在赣州开发区快速延伸扩大的过程中，小学建设等配套没有跟上，使得在这里企业上班的很多工人的孩子无法在父母身边上学。于是，2012年，他提出在位于赣州开发区华鑫路以东、紫荆路以南建设一所华坚光彩小学，以解决开发区内上班工人子女的就学问题。

2013年9月初，新建成的赣州开发区天骄华坚光彩小学正式开学，让一大批外来务工人员的子女从此可以在父母身边上学。

除此之外，张华荣还投入30万元，为天骄华坚光彩小学购置了一台崭新的46座校车，方便接送外来务工人员子女上下学。

············

到2016年，华坚集团在江西光彩项目总捐款2182万元，其中赣州光彩项目总捐款1355.2万，赞助赣州市13个县（市、区）新建了24所华坚光彩小学。

"让更多的人接受教育是最有价值的慈善，培养更多优秀的人才，是慈善回馈社会最有价值的体现方式之一。"这是张华荣倾情教育的大爱情怀，他曾在一次光彩事业捐赠的讲话中深情地说，相比沿海经济发达地区，家乡江西还有不少地方发展较为落后，更需要社会爱心人士对这里的教育等社会公益事业给予真情相助。

在以赣州为重点对基础教育慷慨捐赠的同时，多年来，张华荣也一直在江西省各地捐资助学。

2012年6月初，江西婺源县慈善会收到一笔30万元的善款。这笔善款来自于华坚集团，其用途被指定用于在婺源县赋春镇严田村建设一所希望小学——严田希望小学。

婺源县赋春镇严田小学是一所始建于20世纪70年代的农村小学，校舍陈旧，因多年失修已属危房。这样异常艰苦的学习和教学环境，苦了这个村上学的几十名孩子，学校仅有的2名教师长期坚守在农村艰苦教学一线。

一次，偶然中张华荣得知了严田小学的情况。

"重建一所学校，经费由华坚集团来落实！"随后，张华荣指派集团专人负责这项工作。

很快，华坚集团负责这项工作的人与婺源县慈善会取到了联系，就建设严田希望小学的各项事宜进行了详细沟通。

经过规划预算，严田希望小学建设资金为30万元。

5月底规划预算一出，华坚集团汇来的30万元建校资金即达到了婺源县慈善会的账户上。随即，严田希望小学开始建设。

2012年9月1日开学之日，严田村幼儿班到三年级共2个班48名学生兴高采烈地走进了崭新的学校。

"光彩精神，就是要'义利兼顾、以义为先'，担负起一个企业对员工、对社会的责任。因此，企业做大做强后理应回报社会，积极履行社会责任。"张华荣说。

倾情教育慈善，在张华荣的理解还有更深层的内涵，那就是扶贫重在扶智。

为此，2010年，张华荣投资建设了赣州华坚科技学校。

这所占地500多亩、教学用房38000平方米的学校，校园环境优雅，绿树如茵，教学设施先进，现有教学楼、实训中心、实习工厂、多媒体教学中心、计算机房、图书馆、篮球场、田径运动场等。生活条件舒适，学生、教师住公寓楼，公寓配有空调、热水、电视。

学校是一所校企结合、工学交替、特色鲜明的职业学校，培养的是具有人文精神、科学素养、专业技能和创新品质的开发设计、加工制造的复合型技能人才和管理人才。学校对接企业开设专业，应对市场设置课程，实践教学狠抓质量，服务学生，服务家庭，服务企业，服务社会。开设了鞋业制造与设计、企业管理、国际商务、市场营销、电子商务、模具制造技术、数控技术应用、学前教育、计算机应用与维护、计算机速录、会计电算化、文秘与办公自动化等 12 个专业。课程设置坚持国家课程校本化，校本课程特色化。建立了集理论教学、实践教学和创新培养三元结合的教学模式，形成了掌握知识与提高能力同步、专业技能与职业素养一体的人才培养方式，促进学生全面发展，学有所长，技有所专。

"培训一人、输出一人、脱贫一户、带动一片。"这就那是张华荣建设赣州华坚科技学校的初衷，也是他将倾情教育慈善公益情怀融入自己企业发展的一种实践方式。

"知识改变命运，不论家庭条件怎么样，孩子想上学，就来赣州华坚科技学校，一个大家都读得起书、上的起学的学校。"这是赣州华坚科技学校向那些家境贫困学生发出的真情邀请。

所有就读赣州华坚科技学校学生，均以"零"缴学费方式入学，学费通过在校期间的勤工助学收入解决。

依托赣州华坚国际鞋城，学生实习实训不出校门，工学交替，学文学技。学校大力倡导、鼓励"父母在厂工作，子女在校就读"。高薪就业有保障：学校对所有毕业生 100% 推荐就业，如愿在华坚集团就业，将学龄转为工龄，如需自主创业，学校还提供相关服务。

"企业不能忘记社会责任，应当力所能及地去做光彩事业。"在创业过程中始终心系教育、倾情教育慈善，彰显出的正是张华荣勇于承担社会责任的博大企业家情怀。

第三节　鲜为人知的一道美丽风景

"为社会而生存，为行业而努力。"这句话是张华荣致富思源、富而思进的座右铭，也是华坚集团的企业使命；既是张华荣立志行业、心系社会的真实写照，也是他执着追求人生奋斗目标的巨大动力。

从个人内心深处的感恩情愫出发，在企业不断发展壮大的过程中，张华荣逐渐对企业之于社会责任的承担有了自己深刻的解读。

在他看来，对于一个企业来说，要立足于本企业，企业首先要把自己的工作做好，为社会提供安全、优质的产品和服务，这是企业社会责任的第一个层面；企业的社会责任第二个层面，必须要着眼于行业。因为企业跟行业是一个相互依存的关系，只有行业健康发展了，企业才谈得上可持续发展；而企业回馈社会，最大的价值意义在于促进社会和谐发展。只有社会和谐发展了，每一个人在这个社会当中才能有一个比较好的可持续发展，从而企业也获得了可持续发展的良好环境。

正是基于张华荣这样的理解，才有了江西赣州华坚国际鞋城的"自强班"。

走进赣州华坚国际鞋城，有一道特殊的员工风景总是令人震撼——在现代化的生产流水线车间，一群由聋哑人、侏儒或以轮椅代步的残疾人组成的生产班组，紧张有序地在工作，从他们每一个人的脸上，都让人真切地看到幸福而自信的微笑。

这个全部都是由残疾人组成的生产班组，主要负责制鞋工艺中的半成品和内里工序。这是因为，他们每一个人都因为自己的身体状况原因，有着各自的不便。然而，他们每一个人，又却都有着各自的特长，在他们手上的那道工序，做工速度和质量还往往胜过一般身体正常的员工。

在赣州华坚国际鞋城，这个特殊的群体组成的生产部门，有一个专门的名称——"自强班"。

"华坚不仅是我个人的，它也属于大家的，属于全社会的。我们不仅要'建文明小社会，创高效人集团'，还要让更多的人在华坚这个大家庭里高效乐业，和谐安居，真正实现'为社会而生存，为行业而努力'，这是我最大的心愿。"2005年，张华荣把目光投向了残疾人这一特殊群体，他希望通过帮助残疾人就业这一途径，让华坚承担更多社会责任。

为此，张华荣专门派出招工小分队，与赣州市残联同志一道下到各县（市、区），深入村、镇招聘残疾人就业，只要有符合条件的残疾人愿到公司工作，都设法接收安排。

　　这一年，28 位身有不同残疾的青年走进了赣州华坚国际鞋城，成为首批"自强班"的员工。

　　大部分残疾人在进入赣州华坚国际鞋城工作以前从未有过正式的工作机会，不具备工作技能也没有劳动收入，他们依靠国家福利和家人照顾生活，感觉没有人生的价值体现，是家庭和社会的累赘、包袱，因而产生自暴自弃心理，性格比较孤僻，过于敏感、自卑，也不太讲究个人卫生和形象。

　　针对这些情况，赣州华坚国际鞋城为每名加入的自强工人精心设计了两轮培训：首先是为期 7 天的入职培训，主要包括公司简介、企业文化、礼仪规范、鞋业简介、安全知识、职业道德等方面内容，帮助他们树立正确的人生观与价值观，养成良好的生活卫生习惯，拥有积极阳光的心态。其次是技能培训，在岗位上进行一对一的教学，半个月的培训下来，他们已经具备一个产业工人的心态和技能，对安排的工作任务也都能够胜任。

　　在百忙之中，张华荣还特意抽出时间来为"自强班"的学员们上课，并鼓励他们自立自强，在奋进中书写精彩有为的人生。

　　企业善举最有意义的不只是从物质上给予那些需要帮助的群体以帮助，还应该从精神上传递给他们力量，赣州华坚国际鞋城在真诚帮助残疾人实现就业的过程中，更是从生活的点滴关爱中让他们处处感受到来自社会的温暖。

　　为方便"自强工"的生活和工作，赣州华坚国际鞋城将员工宿舍一楼专列为自强工宿舍，上下铺床的下铺也专列为腿残者的"专铺"，宿舍里配有空调、彩电、纯净饮用水、衣柜、冷热水淋浴间、卫生间、晾衣架等等，并配备专职的宿舍管理员帮助他们解决生活上遇到的难题，同时提醒、督促他们定时洗晒被褥，勤换衣物，养成良好的个人卫生习惯，改变陋习。

个别"自强班"员工因腿部残疾，无法下蹲，比如说上洗手间有时都无法自理，为此，赣州华坚国际鞋城后勤部门在赣州市找了几天终于在一家专营残疾人用品店为他们购买到一种专用的坐便器。几天后，4台崭新的坐便器便安装到了洗手间。

"自强班"有些员工经常遇到因为身体残疾而在就餐时的不便，就餐时会出现摔倒的现象，导致一日三餐这么平常又必不可少的生活事项变得随时可能出现意外。

为解决这一问题，赣州华坚国际鞋城后勤部门专门开会讨论并制订了详细的爱心方案：给自强人开辟一条专用通道，以避开自强工和普通员工同时下班而引起的堵塞及摔跤事件；为自强人特备了专用餐桌，为解决自强人因腿部残疾而无法到窗口打菜的难题，膳食科抽调数名厨工给他们端菜打饭，并将饭菜送到他们的餐桌上，同时也避免了以前找座位时摔碎碗碟事件的发生。

一名被深深打动的自强工，在写给张华荣的感谢信中这样写道："当我第一次见到"绿色通道"时，当我第一次见到为我们自强人专备的餐桌时，当我第一次吃到工作人员送到面前的饭菜时，当我第一次见到后勤部同事们为我们忙前忙后时，当我第一次见到500多名自强人坐成几条线舒舒服服就餐时，我怔住了！何时何地，何处何景，很少有自强人享受这样的待遇，不由让我联想起小时候幼儿园老师对我们的爱是那么的细腻，那么的伟大！"

自强人发自肺腑、情真意切的心声，表达的是他们对华坚集团的深情感恩。

"自强班"里廖红兰的情况，就是他们中的代表。

廖红兰自幼患小儿麻痹。2006年，生活本来就很艰辛的廖红兰，家庭突然遭遇了一场变故——丈夫因长年酗酒，导致生活能力彻底丧失。这一年，廖红兰的儿子年仅6岁。

这突如其来的家庭变故，对于廖红兰来说，无异于灭顶之灾。这意味着，在以后漫长的日子里，廖红兰不仅要自食其力，而且还要挣钱养家。

这样的现实，廖红兰也曾一度陷入巨大的困苦处境。

"我有个表姐那时候在华坚集团上班。表姐告诉我，她在公司餐厅吃饭的时候，总能看到残疾人。表姐一打听才知道，华坚集团多年来一直招收残疾人来公司上班。"廖红兰说，听到这个信息后，她没有片刻迟疑，马上坐着汽车来到华坚集团，找到公司人力资源部报了名。

在经过简单的面试之后，赣州华坚国际鞋城热情接纳了廖红兰，并根据她的身体情况，把她安排在适合她的工作岗位上班。

从专门在家带小孩的家庭妇女一下子转变为产业工人，廖红兰一开始并不适应。"当时我什么都不会。好在公司针对新入职的员工组织了专门培训，此后，我还陆续参加了针对岗位的系列培训。"一个月后，廖红兰由学徒成为真正的工人，也开始有了不错的收入。

随后廖红兰还发现，公司为残疾员工考虑得很周到：残疾人的工作场所均安排在一楼，便于他们出入行走；公司给"自强班"的员工安排的是生产马靴内里和刷胶水这些手工活，不用经常走动；工作中，公司还会安排专人到他们的岗前收发加工材料和加工成品；在住宿方面，公司特意把残疾员工都安排在下铺。

从 2006 年进入赣州华坚国际鞋城工作以来，平稳是廖红兰在华坚工作的最大感受。即使在 2008 年席卷全球的金融危机冲击下，在许多企业都无奈减员的大背景下，华坚集团在国家一系列政策的帮助下，及时修正经营策略，把压力变动力，逆流而上，冲破难关，最后做到了不裁员、不减员。

正因为有如此多的关爱，自强人用他们懂得感恩的心回报公司，回报家庭，回报社会。

别小瞧残疾人腿脚不方便，但是做起手工活来是得心应手。"自强班"

的负责人说，"自强班"的员工动作更快，相比于普通车间，他们生产的产品不仅质量好数量也要多一些。

"残疾人很珍惜眼前的工作机会，所以做起事情来非常认真，尽量把每一件产品都做得很好。以前我们这个班组还有个品检员，后来撤走了，因为质量非常好，几乎没有残次品。现在公司非常信任我们这个班。"笔者了解到，"自强班"的员工为了保证产品质量，每次产品做完后都会自己再三检查，确保没有残次品。

他们无论是在工作还是劳动纪律上，都没有拖公司的后腿，品质得到华坚鞋城品管部门的肯定。

内心的默契，往往是相通的。面对这样一个完全值得信赖的群体，公司决定，在"自强班"不设质检员。

赣州华坚国际鞋城"自强班"还得到了华坚集团合作方——派诺蒙鞋业有关公司的高度肯定，称他们用残疾的身体做出美丽的鞋子，是鞋城的骄傲。

在赣州华坚国际鞋城，自觉主动帮助自强人、照顾自强人，已经潜移默化的形成了一种文化，根植在所有员工的心中。

而自强工的自强风采，对身体正常员工们的激励作用，也形成鞋城独特而亮丽的一道风景，他们已经成为赣州华坚鞋城大家庭中不可或缺的一分子，与企业同呼吸，共命运。

到 2007 年，赣州华坚国际鞋城"自强班"已有残疾人员工 200 余人。

从这一年起，为帮助更多的残疾人实现就业，张华荣又决定把"自强班"招工对象扩大到江西全省范围。赣州华坚国际鞋城人力资源部门负责人，主动找到江西省残疾人联合会，向全省残疾人发布消息——只要是有残疾证的残疾人，手部动作麻利，都有机会应聘进"自强班"工作。

当年，仅在吉水县，赣州华坚国际鞋城就招收了 34 名残疾人来公司工作。

在逐步扩大华坚自强班人数规模的同时，张华荣还积极呼吁社会上的企业，力所能及的帮助弱势群体，献出爱心。

2010 前后，赣州华坚国际鞋城"自强班"的招工对象又逐步向外省扩展，和外省一些残疾人联合会合作，或招收愿意来赣州华坚国际鞋城"自强班"工作的残疾人，或组织为外省残疾人学制鞋技术提供免费培训等。

湖南省怀化市残联到赣州华坚国际鞋城考察"自强班"后，了解到这里残疾人人性化的工作环境、优厚的工资福利待遇等情况，赞叹不已，当即与华坚达成意向性协议，随后输送一批残疾人到赣州华坚国际鞋城就业。

如今的赣州华坚国际鞋城"自强班"，既有江西籍残疾人员工，也有来自湖北、广西、广东等地的外省残疾人员工。他们享受的待遇与普通员工一样，但工作时间比普通员工要短一些，厂里管吃住。同时，考虑到残疾人工作的特殊性，他们的工作场所均安排在一楼，便于他们出入行走，并且工作内容也是生产马靴内里和刷胶水这些手工活，不用经常走动。

2016 年，赣州华坚国际鞋城"自强班"员工已由当初 28 人发展到 500 多人，成为全国收纳残疾人就业较多的企业之一。

华坚"自强班"的社会知名度不胫而走，自强人队伍不断扩大，越来越多的自强人在华坚生活状况得到改善、综合素质得到提高，他们积极参与公司的生产，融入公司生活，日益自信、自尊、自立、自强。这一善举不仅为社会解决了残疾人就业问题，培养了他们健康的人格，更加促进了社会的和谐发展。

"'自强班'的效益要比普通班组还要好，有残疾的员工更加热爱和珍惜工作。"每一次在饱含真情谈及华坚"自强班"时，张华荣在表达这是自己倾情回报社会、实实在在帮助社会弱势群体的真情之举时，他总要特别强调"自强班"在工作中的出色表现。

鉴于张华荣为实现残疾人就业所作出的突出贡献，他先后被江西省残工委授予"江西省扶残助残先进个人"称号，被国务院残工委授予"全国扶残助残先进个人"光荣称号，并受到中央有关领导的亲切接见。

"这是一个企业家本应力所能及而为的，但党和国家却因此给了我莫大的荣誉。"张华荣的内心深处对此有着深深的感怀。

第四节　博大的企业家情怀

人生事业发展与胸中情怀的日渐广博，总是同向而行。

在一步步做大做强自己鞋业王国事业的过程中，张华荣担任的社会职务也在逐年增多。从江西省工商联副主席、江西省人大代表、江西省光彩事业促进会副会长，到中国光彩事业理事会理事、中华全国工商联常委、亚洲鞋业协会主席，2013 年开始，张华荣又担任了全国政协委员。

在张华荣的理解里，自己身上每多一个社会职务，那也就意味着自己肩上多了一份社会责任。

"不管是做人还是做企业，应该将责任放在第一位。我希望华坚集团因为社会和谐和营商环境的改善而做大做强，同时也希望社会因华坚集团的成长而变得更加美好！"

将企业的发展与社会的进步相融一体，自然也就把企业的社会责任担当视为一种使命。因而，无论是抢灾救险、改善民生还是精准扶贫、修桥铺路等各方面社会公益事业，张华荣总是积极踊跃，慷慨解囊。

2005 年，九江发生地震后，张华荣立即慷慨捐赠 35 万元。

2008 年 5 月 12 日，汶川地震发生后，张华荣在个人捐赠 120 万元的同时，又组织华坚集团位于广东东莞的集团总部和位于江西赣州的生产基地员工纷纷自发组织起来为地震灾区捐款捐物。

更令人感动的是，在向汶川地震灾区捐款捐物的同时，张华荣还派出专门人员赴灾区调查灾情，对华坚集团的灾区员工给予经济上的各种帮助。

地震灾区的民众痛失亲人、家园损毁，他们的心灵需要安抚，他们今后的生活要有着落。心底充满温情的张华荣想到了这一点，他想，华坚集团当在此时积极而为，向地震灾区民众伸出温暖之手。

之后，在张华荣的亲自部署下，华坚集团做出决定：集团拿出一定数量的岗位，降低招聘条件，面向汶川灾区招收一批员工。随后，来自小金县和九寨沟县受灾地区的448名员工来到了华坚集团。

"从今往后，这里就是你们温暖的大家庭！"张华荣对这448名员工格外关心，不仅为他们免费提供了家属住房，而且还规定他们所在部门要为他们报销回乡探亲的往返车费。同时，张华荣还亲自制定了两年里为这位448名员工提供各种优厚待遇的方案。

2010年，江西在全省范围内启动实施"微笑光明"行动，华坚集团随即与有关部门取得联系主动捐款，表达出对社会民生公益事业的诚挚支持。

2015年9月，张华荣向"爱加艾减"公益基金捐款3万美金，并以华坚集团团委之名义，代表集团20000名青年员工，参加"爱加艾减"在腾讯"99公益日"组织的微信一起捐活动，支持"爱加艾减"对非公益。

2016年，在江西省实施"千企帮千村"精准扶贫活动中，张华荣和民营企业家们共同发起倡议，踊跃参与。在江西赣州革命老区，华坚集团多个"造血式扶贫"项目同时推动，已产生了良好的社会和经济效益。

…………

在华坚集团的渐向全国和国际知名企业目标迈进的过程中，其社会公众形象也日益凸显。而在这个过程中，张华荣也越来越深刻意识到，企业越大，社会责任越大，这已经成为不可逆转的趋势，社会责任已成为企业存在的一个重要组成部分。

作为一名颇具盛名、有着30多年创业历程的企业家，张华荣在企业管理、经营上逐步探索形成了自己的哲学——作为一个负责任的企业家，必须具备对行业、对企业、对未来发展的坚定信心，以及对社会、对员工的责任心，对企业永续经营的恒心。

这其中，对企业员工的关爱，也深刻体现在张华荣强烈的社会责任感方面。

张华荣舍得投资为员工营造一流的工作环境和生活居住环境，华坚集团所有的员工宿舍都有空调、卫生间和热水，公司还建了幼儿园帮助员工解决幼儿入托难题，建立了医务室，员工看病只收成本。同时，注意员工培训和企业文化建设。只要是新加入华坚的员工，都可获得4天的免费培训；为丰富员工的文化生活，华坚建有剧院、健身房、篮球场等文体设施，还组建了《华坚之声》厂刊、"华坚之音"广播站和公司网站。此外，十分重视员工的薪资福利和社会保障：员工100%签订劳工用工合同，员工工资每年递增。为员工购买了工伤保险、失业保险和养老保险，集团还组建了党支部和工会。

对此，有人认为这是"不必要的增加成本"，但张华荣的解释却是："不是钱的问题，是理念的问题。"

在华坚集团，有一项围绕"提高干员幸福指数"的工作，每年张华荣都会亲自过问。为实现这项指标，公司每年投入数百万元资金，用于在职员工的身心健康护理，还定期对员工进行健康检查，对青年员工进行技能知识培训。

另外，华坚集团组建的篮球队、足球队、心连心艺术团、青年志愿者服务队等文体活动小组、服务小组，开展"一帮一，一带一""多能工培训""生产标兵评选"、员工心理咨询辅导等各项活动近1000次，让员工体会到"诚信、默契、氛围、文化"的企业文化。

…………

富而思源，倾情报春晖，一路感恩而行。

纵览张华荣开厂办企业，直至如今成为世界制鞋业领域具有举足轻重地位的行业领袖人物，30多年来，既是张华荣一路风雨兼程的创业历程，同时又是他心怀感恩、真情回报社会的心路历程。

在张华荣的企业核心价值观里，自己个人与企业要持续不断以公益慈善之举，去彰显中国企业家心中的责任之光！

大爱至善，大爱至美，大爱至坚，大爱至真。

张华荣以博大的公益慈善情怀，为民营企业家的社会责任点亮了一盏温情的明灯。倾情社会公益事业的华坚集团，在民营企业勇于担当社会责任方面树立起了榜样。

图书在版编目（CIP）数据

张华荣／熊波著. -- 南昌：江西人民出版社,2018.4
（当代赣商丛书）
ISBN 978-7-210-10327-1

Ⅰ.①张… Ⅱ.①熊… Ⅲ.①报告文学－中国－当代
Ⅳ.①I25

中国版本图书馆CIP数据核字(2018)第063315号

张华荣

熊 波 著

组稿编辑：游道勤　陈世象
责任编辑：陈才艳
封面设计：章　雷
出　　版：江西人民出版社
发　　行：各地新华书店
地　　址：江西省南昌市三经路47号附1号
编辑部电话：0791-86898115
发行部电话：0791-86898815
邮　　编：330006
网　　址：www.jxpph.com
E-mail：jxpph@tom.com　web@jxpph.com
2018年4月第1版　2018年4月第1次印刷
开　　本：787毫米×1092毫米　1/16
印　　张：17.25
字　　数：220千
ISBN 978-7-210-10327-1
赣版权登字—01—2018—363
版权所有　侵权必究
定　　价：52.00元
承印厂：南昌市红星印刷有限公司